光明社科文库

1898-1908翻译文学之"变相"研究

张　静◎著

光明日报出版社

图书在版编目（CIP）数据

1898－1908 翻译文学之"变相"研究／张静著.
--北京：光明日报出版社，2019.1
ISBN 978－7－5194－4881－3

Ⅰ.①1… Ⅱ.①张… Ⅲ.①文学翻译—文学史研究
—中国—1898－1908 Ⅳ.①I046②I209.52

中国版本图书馆 CIP 数据核字（2019）第 022553 号

1898－1908 翻译文学之"变相"研究
1898－1908 FANYI WENXUE ZHI "BIANXIANG" YANJIU

著　　者：张　静

责任编辑：宋　悦　　　　　　　　责任校对：赵鸣鸣
封面设计：中联学林　　　　　　　　责任印制：曹　净

出版发行：光明日报出版社
地　　址：北京市西城区永安路 106 号，100050
电　　话：63131930（邮购）
传　　真：010－67078227，67078255
网　　址：http：//book. gmw. cn
E - mail：songyue@ gmw. cn
法律顾问：北京德恒律师事务所龚柳方律师

印　　刷：三河市华东印刷有限公司
装　　订：三河市华东印刷有限公司
本书如有破损、缺页、装订错误，请与本社联系调换，电话：010－67019571

开　　本：170mm×240mm
字　　数：236 千字　　　　　　　　印　　张：15.5
版　　次：2019 年 3 月第 1 版　　　　印　　次：2019 年 3 月第 1 次印刷
书　　号：ISBN 978－7－5194－4881－3

定　　价：78.00 元

前　言

　　本书选取晚清时期特点最为突出、案例最为丰富的时段对 1898—1908 年间翻译文学实践中的变化痕迹进行研究，在时间和空间的经纬交织中，研究作为一个动态整体的晚清翻译文学和中国本土文学创作的互动关系，在此基础上分析晚清翻译文学对中国文学转型和现代风格形成中的建构和解构作用。同时以此时段翻译实践为例对翻译文学的归属问题，以及后殖民理论在晚清翻译实践研究中出现的误用问题进行了研究。

　　第一章，回溯晚清翻译实践的变化轨迹。晚清翻译实践活动的衍变递进所得出的由器物到制度再到文化的变化轨迹仅仅是文学翻译现象的表层解说。通过对晚清时局的变化和文学翻译的相应表现进行研究，可以看出此时段文学翻译和晚清的政治姻缘由紧变松，社会姻缘由松变紧的变化趋势。中国民众在这种变化中首次获得了现代的知识教化，而文学翻译则有力地介入了中国传统政治的转型。

　　第二章，回溯晚清译者心态的变化轨迹。此时期译者动机的差异主要围绕以下三个方面："为什么译"、"译什么"以及"为谁译"。如果我们将此时的译者动机进行考察，会发现译者的翻译动机体现在不同资本的追求活动中。也就是说，译本所能体现的其实是社会资本、文化资本和经济资本方面的追求。而译者在其意识形态、价值观念、审美取向等的制约下，对国别、作家、文本、历史阶段等的选择也必然带有倾向性。

第三章，回溯晚清翻译文学读者的变化轨迹。指出明清时期中国的社会经济模式是小说阅读发生的基础，它从经济条件和阅读能力两方面保证了小说普及的可能性。而晚清域外文学的读者构成是由十九世纪末的士大夫阶层拓展至二十世纪初的新兴知识分子阶层，最后又加入了普通底层劳动人民。同时对译者、读者和文学翻译间的互动关系进行了研究

第四章，回溯晚清译本中译语的变化轨迹。晚清此时的翻译作品，在语言形式上主要出现了三种不同语体的变迁：文言文、浅近文言和白话。它的发展经历了一个表面看是由"雅"趋"俗"，实际是不同的思维方式在其背后起主导作用的一个演变过程。同时对晚清白话与"五四"白话，传教士白话与"五四"白话的同源异用现象进行了分析。

第五章，回溯晚清翻译文学审美体验的变化轨迹。翻译文学所激发的现代文学意识的萌生是该时期审美心理发生转变的主要诱因。时代环境的变更是该时期翻译文学促进审美心理发生转变的社会条件。而在翻译文学的阅读接受中，审美心理从传统到政治，再从政治走向多元。同时指出审美体验中的"俗化"倾向是时代和个人对国家需求和自我的需求进行心理调和的产物，是不可忽视的民众力量的体现。

第六章，以晚清文学翻译实践为例研究翻译文学的归属问题。对已有的翻译文学归属问题的研究进行了评述和整理，并从翻译文学的本质上论述了翻译文学为什么不具备对立性质。在此基础上，通过对晚清翻译实践的个案分析论证了翻译文学天生具有从跨国界、跨文化的本性，以及无法划分归属的实质。

第七章，研究后殖民理论在晚清翻译文学研究中的误用现象。从后殖民理论的适用性、晚清翻译文学的真实本质入手分析误用原因。同时从译本原语国变化说明晚清的译者有明确的翻译目的，这和弱势文化中的麻痹式文化输入有着根本性的不同，晚清的文学翻译实践也并非是"落入了狼的怀抱。"而以权利话语作为这种文学翻译现象的研究理论基础和切入点则能得到更合理的解释。

目　录
CONTENTS

绪　论 ……………………………………………………………… 1

为什么是1898—1908 …………………………………………… 7

理论支撑 ………………………………………………………… 11

概念的厘清 ……………………………………………………… 13

第一章　翻译实践的"变相"分析 ………………………………… 17

第一节　在知识扩充和权力牵制中递进衍变 …………………… 17

第二节　现代知识教化的获得 …………………………………… 23

第三节　个案分析:以王韬、陈季同、林纾为例 ……………… 44

第二章　译者心态的"变相"分析 ………………………………… 49

第一节　寻求新的社会资本以启蒙教化 ………………………… 51

第二节　寻求新的文化资本以改国人知识结构 ………………… 58

第三节　寻求新的经济资本,偏重译者个体行为 ……………… 63

第四节　个案分析:以《天演论》《域外小说集》《迦因小传》为例 …… 71

第三章　读者构成的"变相"分析 ………………………………… 77

第一节　晚清域外文学的读者产生的原因和构成上的渐变 …… 77

第二节　译者、读者和文学翻译间的互动关系 ……………………… 85

第三节　个案分析:以《国闻报》《新小说》和《月月小说》为例 ……… 94

第四章　译语的"变相分析" ………………………………………… 100

第一节　文言:初期译者和读者共同的选择 …………………………… 101

第二节　白话、文言:高峰期的对立 …………………………………… 106

第三节　同源异用 ……………………………………………………… 109

第四节　个案分析:以传教士、周桂笙、包天笑为例 ………………… 118

第五章　审美心理的"变相"分析 …………………………………… 125

第一节　转变的条件 …………………………………………………… 125

第二节　从政治审美到诗学追求再到多元并存 ……………………… 130

第三节　再论晚清文学"俗化"的价值 ………………………………… 142

第四节　在翻译文学锋芒下被忽略的"俗化"审美体验 ……………… 151

第五节　以梁启超、徐念慈、包天笑为例 ……………………………… 157

第六章　翻译文学的归属 …………………………………………… 165

第一节　翻译文学的归属问题的争论 ………………………………… 166

第二节　翻译文学的非独立性和滑动形式 …………………………… 171

第七章　后殖民理论在晚清翻译文学研究中的误用 ……………… 192

第一节　后殖民理论和它对晚清文学翻译研究的适用性问题 ……… 193

第二节　后殖民理论的误用和晚清文学翻译的真实本质 …………… 200

结　语 ……………………………………………………………… 220

主要参考文献 ……………………………………………………… 223

绪　论

　　在中国近现代文学研究中，20 世纪 80 年代中期开始提出书写"百年文学史"和"20 世纪中国文学"。这种书写有了"重写文学史"的诉求，尤其是对清末民初的文学的重新评价问题让学术界对这一时期的文学现象再次关注。但对晚清文学的高度关注则发生与 90 年代中期。如果对研究成果进行综合考察就不难看出对晚清文学的认识有了根本性的转变。从王德威的"没有晚清，何来五四"的追问起，越来越多的论者著书立言，为晚清文学求得应有的历史地位。其中形成了最为重要的统一认识是中国文学现代性的起点在晚清，晚清的文学改良和五四的文学革命共同参与了对旧文学的解构和对新文学的建构。至此，学术界真正考虑用现代眼光来打量中国的近代文学。其意义非同一般，因为研究的视角不再拘囿于意识形态和社会政治，而是用"现代性"这个具有历史意义的概念来将近代、现代和当代的中国文学研究整合于连贯的历史发展中。这样，对中国文学的研究也就可以有了明确的脉络和整体性的格局。

　　在这样的研究语境中，本书选取了晚清域外文学的翻译作为研究对象。

　　对于晚清域外文学翻译的研究，承认其是文学翻译高潮的不在少数，但受意识形态和传统[①]翻译理论的影响，对其存在的价值和意义的研究目前多止于

---

① 郭延礼．岱宗学刊．1997：68—71.
　　樽本照雄．清末民初的翻译小说－经日本传到中国的翻译小说．王宏志编．翻译与创作，北京：北京大学出版社，2000：151—171.

"首介之功",因为译本的体例和语言还遗存着"长长的传统的尾巴"①。但是，晚清的文学翻译可以说是中国历史上的第一次文学翻译高潮，域外文学不但有历时的承前启后特点，也有共时的沟通中西的作用。翻译文学是维系中国传统文学命脉的重要通道，历史上各个时期的翻译活动，尤其是危难时期晚清的域外文学的翻译高潮让古老的中国文学能够得到新鲜的补给并生存至今、保持着鲜活的生命力。其历史意义和学术意义不可能也不应该如此简单。既然对晚清文学要"还以背景，还以公道"，那么对这一时期的域外文学翻译的价值批评也应该是客观公正的，也有必要对其进行更有深度的研究。

对于此时段的研究还有这样一种现象，就是有问题意识，但研究深度不够。郭延礼在其《中国近代翻译述略——兼论文学翻译迟到的原因》一文中认为文学翻译在晚清迟到的原因有三：1. 经世致用思潮的影响。2. 中国知识分子对文学自我优越感的作祟。3. 文学翻译较一般翻译为难。但在具体的翻译实践中，即便是在当代各种翻译软件发达的今天，科技和社会学文章也未必就比文学翻译简单。因为科技用词和社会制度语汇中包含大量专业术语、特定含义和固定句式，往往简单的一句话中包含着多重意义。而在晚清，对西洋科技和民主制

---

① 很多学者对晚清文学翻译的诟病主要集中于：所谓的"误译、改译、删译和增译"现象过多；译著缺乏经典，译本品味不高等问题。其实，这些在翻译技术层面的问题如果结合文化语境来看，译本所呈现出的样态并非是简单的翻译水平问题，这些看似"失误"的策略有时又是译者十分必要的或是不得已而为之的。同时，也许有民族自尊和对传统文化的挚爱因素的影响，很多学者对于晚清文学翻译的功绩有刻意回避现象。比如学者王东风在论及翻译选材时，曾引述过 Venuti 的言论："霸权文化为这些民族国家所选择的待译文本往往是像传奇或惊险小说这样的通俗体裁的作品。这些作品可以在想象的认同中引发愉悦，却不能生成由高雅审美引发的那种超然的批评。而这些译本所引入的英美价值观则会培养出一批西化的、无视本土文化的精英读者。"并进一步论述这些人："不经意地落入帝国主义意识形态潜移默化的陷阱，不自觉地经历了思想'被翻译'的过程。一大批所谓的黄皮白心的'香蕉人'和黑皮白心人就是被'翻译'过去的文本。"王东风的论述是有所指的，重点强调的是那些"在后冷战时期充当帝国在第三世界的代言人，从而在异国他乡成为一群迷失家园与身份的'少数族'"。但问题是很多论者于是乎立刻将其和晚清的文学翻译进行关联，认为此时盛行的侦探、科幻等小说对国人起到的是麻痹和娱乐作用（参见《文化霸权下的近代中国翻译》蒋天平 1，段静 2 中国矿业大学学报（社会科学版）2004 年第 3 期），而忽视了这类题材小说中蕴涵的科技、创新和法律意识等国人需要的东西。

度尚且十分陌生的阶段，对它们进行比较准确的翻译更加困难，所以这第三个结论实在有待商榷。

随着当代翻译理论研究的发展和西方当代翻译理论的引进，很多学者借用了这些成果对晚清的文学翻译现象进行研究。这样做无疑为该研究提供了新的研究手段，但也许是对这些理论在认识上还有局限，或这些理论本身就还存在着不足，所以经常出现解释上的力度不足。比如谢天振认为以色列学者埃文 - 佐哈尔的多元系统理论（Polysystem theory）① 可以很好地解释晚清的文学翻译现象："譬如中国清末民初时的文学翻译就与上述第一种情况极相仿佛：当时，中国现代文学还处于"细嫩"状态，我国作家自己创作的现代意义上的小说还没有出现，白话诗有待探索，话剧则连影子都没有，于是翻译文学便成了满足当时新兴市民阶层的文化需求的最主要来源（翻译小说占当时出版发表的小说的五分之四）。"但在同样的文章中他又随后进行如下论述："清末民初的中国译者则"实际上蕴藏着一种根深蒂固的偏见：对域外小说艺术价值的怀疑，因此，翻译文学在译入语文学的多元系统中占据的显然仅是边缘位置，于是译者对所译作品或是随意删改、或是'削足适履'，把原作生硬地套入、译入语文学中的现成模式，如把西洋小说'翻译'成中国章回体小说的模样，等等，从而极大地影响了翻译的'充分性'。"这种论述明显产生了让人迷惑不解的矛盾，既然翻译小说可以占到出版发表小说的五分之四，它又何至于仅仅是处于当时的"边缘"位置呢？这到底是理论运用的偏差还是理论本身存在缺陷呢？还是现象本身有一个从"边缘"到"中心"的位移呢？出现这些研究上的悖论是和理论

---

① "多元系统"（polysystem）这一术语，意指某一特定文化里的各种文学系统的聚合，从诗这样"高级的"、或者说"经典的"形式（如具有革新意义的诗），到"低级的"、或者说"非经典的"形式（如儿童文学、通俗小说等）。埃文 - 佐哈尔（Even - Zohar）概括了翻译文学在文学多元系统内处于中心地位的三个社会条件：（1）当某一多元系统还没有形成，即某种文学还"幼嫩"，尚处于创立阶段；（2）当一种文学（在一组相关的大的文学体系中）处于"边缘"位置，或尚还"弱小"，或两种情形皆有；（3）在一种文学中出现转折点、危机或文学真空之时。这种情况下，译者更倾向采取异化的翻译，译文在充分性方面接近原文的可能性更大；然而在文学多元系统处于稳定状态，也就是说翻译文学处于边缘位置时，译者也更倾向于采取归化手段，追求译文的可接受性。（Even - Zohar, 1990）

适用性的理解有关。类似的情况在后殖民理论对晚清文学翻译的研究中也常常出现，本书将对此类问题进行研究。

晚清的域外文学翻译现象复杂而丰富，几乎所有有关文学翻译的种种问题和状况在晚清都可以找到例证。在很多有关文学翻译的论述中都可以看到用晚清的文学翻译现象来作为佐证。这也造成了对它的研究过散、过粗，没有逻辑、缺乏系统性，忽略了对很多很有意义的问题的研究。比如樽本照雄有过一个统计："若抽取从 1840 年到 1920 年发表的作品来看，辛亥革命以前（1840—1911），创作有 1288 种，翻译有 1016 种"，"1911 年以前创作笔翻译多 1.27 倍，翻译只占 44％ 而已。……实际的情况是：'创作多于翻译'。"樽本照雄纠正了阿英的统计错误："从具体数字看，阿英说的'翻译多于创作'这样情况，只出现在 1902 年到 1907 年间的 6 年。"这样的纠正实际上就引出了几个很重要的问题需要关注："为什么在 1902 到 1907 年的六年间，而不是其他时间会出现翻译多于创作的现象？""如果对这六年间原语国别进行溯源，又会有什么发现？""在大力输入域外文化的晚清，文学创作为什么依旧可以多于文学翻译？""翻译的双重性——对中国文学的建构和解构和译者的矛盾心理——文化输入的接受和焦虑之间会怎样相互作用？"这些问题对于晚清的文学翻译研究而言都是十分有必要的。

对于晚清域外文学翻译的研究还缺乏宏观和微观上的结合研究。

目前，对于晚清域外文学翻译的宏观研究主要体现在翻译史方面。这种研究方法主要有：（1）着眼于文学翻译的活动事实。这是一种历时的、线性的和材料梳理性的宏观研究。这种翻译史的编写方式以编年史为主。近十几年间，编者开始在史实梳理的基础上也关注了诸如译者动机、翻译类型、译论流派和承继关系等问题。比较有影响的几部翻译史的编者均对此类问题进行过相关论述。陈玉刚的《中国翻译文学史稿》注重的是："以文学翻译活动的事实为基础，以脉络为主，阐明翻译文学的发展历史和规律，并力图对翻译文学家的翻译主张以及他们之间的继承和相互影响、翻译文学最基本的特征和它同其他形式的文学的不同点等问题进行探讨"。陈福康认为，按历史发展顺序写，"缺点是容易写得平，'只见树木不见林'，成为关于一个个译论者的单篇评论的汇编；

优点是可以对这些重要译论者论述得较为详尽，并为研究者提供较多的资料信息。"而不拘泥于时间先后，重组资料的写法："缺点是容易写得浮，'只见林不见树'，在未发掘和占有详尽资料时容易'以论带史'，……优点则是容易显出'理论性'和'体系性'。"陈福康的《中国译学理论史稿》采用的也还是前一种编写方式。《20世纪中国翻译史》是迄今为止我国唯一的一部叙述我国整个20世纪翻译历程的史书。作者方华文依旧以时间为坐标宏观阐述了20世纪中国的翻译活动，并在其中旁及产生翻译活动的环境。重要的是该书首次将中国翻译理论的构建历程串联起来，对晚清的译论研究提供了脉络上的思路。（2）着眼于文化研究的翻译活动研究。1997年王克非的《翻译文化史论》出版，自此研究开始出现了转向，从过去的单纯翻译技术层面转向了文化层面，使研究着眼点不再局限于翻译文本和翻译实践上，不再仅仅是翻译文本内部的探讨或是翻译活动的技术性研究，而是将文学翻译也纳入到社会文化体系中进行研究。这不但拓宽了研究的区域和视野，也让文学翻译研究有了更多的思路。但随着社会文化眼光的介入，对文学翻译的研究又有了文化失控的表现，似乎以前所有不能解释或解释得比较勉强的现象一旦用文化来解释就全行得通。从零散个案中很容易就看出翻译和文化中存在的互动关系。但很多论者对这种互动关系的研究浅尝辄止，以个案例证指出有互动关系就将研究终止。这种一招行遍天下的做法省力、讨巧，时至今日还很盛行。而对于晚清文学翻译中真正涉及文化系统问题的研究，比如翻译活动和社会文化互动的轨迹探寻；翻译在文学转型时期对社会文化和文学内部的规范方面产生什么眼的影响；翻译中蕴涵的观念意识从何而来；文学翻译在晚清的发展规模有什么变化，这些问题则较少有人探讨。（3）着眼于比较文学的文学翻译史的研究。这种研究方法一改以往的历时性研究传统，将共时性编排方式引入翻译文学史的研究当中，这样做可以避免研究中的顾此失彼。但比较研究往往需要对所比较的对象有比较详尽的资料在手。而晚清的资料多而且乱，最具有权威的资料集中于文学史和翻译史中。所以，比较研究多以译者的译介策略、主张和风格为主，对于同时期的国外类似状况的比较研究较少涉及，即便有也以和当时的日本进行比较为主。还有就是以中国古代佛经翻译和近代翻译进行历史比较，这方面的成果也是反映于翻译史中或散见于单篇论述中（数据见资料综述）。所以，在晚清文学翻译的比较研究上还有很大的研究空间。①（4）将现代翻译理论和翻译历史结合共同研究。这是香港学者王宏志提出的一种研究框架。在此之前，由于很多论者自身翻译实践不多，使翻译史的研究基本无法涉及翻译实践理论，即使是有所涉猎也是翻译理论的整理收集，所以翻译史的宏观研究缺乏的是论述的深度和理论对翻译实际的关照。虽然该研究框架仅仅是王宏志的设想，但这种设想将译者、读者、翻译语境和翻译赞助人等属于微观研究领域的因素引入了宏观研究当中。②

在微观研究方面的成果可谓丰富至极。尤其是对此时段的译者动机、翻译策略、读者接受和译介主张等方面的研究成果颇丰。译者动机研究中除了对本国译者的翻译心态进行分析外，还对外国译者尤其是传教士的翻译活动和动机进行了分析，这是对目前研究晚清文学翻译的一个很有益的补充。翻译策略上以个案研究为主，分析重点基本集中于归化和异化、普遍性和差异性等方面，结合文化和翻译的相互制约性进行了非常有深度和有创见的探索。读者接受则是受到现代叙事理论的影响，尤其是运用姚斯的"读者反映理论"来进行晚清域外文学读者的心理分析。译介主张的研究基本上以译者的翻译见解为研究对象，或对其进行梳理总结，或结合译者的翻译实践进行分析评价。

上述研究成果无疑是重要的和有意义的。对中国文学的构建而言，它们提供了丰富的史料和各种独具见地的研究视角。但对于晚清文学翻译的研究而言，不仅仅是对晚清的文学现象进行史料补充和个案分析，更是对整个中国的文学

---

① 王克非的《翻译文化史论》中专辟一章，对近代中日翻译事业从萌芽期第一过渡期和发展期进行了共时性和历时性的比较研究。谢天振和查明建主编的《中国现代翻译文学史》中，虽然没有明确单列出比较研究的章节，但在论述亚洲诸国文学的翻译时，附带对日本同时期的译介情况作出了一些横向的比较。其他史类研究中较少涉猎比较研究。另外，根据目前可以掌握的资料看，以近代文学翻译为主题进行比较研究的几乎没有，仅仅在书中以例证出现，而且同样是集中于中日比较，如：《浅析中日近代翻译小说的差异》《中日"文言一致"运动试比较》《近代中日政治小说比较》《中国文学的现实主义情结——中日近现代文学主潮比较》《中日小说近代变革之比较》《中日近代小说形成之比较》。

② 王宏志虽然仅仅给出了构思而没有付诸于实践，但其思路中却有很多创新之处，比如在章节安排上舍弃编年史模式，以个别专题为纲领等，同时结合当代翻译理论形成研究框架。虽然仅是个构思，但比此前的翻译史的研究上有了明显的突破。

走向的历史溯源和未来追问。以中国文学中晚清的"现代性"发生为突破口，将研究前延至近代并后伸至当代；以新的眼光将宏观和微观、历时和共时相结合研究和评价晚清域外文学的翻译，不是为了给过去做个合理的了结，更是为了回答中国文学今天的问题。只有这样，才能在研究晚清域外文学翻译基本特点的同时，关照当代文学翻译中的诸多问题如：译者的翻译主体作用并进而分析中国文学现代性发生的主体性问题；从中国文学第一次的流行研究通俗文学的本质和价值；探讨中国文学能够突破传统，发生现代性转变的基本动力是自身文学传统的自主更新还是依附于西方文学的"借尸还魂"式的发展，或是被动的弱文化的被改造等问题，也才能在晚清域外文学宏观和微观的结合研究中分析出晚清的现代性是五四新文学的量变准备还是中国传统文学本身已经发生了质变。所以，本书以晚清的域外文学翻译为研究对象，但真正关照的是中国文学的现在问题。对个案的考察是为了对中国文学的现代性构建进行宏观的分析，进行宏观研究又是为了寻求个案在中国文学历史中的走向。因为本书不可能对大量的翻译文本和翻译现象进行穷尽分析，所以选择了最具代表性的1898—1908 这一时间段内的域外文学翻译现象进行研究，将宏观和微观相结合，期望能起到见微知著的作用。

为什么是 **1898—1908**

本书把研究的时间定于晚清 1898 年至 1908 年。因此可以被看作是断代研究。之所以把研究的上限定于 1898 年，是因为中国的现代性"体验"① 是从这一年开始真正发生的。

---

① 本书没有用"现代性转型"而是用了现代性"体验"一词，因为笔者认为真正的中国社会的现代转型至少要到十年以后甚至更晚才实现。此时的中国，无论是社会思想、人文心理还是文学样态，基本上还处于现代性的体验阶段，但不是真正意义上的现代性的开始。但中国文学的现代性和中国社会的现代性在时间上并不一致，二者出现了十几年的时间差。中国文学的现代性应当从十九世纪末就开始了。对于这一点详见本书后面的论述。

从"史"的角度讲，无论是从近代文学史、近代翻译史还是近代思想史来讲，1898 都是极为重要的一年。

晚清自上而下开始了政治上的维新变法，虽然振聋发聩，但也是在这一年就夭折了。政局的改变直接影响着中国历史以后的走向，社会各个方面都对此出现了反应。而文学家们对 1898 年的重视则表现在断代方面，他们不约而同地将这一年视为中国文学由传统走向现代的重要的转折点。陈子展是近代中国文学研究的先驱，他认为应该将"近代文学的起点定于"戊戌变法运动"，因为，"从这时候起，古旧的中国总算有了一点近代的觉悟"。① 陈平原和陈子展的观点接近，他认为"新小说的诞生必须从年说起"，是"戊戌变法把康、梁等维新派志士推上政治舞台的同时，也把新小说推上了文学舞台"②。1898 年的文学界，借助政治的外力，一改往昔传统沉闷的步履，文学观念、语言观念、文学传播方式、作家的生存状态及其创作面貌等都发生了重大变化。中国文学由传统走向现代的步伐比以往任何时期都快速。

首先，严复在这一年通过翻译赫胥黎的《天演论》，首次将资本主义的世界观和价值观展示给中国。这部既可以说是哲学、社会学专著，又可以说是文学、文化文本的巨作，让思想领先的中国知识分子找到了打破封建社会意识形态的突破口。他的"信"、"达"、"雅"的主张也成为中国翻译理论和翻译标准的圭臬。在《天演论》中，严复翻译了英国诗人蒲波的节选诗《原人篇》和丹尼森的节选诗《尤利西斯》。这是我国所译的最早的、具有专业水准的汉译诗歌，从此拉开了中国译者对英语诗歌翻译的序幕。③ 其次，林纾在本年与王昌寿声泪和译《巴黎茶花女遗事》并于次年出版。这不但揭开了中国翻译文学的新纪元，而且从这一年开始，翻译成就逐步开始为中国文学的发展提供了真实的参照并就此参与了中国文学的格局的改造。同时，《巴黎茶花女遗事》的受欢迎程度也意味着国人对外国文学由原来的自负高深和先入为主的偏见转为认真的关注，提升了西方文学在国人心中的地位。再次，1898 年底《清议报》在横滨创刊，

---

① 陈子展. 中国近代文学之变迁. 上海：上海中华书局，1929：6.
② 陈平原. 二十世纪中国小说史·第一卷（1898—1916），第一章，起点中文网.
③ 贺麟. 严复的翻译. 东方杂志，22（21）.

梁启超写了《译印政治小说序》(《政治小说佳人奇遇序》),这篇短短八百字的文章,却是梁氏两篇最重要、影响深远的小说理论之一(另一篇是发表在差不多两年之后的《论小说与群治之关系》)。文章中不仅倡导了政治小说的翻译,使小说的地位有了提升的可能,同时也使功利性目的在以后相当长的时间里成为中国翻译文学的主要目的之一。"要翻译外国小说以作为向西方文学学习的手段"并不是以《译印政治小说序》为始,但实际行动却由梁氏开始。在《译印政治小说序》中,梁启超明确地写出了要向西方学习的意向。"……欧西各国变革之始,其魁儒硕学,仁人志士,往往以其身之所历,及胸中所怀,政治之议论,一寄之于小说。……彼美英德法奥意日本各国政界之日进,则政治小说为最高焉。"

封建帝制在 1908 年已经走到了穷途末路。这一年的 11 月 14 日(光绪三十四年十月二十一日),清王朝的名义统治者——光绪皇帝,驾崩于瀛台涵元殿,次日,也就是 11 月 15 日(光绪三十四年十月二十二日),实际统治大清王朝 48 年的慈禧太后,在中南海的仪鸾殿离世。而这二人的相继离世,给本已风雨飘摇的封建帝国以沉重的打击,但也让各种思想的登场有了希望。更重要的是晚清文学翻译至此时已经基本完成其发生样态。也就是说,它虽不成熟,也不固定,但为中国文学的现代转型所能提供的各种参照在此时已经基本成型。至于到民国初期和"五四"以后中国文学和文学翻译的走向则应该说是脱胎于此时段的各种文学现实中。

研究对象定为 1898 至 1908 这 10 年间的翻译文学,除了是因为此时段的中国翻译文学乃至中国文学都具有极强的过渡性特征和环环相扣的推进式演变,并在这 10 年中都有突出表现外,还因为笔者认为如果要对问题进行比较深入的研究和系统的描述,必须找到可以产生足够研究空间和研究对象的研究视域。而该时段中所涉及的种种翻译文学的现象背后,有着庞大而复杂的、涉及中国文学发展走向的诸多文学因素和中国社会、文化转向等的超文学因素。这些因素和此时的翻译文学互为表里,研究时可以找到典型的对象、例证和典型的特征。同时,把清末民初复杂的中国文学现象尤其是翻译文学现象缩小到这典型的 10 年中进行研究,研究对象不会因其庞杂而散失目标,论述和论证不会因其复杂而无法深入。所以本书将晚清文学翻译的研究定在这 10 年间,而不是整个晚清或清末民初,就是为了使研究既能够有一个历史维度上的跨度,有足够的研究空间、时间和信息容量,能在较为全面的概貌上进行。同时也考虑到晚清文学翻译史实量大,思想复杂,如果想要将问题研究得比较透彻、系统和深入,就不能将研究领域定得过大,这样会力不从心。而将研究缩短至这 10 年间,可以让研究的领域相对集中,论述可望更加准确合理。当然,本书所设定的、研究上的时间上限和下限也并不是绝对就控制在这 10 年间的,尤其在进行变化轨迹的论述时,为了将其轨迹阐述得更加清晰,往往会突破这种时间的上限和下限。

所以本书选取 1898—1908 年间晚清文学翻译作为研究对象,就好像进行医学上的切片研究,通过这一部分尽可能全方位的研究,来投射出整个清末民初文学翻译的影像来并进一步关照当代中国文学中的种种文学翻译现象。

这里有一点需要特别说明,本书所设的时间上的界限只是为了能够在时间线性发展的维度上为研究提供一方便。取 10 年整段时间进行研究有取其便利的考虑,更是因为本书所要研究的文学翻译中各种变化轨迹主要是集中于这 10 年间。这是一个极具过渡性和争议性的 10 年,也是文学史上最复杂、最混乱和非常具活力的十年。10 年间中国的翻译文学从翻译重心、翻译样态到翻译目的、翻译理论等都发生了从古典到现代的,至少是体验性的转变。这是一个非常不同寻常的 10 年,激烈的社会变革和激烈的思想论战使中国人在感受到欺辱和愤懑的同时,还能借翻译文学的外力感受到现代文明的必要。从中既可以见证到传统文学的抗争,也可以看到近代文学的转变,更可以窥视到现代文学的萌发。变化的轨迹在此时段确实是比较集中的。本书认为晚清文学翻译中最大的特质就是变。变是历史的必然走向,但中国文学在对传统的反叛中往哪里变,变的程度如何,变的结果是什么,对这些问题只能有结果,却不能有规律和必然性。而晚清时期的文学翻译就是为中国文学的现代发展提供各种变的可能,它和"五四"至今中国文学所形成的各种格局并无必然的因果关系。

理论支撑

对于晚清文学翻译实践的研究，很多学者已经进行过多角度的论述，涉及社会政治文化、翻译策略、译者动机、读者反应、文化传播等诸多方面。当然，这些丰富的研究成果也都构成了本书研究赖以展开的基础。同时，本书的研究视角并不是从上述单一领域出发，虽然也必然要广泛涉及到这些方面的问题。而且，本书不再对此时段的文学翻译进行单一领域的深入研究是因为目前为止，这方面的成果已经颇为丰富，相关见解也已经很有见地。再从单一视角进行深入挖掘和拓展的研究空间并不是很大。倒是和晚清翻译文学现象相关联的诸多具有跨时空的、具有普遍性的问题研究的还不十分透彻。比如翻译对社会资本的建构问题，语言和思维的表里关系问题，翻译文学的归属问题，现代审美心理的转换问题等。从晚清的文学翻译活动中都可以发现这些问题的影子，但奇怪的是很少有人利用它对上述问题进行系统论证。也许是晚清的历史让国人不堪回首，影响了对此时段文学翻译现象的研究和利用。所以，这段历史中所出现的现象基本上是上述问题研究中一带而过的例证。很多研究者忽视了晚清文学翻译的复杂背后的普遍意义和历时性特点。因此，本书更多地依赖于现代译介学理论，对这一时期的翻译文学做历时和共时相结合的、断代性的和追溯整理性的研究。

本书的理论支撑如下：

20 世纪 90 年代，翻译研究领域引入了文化因素并产生了研究的"文化转向"。这种转向时翻译研究脱离文本束缚，置身于宏大的历史文化语境中。这种转向的始作俑者是苏珊·巴斯内特和安德列·勒弗维尔。他们将翻译与文化牢牢系在一起的同时，将研究的视线集中在了影响翻译发展的诸多外部因素方面。该理论在被介绍至国内后，马上引起了国内学者的强烈兴趣，带动了国内翻译研究的文化转向。如操控理论中的三要素——意识形态、诗学、赞助人对于阐释了晚清小说翻译活动的政治功利性提供了新的研究思路，可以让研究者从意识形态和诗学两方面分析了中国晚清的政治文化语境对小说翻译的影响和制约。而胡杰根据安德列·勒弗维尔的重写理论则对翻译文本的变形与误读、译者翻译心态和策略、历史和文化的互动关系等的研究非常有启发意义。

德国学者汉斯·弗米尔于 1970 年将功能派理论引入翻译理论，被称为目的论学派。该学派翻译理论认为："翻译是一种行动，而行动皆有目的，所以翻译要受目的制约；译文好不好，视乎能否达到预定的目的"。目的论重点研究翻译的目的。因为在该理论认为翻译的目的决定翻译方法和翻译策略；而后者对于能否达到译者预定的翻译目的至关重要。该翻译理论为翻译批评建立了一种新的动态模式，很适用于对晚清小说翻译的研究。运用目的论观点研究晚清文学翻译家们的翻译实践主要集中在译介异域文化的同时，他们的政治目的、本民族文化意识、翻译策略、保护民族文化等方面是如何进行调适的。

埃文·佐哈尔提出的多元系统理论并不是一个十分完善的理论。但它对翻译文学的研究起到了积极的开拓性的帮助。多元系统理论将历史的研究视域引入了文学翻译的研究中国，突破了对单个译本所进行的静态的、孤立的、共时性的研究。但本书的研究仅仅是受到该理论的启发而没有以它为理论支撑，因为该理论本身具有一定的缺陷。该理论研究没有突破二元对立的局限，比如集中研究了主流意识形态在文学翻译中的表现，对非主流的意识形态却鲜有论述。强调意识形态对翻译文学的影响时，忽视了文学发展的自身规律的研究。也没有关注译者的能动性和翻译文学可能具有的时代超越性。如果完全按照此思路进行研究容易将生动的晚清的文学翻译现实带入僵化、绝对化的窠臼。但毕竟将文学翻译纳入文学多元系统中进行研究是非常令研究者受启发的，所以，本书也借用了该理论中的很多研究成果。

1967 年姚斯提出了接受美学的基本思想和理论构架。时至今日，接受美学依然是研究读者的最主要理论力量。借用该学说来研究晚清晚清翻译文学中，偏重于读者期待对翻译的影响。本书侧重于解释译者对作品的选择以及晚清特殊的翻译策略所造成的审美心态的转换。

米歇尔·福柯所揭示出的权力在宏观领域的影响，让人们开始思考文学译本实际上也是一个权力支配下的典型文本，翻译过程中的各种权力关系以及相关的操纵策略对新知识的输入具有极大的影响作用。晚清时期政治和新知识的纠结可以在"权利话语"理论中进行厘清。

严格讲后殖民理论在本书中并不是用来进行研究的。而是因为在研究晚清翻译文学转变轨迹时发现，很多论者在运用该理论进行文学翻译研究时，有晚清事例运用不当甚至是错误的地方，这既是对后殖民理论的不理解，也是对晚清文学翻译本质的误解。所以，本书将在通过对后殖民理论的概念的厘清中再次奉献晚清文学翻译的真正价值。

这里要特别说明的是，上述理论在本书中并非是单一地被使用于每个问题的单篇论述中。在对问题的分析评论中，经常会将各种理念中有意义的理念综合运用。同时，本书重点研究的是晚清的文学翻译的转变轨迹和与之相关的问题分析，但这其中也会涉及很多对非文学翻译现象的论述，其目的无非是为了对该时段的文学翻译进行更全面、更系统地研究。

概念的厘清

本书在进行全面论述之前，需要对两个概念进行厘清，即"变相研究"和"翻译文学"。

何谓"变相研究"

所谓变相研究是指对 1898—1908 年间所发生的文学翻译领域中出现变化的、种种文学痕迹进行的研究。这是在时间和空间的经纬交织中，希望将散落的文学翻译个案以变化趋势为主线串联出一条条珍珠项链。在对这种变化痕迹的研究中，通过性质相同的个案的串联将晚清的域外文学翻译的发展变化从纷杂中理出线索，从无序中找出理性。同时通过这短短十年的变化轨迹，将宏观研究和微观研究尽量结合，勾画出这十年间晚清翻译文学的基本的、整体的风貌。也希望通过对这十年的风貌研究能起到知微见著的作用，对整个清末民初的域外文学的研究提供思路和参照。

文学翻译、非文学翻译和翻译文学概念的厘清

既然有文学翻译，也就会有与之相对的非文学翻译。对于翻译的客体而言，这二者的属性不同。文学翻译的进行场域是在艺术范畴内，其文本是文学艺术作品为主；而非文学翻译的范畴要广泛很多，其翻译的客体可以涉及到自然科学、社会科学等各个领域如数学、哲学、经济学、法学和医学等等。从所要传递的信息来讲，非文学翻译必须秉持忠实于原文的原则，将原作中的既然所给出的理论、学说、观点、定理、公式、事实、数据等基本信息原本再现，而译本和原文本之间的关系式相对稳定的。但文学翻译在传递原文信息时，还要比非文学翻译多传递一样东西就是艺术审美信息，这也就造成了很多可变因素去影响原文信息的传递。因个人对原作的理解不同，审美趣味也不尽相同，使传达原作的艺术审美信息时会出现种种不好把握的翻译现象。比如对诗歌的翻译，"离人心上秋"这句诗实际上是中国的文字游戏，扣一个"愁"字，但在进行西文翻译时，很难将其韵味传递出来。

文学翻译和非文学翻译还是同一体系内的不同范畴的翻译实践，而文学翻译和翻译文学就完全是两个概念了。而本书行文至此才真正用到了"翻译文学"这几个字眼，因为文学翻译和翻译文学实在有着巨大的差异。在前面的论述中，相关论述基本涉及的是翻译的具体实践活动，而较少涉及译作的表现形式，之所以用文学翻译而不敢乱用翻译文学，就是因为前者所指的是行为、是活动、是实践；后者所指的是文本、是成果、是文学产品。虽然这两个概念均和翻译、文学密切相关，也均会牵扯到译者、原作者、译的活动和译书艺术性问题，但其最大的不同在于文学翻译是文学的一种实践活动而翻译文学是文学的一种表现形式。前者是后者产生的过程，后者是前者的成果或产品。研究文学翻译更多地集中于如何艺术地传递文学文本的信息，译者、作者心态，如何进行译本的改造等问题；研究翻译文学则集中于译本和原文本的比较研究，译本的影响，翻译语言的转变等问题。"文学翻译固然是翻译，但不应忘记文学。文学，从本质上说，是一种艺术；文学翻译，自然也该是一种艺术实践。文学语言，不仅

具有语义信息传达功能，更具有审美价值创造功能。"① 罗新璋在此明确地指出文学翻译也是艺术实践，可谓一语道破其核心特质。

本书论者在进行"翻译文学"的概念的查证时，意外发现到目前为止还没有人对这个已经被广泛使用的词组下一个精准的定义，就连对它作出基本阐释的概念都没有出现。在资料中，该语汇经常是和"文学翻译"所指涉的意义相同，总是被大而化之地一笔带过。也有人认为翻译文学是"以译语（母语、本民族语言）作为首要形式构成的外族文学或外国文学。"这个定义虽然给出翻译文学的目的语存在形式，可最终归属地却被划分在了外国文学范畴。再比如谢天振，他是从比较文学和中国现代文学史的角度论述对翻译文学的本质："长期以来，人们对文学翻译存有一种偏见，总以为翻译只是一种纯技术性的语言文字符号的转换，只要懂一点外语，有一本外语辞典，任何人都能从事文学翻译。这种偏见同时还影响了人们对翻译文学家和翻译文学的看法：前者被鄙薄为'翻译匠'，后者则被视作没有独立的自身价值。"论者在此是从跨学科的角度认为翻译文学应该在中国文学系统中有一席之地，翻译文学是一种"独立的存在，在人类的文化生活中发挥着原作难以代替的作用"。但在他的论述中，并没有明确地对文学翻译和翻译文学作出解释，倒是在论述对翻译文学史的书写时，其解释能让我们看到"翻译文学"的本质。谢天振教授认为："以叙述文学翻译事件为主的"翻译文学史"不是严格意义上的翻译文学史，而是文学翻译史。文学翻译史以翻译事件为核心，关注的是翻译事件和历史过程历时性的线索。而翻译文学史不仅注重历时性的翻译活动，更关注翻译事件发生的文化空间、译者翻译行为的文学文化目的，以及进入中国文学视野的外国作家及其作品。翻译文学史将翻译文学纳入特定时代的文化时空进行考察，阐释文学翻译的文化目的、翻译形态、达到某种文化目的的翻译上的处理以及翻译的效果等，探讨翻译文学与民族文学在特定时代的关系和意义。"至少从这段论述中我们可以看到翻译文学作为一门独立的学科所要关注的问题有哪些。

概念的含糊不明会带来研究的不深刻或研究的定位失误。而翻译文学既然

---

① 罗新璋."似"与"等".世界文学，1990（2）.

是文学大系下的一个子系统，不妨从对文学的定义中找到可以定义翻译文学的解释。《辞海》中是这样对文学下定义的：文学是指以语言文字为工具借助各种修辞以及表现手法形象化地反映客观现实的艺术，包括戏剧、诗歌、小说、散文等，是文化的重要表现形式，以不同的形式（称作体裁）表现内心情感和再现一定时期或者一定地域的社会生活。那么翻译文学不妨简单定义为：翻译文学是指以一种语言文字为工具，借助各种修辞以及表现手法艺术地将另一种语言所表现出的艺术客观现实进行再现的文学。这个定义中有三重含义：1. 是语言和语言间的艺术性的转换。2. 转换中体现的是再现意义上的文学。3. 转换中有借助本语的修辞和表现手法的必要，所以有艺术再加工和再创造的性质。在这个概念范围内再讨论翻译文学的归属问题就至少是"师出有名"，而且研究范围也明确了。

第一章

翻译实践的"变相"分析

晚清时期从"西学中源"开始，到洋务运动的"中体西用"，再到相信翻译文学可以启迪民众，这种认识上的变化真实地体现在了此时期的翻译实践中。

第一节　在知识扩充和权力牵制中递进衍变

克罗伯对文化概念所下的定义是：文化是一种构架，包括各种外显或内隐的行为模式，通过符号系统习得或传递；文化的核心信息来自历史传统；文化具有清晰的内在结构或层面，有自身的规律。① 从克罗伯对文化的阐述中，我们可以根据文化的精神内涵的程度产生三个层面的理解：外显的器物文化、理性的制度文化和深层的精神文化。表层的外显器物和可感的理性制度是文化的组成部分，人们的文化生活的变化在这两个领域里是比较容易体会和感知的。深层的精神文化则是其内隐的核心部分，关乎于社会心理、价值体系、思维方式、人伦观念和审美情趣。器物可以随时间的推移而失去外显形式，制度可以随历史的变迁而不再可感，但精神文化则可以凭借巨大的、潜在的作用对人的社会造成影响。这种精神文化也是需要载体的，音乐、艺术、建筑和文学，都是传承精神文化的有效载体。所以，在同一个文化共同体中，文化的三个层次均应是研究考察的对象，这样对文学的研究才不是孤立的，形式的和过于绝对

① Kroeber，A. L. The Nature of Culture. Chicago：University of Chicago Press，1952.

的。考察 1898 至 1908 年中国的翻译文学现象，可以很明显地看出虽然仅仅是短暂的十年，但翻译文学却在文化层面上将三个层次的追求都依次表现了出来，在 1898 年以前，"器物文化"的翻译居于主要地位；1898 以后对制度文化的译介取代了前者；而随着梁启超"政治小说"的提倡，1902 年以后，文学翻译成为翻译的主流。

（一）译"格致之学"以"补天"

这是清政府自上而下的一种接近于全体自愿的文化追求。鸦片战争以前，社会思想僵化而不思进取，既不辨西方的地理位置，也不知其民情政治。但两次鸦片战争的失败使很多士大夫对西方机械器物和坚船利炮产生了由衷的佩服，也就有了想拥有这些技术的强烈愿望。"泰西何以强？有学也，学术有用，精益求精也。中国何以弱？失学也，学皆无用，虽有亦无也。①"补天自救，"师夷长技以制夷"，借西方"器物文化"和"格致之学"为封建统治机器添加润滑油。魏源在鸦片战争后提出了"师夷"的想法后，"取法西方"就成为晚清先觉者御敌强国的基本方略。这里的"技"主要是指声光化电和工艺器械制造。实事求是地讲，虽然这时的思想还没有能力承担救国救民的任务，但毕竟它推动了国人开始"开眼看世界"，也让敏感的文人得以对反对封建机器和转变社会模式并改良社会有了朦胧的期待。初级的采矿业、机械制造、军火企业和新式军队的出现表明首先是资本主义社会的物质成果已经开始在中国得到运用。中国的近代化已经艰难地起步了。这种借他人之器以补自己之不足的思想主要发生于道光、咸丰和同治三朝。这其中，以林则徐、魏源的"师夷长技以制夷"，冯桂芬的"采西学议"和李鸿章、张之洞的"洋务运动"为代表，将中国传统的经世致用的思想和西方器物文化的传播结合起来，以达到强国之目的。冯桂芬认为："如以中国之伦常名教为原本，辅以诸国富强之术，不更善之善者哉？②"洋务运动"将这种思想又往前推进了一步，鼓吹要发展科技，振兴外贸和提携商务活动。李鸿章更是有些偏激地说"未见圣人留下几件好算数器艺

---

① 贯公．振兴女学说．开智录，1901－03－05.
② 冯桂芬．校邠庐抗议，211.

来。"① 但此时，洋务派的核心思想还是"中学为体，西学为用"。也就是说，在讲究"格致之学"的同时，依然坚持"器则取诸西国，道则备自当躬。""新旧兼学，四书五经，中国史事、政书、地图为旧学，西征、西艺、西史为新学，旧学为体，新学为用"。② 这里面有一种强烈的防范心理在作祟，也就是说兴西学的实质是保中学。在中国传统学术的基础上嫁接西方文化，让西学有安家落户的理由。体现出了晚清士大夫维护现存的体制，文化本位至上的思想和保种救国的共同愿望。虽然说在国家面临危机的时候，保护文化心理，免受外来文化的入侵和殖民思想的冲击是社会最敏感的神经，虽然学习西方先进技术以求富国强兵之道依然成为 1898 年的社会性思想，但这一切的结果是最终没有真正找到救国之路，却刺激了翻译事业的发展，"格致之学"在短期内就得以兴起和繁荣。

在这些西书的翻译中，首先值得一提的是《四洲志》和《海国图志》。前者是林则徐请人译述英国人慕瑞的《世界地理大全》并进行编辑而成的。《海国图志》是在《四洲志》的译稿和美国传教士裨治文的《美理哥合省国志略》的基础上再次进行汇编而成。虽然仅仅是编译的并非译自原版，但这些资料的汇编却帮助国人最早突破了旧有的华夏中心的地理观念。这有助于国人在外患来临时对内进行反省和对传统知识进行质疑。虽然仅仅是实物之译，但却对国人心理产生了潜在的影响。

当时译书的主要目的应该说是应付洋务派之需而进行的。教会译书比较独立但在书目选择上也很注意，尤其是会对体制带来冲击的书目如西方新思潮、社会制度等书籍基本不译。傅兰雅的译作在传教士当中算丰富的，他知道清政府"今特译紧要之书，如李中堂数次谕特译某书"，所以自己在翻译时也只能"与华士择合其紧用者，不论其书与它书配否"③。④ 此间所译之书虽不成体系，以独本单章多见，但内容却囊括了数学、物理学、化学、天文学、生物学、地

---

① 杨国强 . 百年嬗蜕——中国近代的士与社会 . 上海：上海三联书店，1997：250.
② 张之洞 . 劝学篇//三月西湖书院刊本，光绪戊戌，1898.
③ 顾卫民 . 基督教与近代中国社会 . 上海：上海人民出版社，1996：225、261.
④ 傅兰雅的初衷是"本欲作大类编书"，"按西国门类分列"，完整地翻译西学知识。

理学、地质学、医学等西方自然科学的大部分领域。这其中又是以应用科学方面为主，军备、器械、船舶、纺织、冶炼、采矿、化工、驾驶等的翻译将西方的现代文明注入到了晚清社会上层人士的视野中。同时，因欧美科技发展居世界之首位，所以此刻晚清所译书目顺理成章地来自欧美国家。根据梁启超的《西学书目表》① 所录，鸦片战争后至1896年间出版的西学书籍353种，全部译自欧美国家。

（二）译"政事"之典以"救亡"

中日甲午战争之后，"中体西用"成为旧体制无法解决国难的标本。洋务运动对西方文明精髓的排斥和近邻日本利用西方文明快速成为强国形成了鲜明的对比。具有民族资产阶级思想的社会知识阶层开始认识到中国传统体制上积重难返。"观大地诸国，皆以变法而强，守旧而亡"②。"如今日中国不变法则必亡是已。"③ 日本人稻叶君山认为："自曾国藩时代所创之译书事业，虽有化学、物理、法律各类，然不足以唤起当时之人心。"④ 所以，翻译的背景由应对洋务之需变为维新革命之用，译书开始为维新变法服务，进入了梁启超所说的"将世界学说无限制的尽量输入"的阶段⑤。

可以说1898年以后翻译内容主要集中在哲学、社会科学领域，对于西方文化、政治思想、社会制度的典籍著作均进行了重点译介。这些西书的输入，越发让国人不止于痛感技艺知识的匮乏落后，更刺激了他们对传统社会政治制度的反感，从有识之士开始对西书的引进进行了主动的结构性调整，社会制度、哲学典籍类一跃为翻译的首要地位，"器物文化"退居其次，进入了梁启超所言的"以政学为先，而次以艺学"⑥ 的时期。此期译述的西方哲学、社会科学著

---

① 梁启超. 西学书目表，光绪二十三年刻本.

② 康有为. 上清帝六书//中国历史学会·戊戌变法第二册. 上海：上海人民出版社，1961：197.

③ 严复. 救亡决论//王栻. 严复集第五册. 北京：中华书局，1986a：40.

④ 稻叶君山. 清代全史卷下. 北京：中华书局，1915：30.

⑤ 梁启超. 清代学术概论. 北京：中华书局，1954：65、71.

⑥ 梁启超. 大同译书局叙例//张静庐编. 中国近代出版史料补编. 北京：中华书局，1957：53.

作包括了很多世界著名典籍论述如:《天演论》《民约论》《法意》《原富》《群学肄言》《穆勒名学》以及《道德进化论》等。

译书的重心由自然学科转向社会人文学科表明中国人在如何向西方学习方面有了质的飞跃。致光绪年间,有识之士已经认识到仅仅利用西方"器物",没有相应的社会制度的变革,自救无异于痴人说梦。所以"维新办法"虽然只有短短的一百天,而且是以失败告终,但它的影响却非常深远,更法变制心理广为人接受。西方的社会政治学说、文化观念和君民共治的资产阶级立宪制度是中国主变人士共同的参照物。在这样的情势之下,西方资产阶级的政治制度、天赋人权思想、自由平等的追求和科学民主等的观念开始被寻求救国出路的知识分子所认同。这对日后思想界向更深刻的"启民"思潮的迈进奠定了基础,是中国迈向现代的关键一步。洋务运动的器物文化思想不过是为风雨飘摇中的晚清政府弥补一些缺漏,延长一下其存在的时间。这种维护中体的思想不可能对传统思想根基造成破坏性颠覆。而维新派虽然其根本目标是维护晚清的统治,但思想体系中已经有了对中体的深刻质疑。变法的矛头指向直接对准封建主义统治根基,认为如果只学习西方科学技术而不效法其政治体制是"新其貌,而不新其心"①。

在这种翻译背景之下,翻译书目之多和广就可想而知了。"从 1900 到 1911年,中国通过日文、英文、法文共译各种西书至少有 1599 种,超过此前 90 年中国译书总书目的两倍。其中,从 1900 到 1904 年 5 年,译书 899 种,比以往 90年译书还多。"② 根据王晓秋的统计,该阶段西书中政法和史地类的翻译比例是最大的。

(三)译"文学"之书以"启民"

如果说中日甲午战争让国人意识到"船坚炮利、声光电化"并非西学之精髓,无以拯救中国之命脉,那么戊戌变法的失败让先进的中国人明白了科学和民主才是西方富强的根本原因。资产阶级改良派的社会人文制度的引进目的和

---

① 熊月之. 晚清社会对西学认知程度//王宏志编. 翻译与创作—中国近代翻译小说论. 北京:北京大学出版社,2000:38.
② 王晓秋. 近代中日文化交流史. 北京:中华书局,2000:416.

域外文学的输入在启蒙目的方面具有同一性，只不过前者的启蒙对象是晚清的士大夫阶层，而后者将启蒙的范围拓展至整个国民。启蒙的工具则从西方的制度典籍转为文学，确切地讲他们选中的是小说。文学尤其是小说的翻译不但让晚清的知识分子有机会在译本中感受体验西方风俗文化，欣赏到和自己熟知的完全不同的文学表现形式，更可以让晚清的创作者们得到更加丰富的素材和表现形式。中国的小说一直处于文学的边缘地带，但到了晚清却一发不可收拾成为文学之上乘。根据江苏社会科学院在《中国通俗小说目录》中统计出，1901—1911 年间共创作小说 529 部，而从唐朝到 1840 年间，共有 502 部，可见小说创作之兴盛。

　　在西学东渐和中西文化激烈碰撞的年代，有器物到制度再到文化的域外输入转变，表明了中国知识分子为实现中国的自我改造所作出的探索和努力，在可资借鉴的域外文化的参照系中，在翻译实践的递进衍变中，晚清的知识分子基本形成了对需要改革的共识和改变现状的趋同性诉求，他们的知识结构中也不但有儒、释、道的精神价值观，也有了西方的美学观和哲学观。除了提升小说的边缘地位，丰富了中国文学的表现手法和文本类型，提升了国人的审美体验外，域外文化的输入还帮助梁启超、王国维、蒋观云、徐念慈、黄人等吸收西方的哲学、美学理论，并以此为参照来评论中国的传统文学。（中国在美学批判领域中从没有过悲剧、喜剧之分。第一次使用"悲剧"这个术语来评论中国的戏剧的是蒋观云。他"剧界佳作，皆为悲剧，无喜剧者"。汪笑侬的《党人碑》被他称作当时仅有的悲剧。王国维也用悲剧理论驳斥了日本学者关于中国无悲剧的论断，他给予《红楼梦》高度的评价，认为它是悲剧中之悲剧，而元杂剧中《窦娥冤》《赵氏孤儿》则是"最有悲剧性质者"，"即列之于与世界大悲剧中，亦无愧色"。[1] 除此以外，徐念慈用西方理论对小说的评论也是前所未见的。他认为小说之五要素为"一曰'醇化与自然'，二曰'美之究竟在具象理想，不在于抽象理想'，三曰'美之快感'，四曰'形象性'，五曰'理想化'。"这些具有西方小说理论性质的文学评论对中国文学的发展是极具启发意

———————————————

　　[1]　王国维. 文学小言//晚清文选，世界文库本，180.

义的。

第二节 现代知识教化的获得

我们在探寻晚清翻译实践活动的衍变递进时所得出的由器物到制度再到文化的变化轨迹仅仅是文学翻译现象的表层解说。其实，该变化的背后是文学翻译和晚清的政治姻缘由紧变松，与社会姻缘由松变紧。而其结果是中国民众首次获得了现代的知识教化。

中国在近代历史上所面对的是亘古未有的、灭国灭种的民族危机。中华民族的发展史上，民族矛盾和民族危机并不稀奇，而且以汉族地主阶级为主的统治力量一般都可以仰仗着相对发达的政治、经济和文化优势，将民族矛盾通过同化、融合来化解民族危机。在近代，入侵者却在政治、经济、文化和科技方面统统占有优势，他们不但要攫取国土，而且经济上要掠夺，精神上要奴役，中华民族此时基本上没有任何优势可言。亡国灭种之祸前所未有。同时，统治机器也已经步入风烛残年，自身已经丧失了自我调节和自我恢复活力的能力。朝代的更迭是社会发展中由盛转衰的必然之路，但那毕竟是中国按照自己的轨道进行演变，社会结构基本稳定不变，国人没有亡种之忧。而西方列强的虎视眈眈，将中国置于全球的角逐和瓜分之中，自身的沉疴无力可医，更无能和他国一比高下。

在晚清，中国所面临的最大顽疾实质上是民众的未觉醒问题。封建文化和自给自足的小农经济造就了千年来国民的守旧、盲从、散漫、迟缓和自娱自乐。他们根本没有能力担当救亡图存的主力军。[①] 所以近代中国所面临的一切危难，也是中国思想界充当救国主力军谋求新出路并为维护中华民族独立和尊严的一场奋战。于是才有了先见之明的人士在对现状有了清醒的认识和思考后，在晚

[①] 所以，笔者一直对"历史是由人民创造的"这一说法持保留意见。历史是"人"创造的，是"人类中的精英带领民众创造的。"这也是知识分子存在的历史意义。

清社会上掀起的三次思想论战并形成了翻译实践的衍变形式。如果结合 1898—1908 年间晚清衰败的史实来考察可以明显看出，文学翻译在变动中体现着它和晚清的政治姻缘由紧变松，社会姻缘由松变紧的趋势。

（一）时局之变和翻译的应对

1898 年

6 月 11 日，清光绪帝颁诏"明定国是"，宣布变法，起用维新人士，中国历史上第一次现代改革——戊戌变法开始，一百零三天后变法失败。此次变法是一次爱国救亡运动，一场资产阶级性质的政治革命，更是一场思想启蒙运动。它给中国思想界带来了极度的心灵震撼。这时，知识分子开始认识到文学器物格致之学配套一社会制度之学不足以改变中国的现实，于是文学进入了救亡人士的视野，文学翻译成为补前两者之不足的启蒙工具。不过，在 20 世纪末阶段晚清的翻译活动还是集中于政治和社会制度方面的。比如这一年 3 月，专门从事翻译的《译书公会报》停刊，该刊创立于 1897 年 9 月，内容分新闻和专论两部分。该刊内容偏重于历史部分。如：《拿破仑兵败失国记》《英民史略大事表》《中日构兵记》等。同年，官书局和译书局合并，梁启超主持工作。其开办章程为："拟设刊书初译刻各国书籍，举凡律例、公法、商务、农务、制造、测算之学、及武备、工程诸书，凡有益于国计民生与交涉事件者，皆译成中国文字，广为流布。"① 还是这一年，梁启超逃亡日本创立《清议报》旬刊，并开始主张用政治小说教化民众，并亲译了《佳人奇遇》。这是变法失败后梁启超转而用比较柔性的政治小说来实现挽救清政府的策略。虽然"《佳人奇遇》的情节和结构都极为简单，大部分的篇幅都用于著者与其他人的谈话上，仅以他的欧美游历做串连，另外还有的是杂志上的报道，书刊内容的复述、书信、甚至还有悼文。这都跟一般小说很不相同，但从另一个角度看，这样的形式却便于表现政治思想。"② "正是从载道（指宣传维新思想）小说的层面上，梁启超把日本

---

① 转引自：谢天振，查明建. 中国翻译文学史—1898—1949. 上海：上海外语教育出版社，2004：46.

② 王宏志. "专欲发表区区政见"：梁启超和晚清政治小说的翻译及创作. 香港中文大学，中国知网.

的政治小说选做中国'小说界革命'的范本,期望从政治小说入手,改变小说家的创作意识和小说的创作内容。梁启超的政治家身份,也决定了他必然效法明治政治小说的作者,走政治小说的创作道路。"① 也是在 1989 年,严复《天演论》刊行,"译例言"中提出了译事三难:信、达、雅。林纾、王寿昌合作开始译《茶花女》。上海《昌言报》则刊登增广铨译,英哈葛德的《长生术》。

1899 年俄罗斯租借旅顺口。7 月 20 日,康有为创立保皇会。11 月 16 日,中法签定《中法互订广州湾租界条约》,将遂溪、吴川两县属部分陆地、岛屿以及两县间的麻斜海湾(今湛江港湾)划为法国租界,统称"广州湾"。美国提出"门户开放"、"在华利益均沾"。中国近代第一部翻译小说《巴黎茶花女遗事》刊行。张坤德《英包探勘盗秘约案》和增广铨译英哈葛德《长生术》出单行本。这几本译书的出现,尤其是林译小说,让国人感受到了域外小说的魅力。文学翻译开始为文人所关注。

1900 年 1 月 24 日,清政府载漪 9 岁的儿子为皇子,成为光绪帝的继承人,史称"己亥建储"。2 月 14 日,清政府悬赏 10 万白银缉拿康有为、梁启超,并严禁民众购阅其所办报章。5 月 27 日,中国爆发义和团运动。义和团运动最初起源于直隶、山东两地,是清末群众自发的反帝、反封建运动。8 月 14 日——八国联军攻入北京。8 月 15 日,北京沦陷,慈禧太后偕光绪帝等离京西逃。8 月 20 日,清政府以光绪帝名义发布"罪已诏",向列强政府赔礼致歉。11 月 30 日,康有为辗转上奏清政府《公请光绪复辟还与京师折》。12 月 27 日,清政府接受列强提出苛毒的《议和大纲》12 款。这一年不堪回首的惨痛历史和清政府对维新人士的追杀并没有让资产阶级改良人士放弃对清政府的挽救企图。翻译和政治的联系反而更加紧密。12 月,又有专门进行翻译的期刊《译书公会报》创刊。该刊内容以译介日本和西方名家的哲学、社会科学论著为主。如:英西宾赛的《政法哲学》、法孟德斯鸠《万法精理》、卢梭《发约论》、日贺长雄《近世外交史》等。其宗旨无疑是为社会政治服务,还是希望晚清政府能借西方

---

① 夏晓虹. 觉世与传世——梁启超的文学道路. 北京:中华书局,2006:203.

例法制度老树发新芽。该年的主要文学翻译作品仅有写情小说《电术奇谈》①、科幻小说《八十日环游记》、寓言《俄国政局痛政》几本。

1901 年 4 月 21 日，清政府成立督办政务处，作为主持变法机构。8 月 29 日，清政府下令停止武科科举考试。9 月 7 日，中国与英国、美国、俄罗斯、德国、日本、奥地利、法国、意大利、西班牙、荷兰和比利时签定辛丑条约。9 月 24 日，清政府与日本签定重庆日本租界协议书。这一年，文学翻译和文学期刊没有什么特殊的表现。

1902 年 1 月 8 日，慈禧和光绪帝回到北京。2 月 1 日，清政府准许汉满通婚。5 月 8 日，英国人李提摩太和山西巡抚岑春煊共同创办山西大学堂。5 月 21 日，张之洞创立湖北师范学堂。6 月博家店，哈尔滨及中东铁路沿线流行霍乱传染病（直至 10 月 8 日。全线染病者：中国人 3，123 人，俄国人 1，365 人。死亡：中国 1，945 人，俄国人 695 人。死亡率：中国人 62.28%，俄国人 50.91%）。8 月，南京两江优级师范学堂成立，校址在南京北极阁下，它是国内最早开设图画手工科的学校。学生最多时达六七百人。

虽然戊戌变法失败了，清政府依旧对变法人士进行后期追杀，但变法思想却并未因此消失。同时，从这两年的历史事件中叶可以明显感觉到清政府已经开始渐渐失去对社会的控制力。因为宣传西方社会体制和思想政治的译著数量超过了自然科学的数量。根据王晓秋的统计②，1850 年到 1899 年间应用科学的翻译量为 230 种，自然科学的翻译量为 169 中，社会科学的翻译量仅为 46 种。但 1902 到 1904 年仅两年的时间，自然科学和应用科学的总量才不过 168 种，而社会科学和文史总量则达到 293 种。翻译依旧延续了体制维新的思路，文学翻译主张在实践中的回应并不非常热烈。《译林》1901 年创刊，次年停刊。该刊"这东西政治史传制造各书，按月译行，附以日本政治各表，颇便观览。" 1902

---

① 自费留学生方庆周用文言翻译了这篇小说，但影响不如吴研人在 1903 年《新小说》上连载的影响大。

② 不同学者对此时段的统计数据略有出入，王晓秋的统计 1902—1904 你那件文学艺术翻译总量是 26 种，但谢天振统计 1903 年文学翻译量就为 34 部。本书采用了王晓秋的数据。

年《游学译编》创刊，共发行 20 期。在东京排印，由湖南赴日本留学生编辑。主要刊发针对性很强的政论文章，如：译自日本的《支那不可扶植论》、《支那灭亡之风潮》等。虽然如此，本年中所译之书却反响很大，《黑奴吁天录》《英女士意色儿离鸾记》《巴黎四义人录》英国《长生术》再版、日本《累卵东洋》《迦因小传》中译本首译本出现。在这批文学翻译文本的带动下，域外文学在中国有了可以燎原的星星之火。一些期刊开始编译外国小说，《励学译编》也是在本年创刊，仅出八期，是中国近代最早刊印翻译小说的杂志。在译政治、历史、地理方面的著述同时，也"间附小说一二种"。

1903 年 3 月 27 日，蔡元培等人创建"四合会"，会旨为研究政治和体育训练。4 月 27 日，上海各界人士在张园召开拒俄大会，通电反对沙俄新约。4 月 27 日，中国最早的工科大学天津北洋大学开学。4 月 29 日，留日学生组成拒俄义勇队。4 月 30 日，京师大学堂"鸣钟上学"，声讨沙俄侵略，慷慨拒俄。5 月，章炳麟发表《驳康有为论革命书》。5 月 27 日，章士钊任上海《苏报》主笔，揭反清言论，发表《中国当道者皆革命党》。6 月 29 日，清政府以《苏报》鼓吹革命为由，逮捕章炳麟。不久《苏报》被封，史称"苏报案"。7 月 31 日，慈禧下诏仗毙沈荩，沈荩被打得血肉横飞，但至死没有求饶。8 月 7 日，《国民日日报》问世，号称"《苏报》第二"。8 月末，孙中山在日本秘密组建军事学校。9 月，大型译著《物理学》全部出版。全书共 3 编 12 卷。

林林总总的事件已经透露出了革命的风潮气息。人们对晚清政府也越发失去耐心。思想界开始寻找新的救国途径，域外文学的魅力也更为人所共识。1903 年第八期起，吴趼人和周桂笙加盟梁启超在日本横滨主编出版的《新小说》（《新小说》1902 年创刊于日本，次年移至上海。《新小说》是中国最早专载小说的期刊。）阵线。周氏发表署"法国鲍福原着、上海知新室主人译"的侦探小说《毒蛇圈》；还有三方合作，"东莞方庆周译述、知新主人评点、我佛山人衍义"的"写情小说"《电术奇谈》（又名《催眠术》）。1903 年翻译小说的数量明显大增，主要有 34 部译著如：奚若《天方夜谈》。及吴涛从日文转译的小说《卖国奴》（［德］苏德蒙著）、编译所翻译的美国威士原著的《回头看》、杨德森译《梦游二十一世纪》（［荷兰］达爱斯克洛提斯著）、鲁迅译凡尔纳的

《月界旅行》和《地底旅行》等。李宝嘉主编的《绣像小说》本年创刊，商务印书馆发行。刊发的《本馆编印绣像小说缘起》中写到"欧美化民，多由小说，抟桑崛起，推波助澜。""纠合同志，首辑此编。远者撷泰西之良规，进挹海东之余韵，或手著，或译本，随时甄录，月出两期，借思开化天下愚，遄计贻讥于大雅。"小说的地位开始提升。同时，梁启超创办《新小说》，发表《论小说与群治的关系》，倡导"小说界革命"；同时倡导"文界革命"。文学翻译从此后开始发力，成为晚清文学传播中的主流。

1904 年 1 月 11 日，孙中山在檀香山加入华侨组建的洪门致公堂。12 日，清政府兴修京师观象台。13 日，中国第一个现代学制正式颁布，开始实行。17 日，中兴通讯社在广州创建并首次发稿。17 日，《女子世界》创刊。21 日，清政府第一部直接与创办公司有关的法律《公司律》奏准颁行。21 日，上海英、德、法、美官商及中国官绅吕海寰、盛宣怀等合办上海万国红十字会，救护战地华绅商民。29 日，清政府批准设立户部银行，是第一个官办银行。31 日，陈独秀在安徽安庆创刊《安徽俗话报》，半月刊。5 月 1 日，山西大学堂成立。3 日，日本军队占领大连。6 日，商部奏派庞元济承办上海机器造纸有限公司。15 日，清政府照会瑞士，声明同意加入红十字联约。本月湖北、湖南、广东民众要求废除清政府与美国美华合兴公司签订的《粤汉铁路借款合同》。本月，孙中山游历美国大陆，宣传革命。6 月 1 日，青岛至济南的胶济铁路通车。5 日，清政府与英商签订开采安徽铜官山矿的合同，期限一年。12 日，《时报》在上海创刊。该报是康、梁在国内的喉舌。23 日，清政府制定商标注册试办章程。6 月 3 日，科学补习所在武昌成立。4 日，我国历史上最后一次科举考试。21 日，江西乐平会堂夏廷义聚众抗捐，捣毁城内学堂、保甲局、统捐局、教堂。28 日，大清设立官报。8 月 3 日，英军进入拉萨。30 日，四川道孚发生里氏 6 级地震，死 400 多人。9 月 7 日，英强迫西藏签署《拉萨条约》。12 日，练兵处拟出《陆军学堂办法》。17 日，严范孙、张伯苓在天津创办私立中学堂，即后来的天津市南开中学。24 日，华兴会长沙起义流产。28 日，清政府在墨西哥设总领事，由驻美使管理。28 日，武昌军警搜捕"科学补习所"及"东文讲习所"。20 日，陶成章、龚宝铨、蔡元培在上海成立光复会。蔡元培被推选为会长。从此，光复会成员著书立说，创办学校、报刊、书局，开展革命活动，在各革命团体中，成绩最大，影响最广。12 月 7 日，美国胁迫清政府签订的《中美会订限制来美华工保护寓美华人条款》期满，旅美华侨 10 余万人要求清政府改约，遭美拒绝，激起中国各界反美运动。

这一年里所发生的事，尤其是立法、银行、建现代学制等来自清政府的一系列不得已的举措，让政权对社会舆论的控制越发失控。外患依旧而内乱更甚的情况下，翻译活动更加自由。本年内更多的报刊开始刊登翻译小说。在本年 28 部文学翻译作品中，影响比较大的是林纾译莎士比亚的《吟边燕语》《埃斯兰情侠传》，苏曼殊译雨果的《惨世界》，佚名译斯蒂文森的《金银岛》，包天笑译日本押川春浪的《千年后的世界》和柯南·道尔的福尔摩斯探案集等。本年《东方杂志》创刊。该刊初期是一种文摘类性质的刊物，后经几次大的调整和改革，逐步成为以时事政治为主的社科类综合性刊物。刊中设有"译件"栏目。《新新小说》创刊于上海，主编陈景韩。该刊以宣扬侠客主义而著称，包括创作和翻译作品，但以后者为主。

1905 年

4 月 24 日，清政府将重刑：凌迟、枭首、戮尸三项永远删除，凡死刑至斩决为止。10 日，上海《时报》刊布了《筹拒美国华工禁约公启》。上海巨商领衔抵制美国货。6 月 18 日，南京、杭州、汕头、新加坡士商抵制美国华工禁约。18 日，天津各帮行商不顾直隶总督袁世凯的阻拦，均画押从此不买美国货。21 日，上海商务会宣告将专设总会，联络各埠，抵制美货。京师学堂均决议不用美货。7 月 27 日，清政府派大臣出洋考察各国政治。8 月 20 日，中国留日学生在东京正式成立同盟会。9 月 2 日，清政府下诏废除延续 1300 余年的科举制度。23 日，由徐锡麟、陶成章等光复会成员创办的绍兴大通学堂开学。本月，清户部银行开市，资金 400 万两，分 4 万股，官商各半。后于民国初年改组为中国银行。10 月 2 日，我国第一条自建铁路——京张铁路开工。詹天佑为总工程师。11 月 26 日，中国同盟会机关报《民报》在日本东京出版，在发刊词中，孙中山首次提出"民族"、"民权"、"民生"三大主义。12 月 4 日，清政府选派宗室出洋，学习武备。8 日，留日学生陈天华（著名的资产阶级革命派知识分子，著有《警世钟》《猛回头》) 蹈海自绝以一死抗议日本，唤醒同胞。本年，外国教会学校遍布全国。同时，清政府设立学部。

也就是从这一年开始，文学翻译不再集中转译于日本作品，大量来自欧美各国的著作得到了译介。周作人根据英文本《天方夜谭》中的《阿里巴巴与四十大盗》编译而成的《侠女奴》翻译出版；之后，他又以《玉虫缘》为名译出了美国爱伦·坡的小说《山羊图》。林纾译了英国司各特的《撒克逊劫后英雄略》、笛福的《鲁宾逊漂流记》。包天笑译法国的《侠奴血》。商务印书馆推出了德国人写的《瑞士人之鲁敏孙》。中国的知识界已经有很多人认识到单纯的学习西方科学成果或仿效其社会政治制度只是社会的表层变化，没有内在的文化变革再怎样努力模仿都会不得要领。文学翻译在此时可以在转变国人根深蒂固的传统人文心理、提升国人精神风貌方面起到重要的作用。所以本年起晚清的翻译实践再次发生转向，从器物到制度再到真正的文学翻译。

1906 年 1 月 9 日，李伯元著《官场现形记》在上海出版。全书共 60 回。作者以揭露晚清官场的黑暗为主题，对当时形形色色的官僚群像作了淋漓尽致的刻画，表现了作者对社会黑暗的批评勇气，成为晚清谴责小说的代表作之一，在当时风靡一时，影响颇广。2 月 21 日，慈禧太后面谕学部，实兴女学。22 日，法国传教士王安之凶杀南昌知县江召棠。25 日，南昌群众怒毁教堂，杀法国传教士王安之等 6 人，英传教士 3 人，发生第二次"南昌教案"，结果清政府竟处死民众领袖龚栋等 6 人，赔款 35 万两。本月，湖北革命党人秘密组织力量成立日知会。3 月 25 日，清政府以忠君、尊孔、尚公、尚武、尚实五端为教育宗旨。27 日，清政府罢选八旗秀女。4 月 18 日，《民报》与《新民丛报》展开大论战，全面揭示革命与保皇派的原则分歧。4 月 27 日，中英签订《中英续订藏印条约》。5 月 11 日，中国第一部地质矿产专著出版，书名：《中国矿产志》，作者是顾琅和周树人，这也是鲁迅的第一本著作。22 日，杭州城内出现大规模抢砸米店风潮。春夏间，长江中下游淫雨连绵，湖南各地堤岸溃决，洪水横流，造成 4 万人死亡，40 多万人受灾。6 月 10 日，上海瑞伦丝厂千余女工罢工。13 日，台湾发行东亚最早的公营彩票。

7 月，中国首次有了出版法——《大清印刷物专律》颁布，共 6 章 41 条。8

月，载泽上奏请宣布立宪密折。9月3日，因朝廷宣布立宪，北京学界开会庆祝。18日，飓风袭击香港，死伤10余万人。澳门遭飓风袭击。本月，十七岁的胡适主笔《竞业旬报》。10月13日，袁世凯编刊《立宪钢要》。27日，清政府命各省兴办图书馆、博物院、动物园、公园。6日，清政府发布新官制，大权集于满人。30日，清政府颁行禁烟章程10条，定期10年禁绝。12月2日，中国同盟会在东京举行《民报》周年纪念会。孙中山作了三民主义与中国前途的演讲。9日，上海宪政研究会成立。23日，新疆沙湾南发生里氏8级地震，死数百人。孙中山，黄兴等在日本制定同盟会《革命方略》，备起义时用。

混乱的社会让清政府根本无力控制舆论和出版。这才可以让《民报》与《新民丛报》在没有国家机器的干预下展开思想论战。本时段所翻译的文学作品也是配合了局面。域外文学成为人们表达见解和传递思想的重要通道。这一年，近单独出版和发表的长篇小说就有110部。文学翻译不再像1904年以前那样为挽救晚清政府服务，它转而寻求的是中国新的出路和救国方法。这就让文学翻译带有了权利颠覆和为社会转型服务的色彩。此后，它的社会姻缘就更深了。此时的文学翻译作品主题多集中在救国救民和社会变革上。如：吴梼译德国苏德蒙的《卖国奴》、包天笑译法国凡尔纳的《无名之英雄》、包天笑译《铁窗红泪记》等。短篇小说的译介也是在这一年开始增多。《月月小说》创刊。吴趼人任总撰述，周桂笙任总译述。刊载的小说分撰著与译著两大类。撰著以吴趼人创作居多，译著以周桂笙译述较多。撰著分长篇与短篇。长篇按内容性质细分门类，有历史小说、哲理小说、理想小说、社会小说、侦探小说、写情小说等不下20种。短篇小说不分门类，提倡短篇小说是本刊一大特色，共刊载20余篇。译著中以侦探小说、虚无党小说为多。此外，还辟有栏目专载笔记小说。除小说作品外，月刊亦载小说理论文章，兼及戏剧、弹词、诗词等。《月月小说》是中国第一种将短篇小说和历史小说、社会小说、侦探小说、滑稽小说等并列划分栏目的期刊。创刊的《月月小说》中刊登的两篇短篇小说中就有一篇是译作。《月月小说》第三号中，又分出"短篇小说"和"译本短篇小说"成为并列的两栏，创作与翻译并举。

1907 年

1月13日,张之洞捕拿刘静庵等,日知会遭破坏。1月14日,《中国女报》在上海创刊。秋瑾、陈伯平任编辑兼发行人。1月22日,哈尔滨铁路总工厂中俄工人为纪念1905年"流血的星期日"举行罢工。2月13日,康有为改保皇会为国民宪政会。3月初,东南数省灾情严重,连续出现抢米风潮。3月8日,《女子小学堂章程》和《女子师范学堂章程》公布,女子教育由此取得合法权。4月20日,清政府整顿东三省,并设奉天、吉林、黑龙江三省巡抚。5月14日,郭人漳和赵志率清军起义于钦州。因联络失误,痛失良机。5月25日,孙中山订于本日于黄冈起义,以失败告终。6月2日,6月2日——惠州七女湖起义。哈尔滨铁路总工厂中俄工人为纪念1905年"流血的星期日"举行罢工。6月13日,日俄订立满洲铁路专约。6月15日,美国照会中国驻美公使馆,拟将庚子赔款中1078万美元还给中国,用于发展文教事业。7月6日,徐锡麟召集巡警学堂学生训话之时,从容拔枪击杀安徽巡抚恩铭。7月15日秋瑾就义。

7月30日,《日俄协定》和《日俄密约》在彼得堡签订,日俄两国互相勾结,重新划分范围,第一次提出所谓"南满","北满"的称呼。8月2日,清政府奖励振兴实业。8月2日,湖北按察使梁鼎芬上奏,请清政府明确下诏化除满汉界限。8月19日,日本宪兵及韩国警察越境侵入吉林延吉间岛。8月31日,张继、刘师培发起成立"社会主义讲习会",实为无政府主义。9月王和顺在钦州起义,再次失败。9月13日,外务部再催日署使撤退延吉日兵,并提议勘界。9月18日,黑龙江巡抚程德全奏请创设国会。10月17日,梁启超在日本东京召开政闻社成立大会,并宣称:"今日之中国,只可行君主立宪"。10月,宪政讲习会会长熊范舆和沈钧儒等上书朝廷,请速开国会。11月3日,山西绅民在太原召开群众大会,抵制英国福公司开矿,力争矿权。11月14日,四川同盟会原订在慈禧寿辰之时举行起义,但因事情有变而告流产。12月上旬,革命党袭取镇南关,孙中山亲向清兵发炮。12月6日,清末立宪运动兴起。

从这一年直至晚清灭亡,时局更加动荡,晚清遗存和民间革命力量交错发力。在变革上,文学自身条件与社会条件日趋双重成熟。报刊业也在这一年密集发展。《小说林》《竞力社小说月报》《中外小说林》均于本年创刊。根据郭延礼的分析,从1907年以后文学翻译"是朝通俗化的走向进行。①"但他并没有论述这一论断的原因。本书通过资料整理认为,他有如此结论可能是因为本年所出版的文学翻译作品高达126部。但实际上文学翻译走向大众在几年前就开始了,清政府对舆论的控制能力越来越差,民众对域外文学得到接受能力越来越强,报刊对发行量的重视也让编者更重视域外文学的输入。上海师范大学硕士毕业生李丹华在其毕业论文《小说林社翻译小说研究》中对当时出版量比较大的有正书局、文明书局、商务印书馆、小说林社、广智书局、新世界小说社和改良小说社在1903—1908年间所刊印的文学翻译作品进行了统计,其结果如下:

	1903	1904	1905	1906	1907	1908	总计
商务印书馆	4	11	20	32	55	45	167
小说林社	1	10	21	30	19	9	90
广智书局	4	1	2	6	7	1	21
新世界小说社				5	10	3	18
有正书局			2	5	2	3	12
文明书局	4	3	3	2			12
改良小说社						11	11

如果以此数据为基础我们再做进一步的统计,这几个书局每年的文学翻译总刊量为:

1903	1904	1905	1906	1907	1908
13	25	48	80	93	72

从表中可以很明显地看到文学翻译在20世纪初期的快速发展趋势。文学翻译作品在刊物上量的增大也同时代表着受众面的增广。如果文学翻译作品中没有可以让大众喜闻乐见的内容,是不可能有如此发展的。同时,各类题材的小

---

① 郭延礼. 中国近代翻译文学概论. 武汉:湖北教育出版社,1998:65.

说译介也并非是在 1907 年以后才得到广泛译介，很多题材在世纪初就出现了，如：

1902 年至 1905 年出版（发表）的 27 部（篇）著译中，介绍俄罗斯虚无党（或无政府党）的就至少有 17 部（篇）①②，1902 年马君武翻译了《俄罗斯大风潮》，分三个阶段介绍了俄国虚无党（民粹主义运动）发展的历史。从 1904 年陈冷血以《虚无党》开始，大量虚无党小说被翻译成中文。1896 年上海《时务报》首刊张坤德译的福尔摩斯探案集，之后侦探小说在中国大行其道。据郭延礼统计，仅仅 1907 年以后的侦探小说的翻译就高达 400 部以上。③ 1900 年，中国第一部科幻小说《八十日环游记》发表，译者是福建女诗人薛绍徽。到 1908 年间几乎每年都有科幻小说的译介出现。此间其他类的小说译介也很丰富。这说明，从本世纪伊始，文学翻译的译介就有了通俗化色彩，到 1904 年政治小说受冷落后就更加明显了。

1908 年 1 月 16 日，清政府颁布大清报律，发行报刊，均须事先呈报官府，出版前规定时限，交由巡警官署或地方官署检查。2 月 2 日，《新朔望》创刊。半月刊。宗旨"改良社会，增进学识，代表舆论"。3 月 15 日，广州"二辰丸"事件激起广东国人抵制日货运动。4 月 5 日，广州妇女以"二辰丸"案举行国耻纪念会。4 月，由孙中山等人策划的，由黄兴发动的钦州、廉州、上思武装起义，因缺乏后援而失败。5 月 26 日，黄明堂等发动河口起义，历时一月以失败告终。6 月全国掀起立宪请愿高潮。8 月 13 日，清政府下令解散政闻社。8 月 15 日，清政府从学部奏，明年开办分科大学、计经学、法政、文学、医、格致、农、工、商 8 科，开办费 200 万两。8 月 15 日，汉口《江汉日报》被封。8 月 27 日，清政府批准《宪法大纲》。大纲规定，皇权神圣不可侵犯，皇统永远世袭。10 月 19 日，日本政府借《民报》激扬暗杀为理由，下令禁止《民报》发

---

① 转引自张全之. 从虚无党小说的译介与创作看无政府主义对晚清小说的影响. 中国知网.

② 该资料统计依据以下文献蒋俊. 辛亥革命前有关无政府主义的书刊资料述评//中国哲学第 13 辑. 人民出版社，1985，外国无政府主义论著汉译目录. 中国哲学论丛，山东大学出版社，1986.

③ 郭延礼. 中国近代翻译文学概论. 武汉：湖北教育出版社，1998：159.

行。11 月 14 日，光绪皇帝病逝于瀛台涵元殿，寿 38 岁。11 月 15 日，慈禧太后叶赫那拉氏亦病死，寿 73 岁。11 月，安庆起义失败。11 月 25 日，清政府设立禁卫军。12 月 2 日，宣统帝溥仪即位，定明年为宣统元年。

慈禧和光绪的双双殒命代表着封建传统势力和维新改良势力的曲终人散。此时的文学表现出现了最为活跃的态势。在保皇、无政府主义、改朝换代和资产阶级士绅等多方发力却又各个乏力的情况下，文学和文学翻译也就无拘无束地产生了各种各样、千奇百怪的形态和发展的可能。这一年，《小说七日报》《新小说丛》等创刊。真正开创外国诗歌翻译风气的《文学姻缘》和《拜伦诗选》（苏曼殊译）发表。至此，文学翻译和晚清政府的政治姻缘已经渐行渐远。文学翻译的选材在各种理念的指引下与社会生活更加联系紧密。域外文学从此在中国文学的建构、国人审美体验的现代转型和国民素质的提升等方面开始发挥作用。

清末文学翻译的兴起和发展并不是一种简单的中国传统文化内部的更新、发展现象，而是诱发于政治在危机所带来的西方现代知识的吁求。但西学的传入并没有挽救现存的政治集团。晚清政府的式微和文学翻译以及中国文学创作的兴盛代表了中国政治、社会和文化的全面转型。

（二）知识输入缓解政治危机

域外的器物文化和社会制度的传入是我国传统政治转型和民众被知识教化的开始。中国传统政治的变迁，代表着中国由知识政治集权化社会的解体。马克斯·韦伯在研究传统中国社会的中轴结构中认为中国是官僚体制国家的样板之一，官吏的成长制度和行政手段是支配社会发展的力量①。这种力量实际就代表了传统中国是知识与权力密切联姻的统治，是"知识政治化"与"政治知识化"② 高度统一的社会。

所谓知识与权力密切联姻是指中国自从隋唐科举制确立至清末 1300 多年，知识的掌控和政治权利一直如影随形，获取功名就意味着政治权利的获得。也

---

① 马克斯·韦伯. 经济与社会上卷，北京：商务印书馆，1997.
② 刘建军. 中国现代政治的成长——一项对政治知识基础的研究. 天津：天津人民出版社，2003：120.

就是所谓的"劳心者治人,劳力者治于人"。这种思想的指导下,民众的求知动机是"学而优则仕","朝为田舍郎,暮登天子堂"。上至朝廷,下至社会各个阶层,知识与权力是紧密连接的理念成了千年的普遍的共识。科举作为选拔有知识者的核心,配合少量的加官进爵的其他途径,将读书人网罗于政治统治的权利体系中,为社会统治和管理的正常维系提供了制度。读书人一旦可以进入这个权利体系中,就会享有一系列好处。财富无法让人获得如此好处,即便是拥有千顷地的富豪乡绅,也不能就此分享政治权利,"万般皆下品,惟有读书高"。权利的获得和知识的表现成正比,所以读书科考成为入仕和晋升的正途,成为天下读书人最理想的归宿。"一个绅士即使没有土地也可拥有很大的权力,而没有绅士身份的地主却无这样的权力。"① 也正因如此,即便是只有极少数人可以通过读书进入权利系统中,权利和知识结盟也照样有着广泛的社会基础。民众的被教化不是真正意义上的科学知识的教化,更缺乏民主的教化,他们在这种情状下有的只是"道"的教化。

考察晚清翻译的递进衍变以及中国传统社会中知识的掌握和权力系统的进入关系之紧密,至少可以说明三个问题:1. 知识被谁掌握决定了谁能进入权利系统的问题。2. 在中国特殊的知识和权力密切联姻的情况下,知识的危机就意味着政治的危机 3. 知识的转型是政治转型的动力。

1. 格致之学扩充传统知识积累

知识的危机就意味着政治的危机,"格致之学"扩充了中国传统知识的积累。晚清西学的输入,最初还是集中于士大夫阶层的。中国在当时能识文断字的人并不少(参见本书后面的论述),但这并不代表着他们就掌握了参与社会和国家政治管理的知识能力。所以,西学的输入仅仅是旧有知识的扩充,而非知识的转型。当中国的传统知识尚且可以应对政治危机的时候,知识分子和当局是合作关系,共同而维护传统政治的合法性。这种合作关系在中国已经存续了一千多年。至晚清以前,深浸儒家德性知识之中的中国传统社会基本处于稳定

---

① 张仲礼. 中国绅士——关于其在十九世纪中国社会中作用的研究·导言. 上海:上海社会科学出版社,1991.

状态，在知识阶层与当局的密切合作基础上，儒道知识体系的应变力和危机化解能力发挥得非常顺利。但晚清的外患已经让中国的传统知识不足以化解政治危机，国难从根本上动摇了知识阶层与当局合作的原有基础。可以说晚清的知识精英已经看到了旧知识体系的能力缺乏，"泰西何以强？有学也，学术有用，精益求精也。中国何以弱？失学也，学皆无用，虽有亦无也。"① "天地之间独一无二的大势力，何在乎？曰智慧而已矣，学术而已矣。"② 在晚清洋务、维新和新政诸法之救亡落败后，更有人看到"学战"重于"商战"和"兵战"，"今日言兵战、言商战，而不归于学战，是谓导水不自其本源，必终处于不胜之势"。③ 如果晚清政府和资产阶级改良派一样可以完全接受西方现代新型知识，进行脱胎换骨的革新，那么也许中国知识界和当局的合作基础还可以就此维系下去。但与之相反，天朝大国长久以来的自我为中心的心态让清政府只是有选择性地接受了西学。随着时局的发展，知识分子与当局分道扬镳，传统政治完全被新知识阶层抛弃。可以说，晚清时期的知识转型加剧了晚清的政治危机，政治转型的推动力是知识的转型。从这个意义上讲，晚清的翻译高潮就不仅仅是"首介之功了。"虽然在知识和权力密切相关的晚清，政治对西学的输入设限甚多，域外知识在中国的发展空间拓展困难，但具有异质因素的现代西方知识体系毕竟构成了对中国传统知识和政治体系的挑战，将变的思想注入了原本平静的知识库中，就好似一团死面被撒上了酵母，带来了以后岁月中的慢慢发酵和变化。

2. 社科典籍推动传统知识转型

哲学社会制度的翻译成为中国传统知识转型的主要动力。在太平盛世，翻译是不同知识体系间进行知识信息交换的常规渠道。但源自传统政治与西方势力博弈落败的译介就并非简单的文化交流。中国传统知识带来的压力迫使晚清的知识分子开始从西学中寻求救国良方，这才有了晚清翻译的高潮。中国传统

---

① 贯公．振兴女学说．开智录，1901－03－05．
② 梁启超．论学术之势力左右世界．梁启超文集．北京：北京燕山出版社，1997：215．
③ 张继煦．湖北学生界叙论//辛亥革命前十年间时论选集（一）上册．北京：三联书店，1977：436．

知识体系中，有三点是要求知识为传统政治提供合法性解释和支持的：首先"合乎天，顺乎民"是百姓和当局者公有的心理，它有赖于知识阶层来解释传统政治权力来源的合法性；其次"立国之道，尚礼仪不尚权谋，根本之图，在人心不在技艺"。解释"道器有别"，治国靠"道"而非"器"；第三、"夷夏大防"。这是对外的邦交政策，即反映了当局以天朝为中心的地理观，又表现了华夏文化的优越感。在国人没有开眼看世界之前，传统知识尚可以为传统的政治提供出合法的解释，但当晚清政府和外敌进行轮番较量中，一次次的颓败让这种解释破绽百出，迫使知识分子不得不对中国传统知识的能力和可信度进行重估。译西书，引西学实际上是对旧有知识危机的补救。

从晚清翻译的递进衍变中，我们可以看到域外知识的引进有一个明显的变化，就是从知识的扩充变成知识的转型，这是一个量变到质变的过程。

在"格致之学"的翻译层面，翻译活动完全为传统政治服务，译书活动也是在传统政治体系的掌控之中，西书的译介就是为了补充传统知识的。当时两大译书主体是洋务派和传教士，他们实际引入的知识内容差别不大。前者"以中国伦常名教为本，辅以诸国富强之术"，"应世事，济时需"①。在传统人伦道德知识的统领下，主要传入、扩充器艺领域的知识，目的是为清政府内政、外交的需求服务。传教士则是为了"援孔入耶"而译介世俗化的书籍。所以，当局对译书的态度比较积极，官方译书机构参与其中，与传教士合作译书。这一时期的译书机构主要有洋务派创办的官方译书馆，如京师同文馆、江南制造局翻译馆、上海广方言馆等；以及传教士独立创办的译书机构，如上海墨海书馆、宁波华花圣经书房、上海美华书馆、格致书院、益智书会、广学会、天主教上海土山湾印书馆等。传教士并不违背当局的政治策略，成为译书的主力，在译书的选题、资料、人员、翻译技能培训和出版方面提供了很多帮助。梁启超的《西学书目表》中对甲午战前所译西书进行了统计：中西学者合译西书 123 部，外国人译著 139 部，国人独立译著 38 部②。

---

① 顾卫民．基督教与近代中国社会．上海：上海人民出版社，1996：225、261.
② 梁启超．西学书目表．光绪二十三年刻本.

　　当然，即便是知识的扩充也受到不小的阻力。矜持传统知识的优越性和保留天朝中心思想的顽固派及地方绅士阶层大有人在。这些人阻碍同文馆招聘，设立地方官书局，主要印刷出版经、史、子、集，与翻译出版业争夺读者群。其结果是同文馆学童流失，西书发行到受影响。在甲午战前的30年里，江南制造局翻译馆所译西方技术书籍，年均仅售400本①。总体而言，"格致之学"的翻译还是中国传统政治体制内所进行的知识累积，知识和政治还是合作状态。但旧有知识体系的缺陷已经没有办法通过嫁接扩充来补缺，于是到了甲午海战后，译书才真正跨越了旧知识体系，中国对外翻译的实践才开始有了质的飞跃。但目前对这一时段的翻译成就并没有引起学界的足够重视，人们往往将其和前一段的"格致之学"的翻译等同。本书的观点是，没有西方社会文化制度典籍的输入，就没有对旧的中国传统知识体系的突破，也就不会有思想界的决裂式的震荡。只有在知识的突破和转型之后，才有可能为日后文学翻译的高潮做好心理准备，文学翻译才能有在中国广为接受的可能，这是中国社会现代转型的重要一环。此时的翻译实践活动培养了更多新式的知识分子，促进了民族觉醒。虽然知识的转型至此并没有发生于全体国民身上，但毕竟已经不再是对旧知识体系的补救，而是通过翻译帮助中国从传统知识体系中剥离并朝着含有异质色彩的现代知识体系迈进。

　　翻译对中国旧有知识体系的突破也是时局危机向知识领域求良方的表现。虽然在知识转型上有了质的突破，但在知识和政治的密切契合方面还是一如既往。很多知识分子看到甲午战争的失利，原因并不能简单归结为洋务运动的失败。文人士大夫努力数十年扩充传统知识，虽然有积极意义，可以补足传统知识的技艺。但在"中体西用"框架下，旧的知识系统对挽救时局无济于事。译书的风向转变了，不再停留于体制内知识的修补，而是希望借用西方迥异之体制帮助晚清政府脱离困境。洋务运动演变为维新运动，翻译再次为晚清政权鞠躬尽瘁和译书的第一个时期相比，这个时期的译书在译者、知识来源和主题等方面都发生了根本转变。译书已经从知识和政治体制内部转向体制外部。首先

---

　　① 梁启超. 饮冰室合集·文集一. 北京：中华书局，1936：22.

因译书宗旨的改变，译书力量也发生了位移。《译书经眼录》中统计到：辛亥革命时期，中国人独立翻译的西书 415 部，中外学者合译 33 部，外国人翻译 35 部①。中国译者不是以士大夫为主，而是中国新式知识分子占多数，他们的身份有自由职业者，如教员、学生、编辑、记者、医生和科技工作者等。这些人大都受过较系统的西式文化教育，留学生也不在少数。除了依旧活跃于译坛的外国教会组织外，具有资产阶级倾向的民间译书社团也成为西书翻译的中坚力量，取代了官方翻译机构，如商务印书馆、译书汇编社、广智书局、教育世界出版社、启新书局、励学译编社、合众书局、翻译学塾等等。所以和第一个时期的官方译书机构和教会组织是翻译主体的情况明显不同，此时的翻译主体是中国新兴知识分子、民间译书机构和教会三方参与，以前两者为主力。还值得研究者关注的是，中国的译书业对新的读者群的培养上此时大有可为。译著的行销量呈明显放大。1894 年，广学会所译书籍的销售量为一千余元，1897 年为一万五千五百元，到了 1902 年猛增至四万三千五百余元②。

其次，取法日本成为译书的主要来源。日本因政治维新而在短期内崛起，这种"快速致富"的示范效应使知识分子将借鉴的目光投向了邻近小国，以便更好地将西学本土化，充分发挥新知识的实效。此前的译介来源基本以欧美国家为主。"政学为先"，"次以艺学"的选题方向和为挽救晚清政府的政治危机的再次以知识和政治合作为表征，翻译日本著作或转译日本学者译自西方的书籍成为主流，此期的翻译界出现了"日本每一新书出，译者动数家"的热闹景致③。而在新旧知识出现分化和争斗的同时，晚清政治体制内部也演绎了顽固派和维新派的政治斗争。

第三，译书的选题不再受传统"道"的束缚，大量哲学、社会科学的知识被译介，具有鲜明的体制外译书的性质。同时，反映新文化、新政治思想和新社会制度的著作的翻译开始让知识和政治发生隔阂。华夏中心论的"夷夏大防"，让传统文人和当局者认为中国传统的儒道知识绝对具有优越性，所以在旧

---

① 顾燮光．译书经眼录．民国十六年刊本．
② 顾卫民．基督教与近代中国社会．上海：上海人民出版社，1996：237．
③ 梁启超．清代学术概论．北京：中华书局，1954：65、71．

译书体制里，西方哲学、社会科学类著述是不被提倡的。甚至魏源的《海国图志》问世后，传统士大夫仍是"欲举是书而毁之"①。战争的失败让资产阶级维新派痛感技艺知识的匮乏落后，传统知识尤其是社会政治制度的批判和重建就上升成知识界的主要任务，当然译书业又一次成为最早反映的主战场。"以政学为先，而次以艺学"②。前期鲜有所闻的大量哲学、社会科学被纷纷译介。像《天演论》《民约论》《法意》《原富》《群学肄言》《穆勒名学》以及《道德进化论》等名著对中国的传统社会政治思想具有颠覆性质，推动着我国知识体系的现代转型。知识转型是其摆脱政治控制的开始，而以后的历史事实也证明知识更新可以拖动政治进行转型，完成对旧有政治制度的突破。

3. 文学翻译介入传统政治转型

晚清社会发展的时代精神是救亡图存，这个追求最直接的表现之一就是知识分子在进行域外现代知识的引进中推动了中国传统知识的进化。并且中国传统知识的现代转型贯穿了晚清政治变革的全过程。只不过最早倡导翻译西书的先贤和维新改良的新兴知识分子可能没有意识到本来希望借西学扩充传统知识，进而增强晚清政治能力的初衷会在翻译的步步发展下，将社会进行了全面的转型并加速了清政府的灭亡。翻译和晚清政府的因缘再无法可续，而翻译和社会转型之间的因缘却日趋加强。其必然结果是文学翻译在此前翻译的基础上，在继续推动传统知识转型的同时，推动了中国传统社会的政治转型。

首先，文学翻译的特质使其在传播上占有优势。迥异于传统人文知识和思想的西方现代文化在普通百姓心中对传统政治合法性的知识基础进行了解构。受教育水平越高，信仰越坚固，越不容易改变。"天道"唯常，"治道"唯礼，"华夷"之道尚别。这些均是支撑传统政治合法性和权威性的知识基础。士大夫们对此往往信誓旦旦。而普通民众尤其是新型的市民阶层对此并不一定执着不放。在晚清的翻译实践由兴起、壮大到有了真正的质变的进程中，文学翻译的教化民众功能成为知识分子进行启蒙的有力武器。但这种教化却在译本背后为

---

① 史革新. 中国社会通史·晚清卷. 太原：山西教育出版社，1996：582.
② 梁启超. 大同译书局叙例//张静庐编. 中国近代出版史料补编. 北京：中华书局，1957：53.

中国人重新累积起了一个全新的知识结构。这个于以往完全不同的知识结构对普通人带来了深刻的心理撞击并最终瓦解了传统知识体系对传统政治的合法性解释，让传统政权的权威性受到前所未有的质疑。在普通民众阶层那里，这个全新的知识体系的建构并不是前一个时期的板起面孔的、以严肃社会纲常为基本构件的，它是在文学翻译文本中传递出来的与传统知识体系的旧结构形成鲜明的对比的、并对传统心理造成攻击力的新知识体系。"格致之学"给传统知识打了个不太好看的补丁；社会文化制度的翻译让知识精英有了辩驳旧体制的依据；文学翻译让普通国人对伦理纲常有了反传统体制的参照。各种题材的翻译小说以新鲜的样式纠正了国人对西方文学的误解，配合国人进行全方位的思想转型。

　　其次，文学翻译促进了传统士大夫阶层的分化和解体。域外文化在国内的传播让这些人中的开明者开始对中国传统知识体系和政治体制进行思考；内忧外患的社会现实也让他们对文学翻译文本中所透露出的西方社会的生活信息发生兴趣，一些人的心中由此存在已久的信念，这实质上是动摇了传统政治合法性的阶级基础。在传统的知识与权力契合的社会背景中，士大夫群体是传统秩序的维护者和主心骨。中国社会千年的知识和政治联姻的格局和士大夫群体的维护分不开。在士大夫的维护中，一次次的政治危机得以化解修复，知识体系的稳定传承是政治微调的基础。所以，不可小觑士大夫阶层的分化因素，他们和新兴知识分子、新兴市民阶层一样，也是政治转型的主体之一。在文学翻译的启蒙教化作用不仅是面向普通百姓，他们也是被教化的对象。在此之前，士大夫与传统政治是一个利益共同体，他们的互动是在单一知识体系内的封闭状态中进行的，没有可选、可参照的因素诱发这两者进行分裂。即便是到了哲学、社会制度的传译阶段，虽有新的体制的解释和介绍，但这种体制的优势并无具体实例可以让传统观念根深蒂固的士大夫群体欣然接受。而文学翻译文本中大量活生生的新体制、新思想指导下的具体西方社会现实的描述才真正打破了他们与传统政治所相互凭依的传统知识。封闭的单一知识体系内部的循环问题变成了不同知识体系和政治制度的碰撞。没有选择时的心无旁骛变成了面对选择时的无所适从。士大夫群体内部对中西方两个知识体系的比较和论争从洋务派与顽固派之间的"师夷"与"拒夷"之争，到洋务派与维新派之间的"体"、"用"之争最终演化成了革命派与改良派之间的"民主平等"与"纲常名教"之争。"凡承西洋教士之直接熏陶与文字启示之中国官绅，多能感悟领会而酝酿觉醒思想，"① 这些人最终脱离了传统士大夫群体，融入了新型知识分子当中。

第三，文学翻译介入了政治转型的过程，夯实了政治转型的社会基础。近代以后的中国产生了大量的舆论公共空间如报刊、新式学堂和学会等。这些公共空间为文学翻译提供了登场的机会和进行政治话题讨论的场地。尤其是在清末，清政府对舆论的控制力日渐丧失，因此这些场地（有些论者将其表述为公共空间）具有相当的独立性和批判性。文学翻译借助这些场地培育了新知识读者群，引领读者与传统知识体系作出选择和较量，也为后续的全社会的、政治的共同转型储备了思想和人力资源。在文学翻译和公众阅读的良性互动中，翻译文本所传递的新思想、新文化和新的社会风尚成为国人新知识体系建构的强力支撑并因此夯实了政治转型的社会基础。从这个意义上讲，文学翻译成为中国知识体系现代转型的诱发动力，帮助中国社会从上至下对传统知识体系进行瓦解。

通过对晚清翻译重心的流变轨迹的分析可以看出，晚清的知识结构的扩充，不但是"五四"新文学的量变准备，而且已经让中国传统文学本身发生了质变。这种质变主要在于文学翻译实践在启蒙教化的特殊社会政治语境中让国人得以开始向新型的、现代的知识体系的转型。虽然清末民初国人的精神面貌、艺术品位较以前并未有质的改观，但文学上的质变已经发生。这不仅仅是为"五四"的新文学培养读者群体，为中国社会的现代转型制造舆论，更是中国文学体系所进行的、自身主动的、具有实质性的转变。

---

① 王尔敏. 近代中国与基督教论文集序言. （台）宇宙光出版社，1981：3.

第三节　个案分析：以王韬、陈季同、林纾为例

　　王韬（1828 年 11 月 10 日－1897 年 5 月 24 日）是中国改良派思想家、政论家，也是中国办报先驱，是我国近代报刊的开拓者之一。王韬有绰号叫"长毛状元"，这是因为王韬在官场上并不得志。他曾多次给江苏巡抚徐君青等上书，主张与英法修好，并学习西方。"然用其言而乃弃其人"①，主张被部分采用了，可人却未获重用。尤其是在 1860 年回苏州老家探望老母时，王韬结识太平天国地方长官刘肇均（刘绍庆）并从战略上为太平军献策，受其器重。1862 年 3 月 7 日，清军攻破李秀成军营，王韬被抓，江苏巡抚薛焕火速将此事呈报朝廷。同治阅后下旨："……惟逆党黄畹为贼策划，欲与洋人通好，与军务实有关系……至该逆所称派拨党与赴洋泾浜潜住，并勾结游民作内应，计殊凶狡，并着李鸿章、薛焕严密防范，黄畹是否见匿上海，或窜赴他处？着曾国藩等迅速查拿，毋任漏网。"②"长毛状元"也因此获得。

　　这件事之后，王韬被迫借英领事馆的帮助亡命香港。王韬在官场上的屡不得志，使其一直游离于封建体制之外，无法产生对清政府感恩戴德的思想。相对于晚清同时期的士大夫而言，他更容易具有独立思考和冷静分析的能力。同时，王韬也比同时期的文人更早、更多地接触了西洋文化。早在 1847 年，王韬就参观了伦敦会传教士麦都思主持的墨海书馆，并对"光明无纤翳，洞属琉璃世界"的印刷厂房表现出了极大的兴趣，为日后自己办报打下了伏笔。王韬在墨海书馆里还结识了美魏茶、慕维廉、艾约瑟等传教士。后来又为墨海书馆的麦都思担任助手，并协助其翻译《圣经》，该译本成为在中国最广为流行的《圣经》译本。

　　王韬流亡香港期间兼任香港《华字日报》主笔。后又游历欧洲，每游一地

---

　　① 王韬. 弢园老民自传//弢园文录外编. 生活・读书・新知三联书店, 1998：328.
　　② 王韬. 东华续录第七. 同治元年三月上谕.

都写下纪录，成就了日后的《漫游随录图记》。王韬的游历经历让他对自己国家的困境有着比同时期文人更深刻的认识。他明白"落后就要受欺凌"的残酷现实。为此，他提出了"变法图强"的政治主张，成了中国新闻界"文人论政"的开路先锋。

当然，王韬的认识也是有一个渐变的过程的。在流亡日本之前，他并没有认识到中国落后的真正原因，从他对洋务运动不遗余力的支持上就可以看出他认为西洋的声、光、电、器的引进是重要的。"师其所能，夺其所持。"王韬主张革新兵器，废除弓箭、大刀、长矛，换成新式火器；将帆船换为轮船等。王韬在墨海书馆工作的十三年间，和伟烈亚力、艾约瑟等传教士合作翻译的西书也以此类内容为主，如：《华英通商事略》《重学浅说》《光学图说》《西国天学源流》等。但洋务派的软弱和改革的不彻底性也让王韬认识到了仅靠西洋器物的引进是无法完成富国之大业的。难能可贵的是王韬已经认识到了按西法制造枪炮、轮船、建筑铁路，只不过是抄袭皮毛。在此基础上，他力主变法自强。他笃信"穷则变，变则通"的道理，认为"天下事未有久而不变者"，"中国何尝不变"。他认为只有变法才能让中国强大："吾知中国不及百年，必且尽用泰西之法而驾乎其上"①。王韬是中国历史上最早提倡废除封建专制的人。他主张以欧洲强国为榜样，建立"与众民共政事，并治天下"② 的君主立宪制度。

王韬对域外文学的价值的认识则不如对西洋器物文化和制度文化的认识来得深刻。他说："英国以天文、地理、电学、火学、气学、光学、化学、重学为实学，弗尚诗赋词章"③。他的这种看法在甲午海战以前相当普遍。樊增祥④曾诗云："经史外添无限学，欧罗所作是诗？"光绪初年曾任驻英大使的郭嵩焘认为英国"富强之基与其政教精实严密，斐然可观；而文章礼乐不逮中华远甚"⑤。王韬和其时的文人对西洋文学的不屑一顾是颇具普遍性的。但也有人能

---

① 王韬. 弢园文录外编·变法上. 1883 年刊本.
② 王韬. 弢园文录外编·变法中. 1883 年刊本.
③ 王韬. 漫游随录·扶桑游记. 长沙：湖南人民出版社，1982：122.
④ 樊增祥. 九叠前韵书感//樊山续集. 广益书局，卷二十四.
⑤ 郭嵩焘. 伦敦与巴黎日记. 长沙：岳麓书社，1984：119.

够冷静地看到中国文学和西洋文学之差异，并愿意引进域外文学以滋国人的，此人就是陈季同。

谈到陈季同，很多人关注于他的外交官身份和对中国文学域外传播方面的贡献。但实际上，陈季同比他同时期的文人更早地认识到了西洋文学的价值。陈季同在留学之前也认为中国是“独一无二的文学之邦”。但进入法国社会后却发现泱泱大国的文学在异邦的文学统系里连日本文学都不如。而且中国一向鄙弃的小说戏曲，如《玉娇李》《赵氏孤儿》等在欧洲却很受欢迎和认可。西方对中国文学毫不掩饰的鄙夷态度让陈季同对中国文学开始了深刻反思。他认为，中国的文学大国心态造成了文学方面不注重对外宣传，译本质量不好。同时，中西文学所注重的范围也不同，“我们只守定诗古文词几种体格，做发抒思想情绪的正鹄，领域很狭，而他们重视的如小说戏曲，我们又鄙夷不屑，所以彼此易生误会”①。陈季同认为要改变这种现状，需要勉力做的是“不要局于一国的文学，嚣然自足，该推广而参加世界的文学”②。所以，陈季同提倡大规模的翻译，即将西洋作品输入译介，也将中文名作译成西文。同时，更新文学传统，破除成见，主张重视小说和戏曲的艺术价值。陈季同本人翻译了雨果的 6 部主要作品，即《九三年》《项日乐》《钟楼怪人》《吕伯兰》《欧那尼》《吕克兰斯鲍夏》。“每当译书时，目视西书，手挥汉文，顷刻数纸。客至皆延入坐，各操方言，一一答，不误”③

陈季同沟通中西文化的努力在西方所受到的欢迎远大于国内。曾朴感叹：“中国人看得他一钱不值，法国文坛上却很露惊奇的眼光，料不到中国也有这样的人物。”④ 在晚清，士大夫的目光还多集中在西洋的声光化电，船坚炮利上。对西方文学“无不瞠目挢舌，以为诗是中国的专有品，蟹行蚓书，如何能扶轮大雅，认为说神话罢了”；讲到小说戏剧，则“以为西洋人的程度低，没有别种

① 桑兵．陈季同述论．近代史研究，1999（4）．

② 陈季同．曾先生答书//胡适文存第 3 集．上海：上海亚东图书馆，1930：1127、1132.

③ 福建通志・列传卷 39. 清列传八．

④ 曾朴．孽海花．解放军文艺出版社，2000：429.

文章好推崇，只好推崇小说戏剧"①。而陈季同却在此时能明智地看到中西文化的异质不同，并能更新文学观念，主张重视戏曲和小说这两种文学形式，不能不佩服其先见之明。虽然他翻译文学的主张未能在当时一起普遍共鸣，但对国内有识之士却产生了不可小觑的影响。十几年后王国维正是由研究戏曲入手，引起国际汉学界的重视。梁启超也是以小说进行启蒙教化，"五四"新文学更在小说和戏剧方面验证了他的文学观念。他告诫曾朴"在这个时代，不但科学，非奋力前进，不能竞存，就是文学，也不可妄自尊大，自命为独一无二的文学之邦，殊不知人家的进步和别的学问一样的一日千里，论到文学的统系来，就没有拿我们算在数内，比日本都不如哩"②。而曾朴也正是在他的影响下"发了文学狂"。

　　真正让国人切实领略到异域文学风采的是林纾。林纾和王寿昌合译的《巴黎茶花女轶事》一经出版就风靡一时。曾朴说："翻译的小说，如《茶花女遗事》等，渐渐地出现了，那时社会上一般的心理，轻蔑小说的态度确是减了"③。郑振铎对此也有类似看法："自他以后，中国文人，才有以小说家自命的；自他以后才开始了翻译世界的文学作品的风气……即创作小说者也十分的受林先生的影响的。""林先生的这些功绩都是我们所永不能忘记的，编述中国近代文学史者对于林先生也决不能不有一段的记载。④"但林纾的贡献不仅仅是更新了国人对域外文学的轻视态度，更主要的是他和以后受其译作影响的译者共同促进了知识界的文化启蒙思想。从最开始的器物文化的引进到制度典籍层面的学习，国人尚未意识到文学在唤醒民众方面的巨大力量。但甲午战争和戊戌变法的失败将中国推向了亡国灭种的边缘。林纾译作中的爱国元素所激起的反响，让知识界认识到了文化启蒙意义的重大，他们开始相信外国文学能拓宽人的视野，改变人的思想，对日后的很多文学家产生了巨大的影响。从此，西方理念的中国传递就又多了一条通道。他在《＜黑奴吁天录＞跋》中就写道：

---

① 陈季同. 曾先生答书//胡适文存第 3 集. 1127、1132.
② 陈季同. 曾先生答书//胡适文存第 3 集. 1127、1132.
③ 曾朴. 曾先生答书//胡适文集（第 4 集）. 618.
④ 《小说月报》15 卷 11 号上发表长文《林琴南先生》

"余与魏君同译是书，非巧于叙悲，以博阅者无端之眼泪；特为奴之势逼及吾种，不能不为大众一号。"并表明希望自己的作品能"为振作志气，爱国保种之一助"。他在《雾中人》的译序中说："读吾书者之青年挚爱学生，当知畏庐居士之翻此书，非羡黎恩那之得超瑛尼，正欲吾中国严防行劫及灭种之盗也"。"余老矣，无智无勇，而又无学，不能肆力复我国仇，则肆其力以译小说"。

林纾的翻译文学为中国文学的现代化提供了思想资源，直接参与了中国文学现代化的进程，林纾的翻译文学本身也成为了中国现代文学的一部分。也正是林译小说和以后译者的共同努力，使中国晚清的翻译实践开始有了文学层次的递进衍变。这些译者通过亲身的翻译实践，为晚清国人介绍了众多外国作家及作品，增加了他们开眼看世界的兴趣，提升了国人的艺术视野。西洋小说也成为了"五四"时期很多作家最早借鉴的范本①，以它为媒介开始接触外国文学，展开对异域的现象，进而对促进中国文学的革新产生了重要的作用和意义。这些译者在自身所展开的、翻译实践的逐步递进衍变中把中国文学和世界文学首次进行了有效对接，并在积极借鉴西方文学的创作方法和艺术技巧中，成功地更新了思想观念，丰富了艺术表现形式，对中国文学的现代转型产生了极大的影响。

---

① 郭沫若是新文学中的浪漫主义文学家，他在《我的童年》中指出：林纾翻译的兰姆改写的莎士比亚戏剧故事集《吟边燕语》"使我感到无上的兴趣，它无形之间给了我很大的影响。周作人说："我从前翻译小说，很受林琴南先生的影响。"1924年林纾逝世后，周作人还说："他介绍外国文学，虽然用了班、马的古文，其努力与成绩决不在任何人之下……老实说，我们几乎都因了林译才知道外国有小说，引起一点对于外国文学的兴味，我个人还曾经很模仿过他的译文"。钱钟书回忆说："商务印书馆发行的那两小箱《林译小说丛书》是我十一二岁时的大发现，带领我进了一个新天地，一个在《水浒传》、《西游记》、《聊斋志异》以外另辟的世界。我事先也看过。梁启超译的《十五小豪杰》、周桂笙译的侦探小说等，都觉得沉闷乏味。接触了林译，我才知道西洋小说会那么迷人。我把林译里哈葛德、迭更司、欧文、司各德、斯威佛特的作品反复不厌地阅览。"

第二章

译者心态的"变相"分析

1898—1908 年间，译者的翻译动机体现在不同资本的追求活动中。在翻译实践中，译者的心态是政治性的，是出于为晚清政府寻找出路的目的的。但维新变法的失败让很多译者在失望之时认识到晚清政府是亡国灭种的根源，所以，翻译的动机转变成为国民和国家寻找出路。在寻找出路的同时，域外文学的诗学魅力和文学市场的共同作用，又让很多译者开始了文学翻译中的美学追求和经济利益的追求。很多论者对此进行论述时以个案分析为主。这种微观研究虽然可以对主要译者的翻译动机进行详细解答，但也因此让晚清译者的翻译动机变得更加复杂凌乱，对该时段整体上译者的翻译心态无法归纳把握。本章讨论则根据这些微观研究成果，在译者目的论的基础上引入"资本"概念，对晚清译者的动机进行归类分析。

译者是文学翻译中最重要的一维，"唐朝贾公彦云：'译即易'，而从文学翻译角度也可说：'译'者'艺'也。""正如生活与作品之间存在作家这一中介，原著与译作之间，也有译者这一中介在焉。作家运思命笔，自应充分发挥主体的创造力量，译者在翻译时难道就不需要扬起创造的风帆？须知译本的优劣，关键在于译者，在于译者的译才，在于译者的译才是否得到充分施展。重在传神，则要求译者能入乎其内，出乎其外，神明英发，达意尽蕴。翻译理论中，抹煞译者主体性论调应少唱，倒不妨多多研究如何拓展译者的创造天地，于拘限中掌握自由。大凡一部成功的译作，往往是翻译家翻译才能得到辉煌发挥的结果。泯灭译者的创造生机，只能导致译作艺术生命的枯竭。今后的翻译理论里，自应有译者一席之地！①"所以，作为翻译中最重要的主体，对于译者翻译心态和动机的研究是对晚清翻译高潮研究的重要环节。

动机〔motive〕的基本解释是：促使人从事某种活动的念头。从心理学的角度讲动机是指由特定需要引起的，欲满足各种需要的特殊心理状态和意愿。它是推动人从事某种活动，并朝一个方向前进的内部动力，也是为实现一定目的而行动的原因。动机也是个体的内在过程，行为是这种内在过程的表现。恩格斯指出："就个别人说，他的行动的一切动力，都是一定要通过他的头脑，一定要转变为他的愿望的动机。"②

译者的翻译动机往往会依附于翻译主体并呈现出各种复杂的心理现象和翻译行为。在 1898—1908 年间，这个翻译主体也具有一定的复杂性，它可能是译者本人，也可能是翻译赞助人如报业老板，还有可能是某些社团的发起人。就翻译动机本身而言，不同的翻译主体会对译者的动机和活动产生影响。同时，随着时间、文化语境和翻译的主客体的变化，译者译文的动机也会产生变化，比如同样的文本在重译中动机也会改变。译者在其意识形态、价值观念、审美取向等的制约下，对国别、作家、文本、历史阶段等的选择必然带有倾向性。奈达、英若诚等认为译本 50 年便应该重译，因为随着时代的更迭，语言风格会发生明显变化，重译是必然的。所以，在晚清，同样的原文本因译者的动机不同，也会出现不同风格的译本。

此时期译者动机的差异主要围绕以下三个方面："为什么译"、"翻什么"以及"为谁译"。其核心则体现了译者的目的：译者希望译文实现什么样的功能。汉斯·弗米尔认为，翻译活动是跨语言、跨文化的人类行为活动，而且是有目的性的。目的决定了译者必须清醒认识并选择某一翻译策略。根据弗米尔的分析，翻译可能有三种目的：翻译过程中译者的基本目的；目标语环境中译文的交际目的；以及使用特定的翻译策略或翻译程序的目的。从这种理论关照晚清的文学翻译，其译者的翻译动机均有很强的目的性，翻译中的改译、伪译

---

① 罗新璋."似"与"等".世界文学，1990（2）.
② 《中国大百科全书》，《心理学》卷"动机"词条，中国大百科全书出版社，1999.

等均是以完成翻译目的为主，而"忠实于原文"在开始时也不是他们翻译的首要目的。目的论给译者赋予了很大的自由度，所以后来有学者对此进行反驳。但实际上，这种反驳没有必要。不同的目的给译者以不同的翻译自由度，毕竟译者才是翻译的主体。当目的需要忠实的翻译时，译者的自由度就小，反之则大。和当代进行西方文学和文学批评的译介相比，这两个时期的翻译目的有着本质的不同，自然译者的自由度就不会相同。从表面看，晚清译者的自由度非常大，很多人将其归结于外语水平问题。从翻译的"文化"转向之后，才渐渐对这种自由度有了更深的认识。

本书对晚清译者的翻译目的和动机进行归类时发现，他们的翻译目的实际上是非常符合布尔迪厄的资本形态划分规律的。布尔迪厄划分出三种资本形态：关乎于金钱、资产等经济资源的经济资本；关乎于种群资格、关系、势力网络的社会资本；关乎于知识、技能、教育等的文化资本，这种资本具有优越条件的特征，它能予人以更高社会地位①。

他指出，各种资本形态可以通过不同转化努力从经济资本中产生。文化资本和社会资本本质上植根于经济资本，但它们却无法完全还原为经济资本。同时，因为文化和社会资本可以很好地屏蔽与经济资本的联系因而能有效地发挥自身的作用。厄氏的这种划分可以给我们对晚清译者的翻译动机提供一个研究思路和参照，即：如果我们将此时的译者动机进行考察，会发现他们的翻译目的和资本追求不无联系。也就是说，译本所能体现的其实是社会资本、文化资本和经济资本方面的价值。

第一节　寻求新的社会资本以启蒙教化

学术界至今对究竟何为社会资本尚未形成统一概念，不同的学者从其学科

---

① 皮埃尔·布迪厄. 文化资本与社会炼金术. 包亚明, 译. 上海：上海人民出版社, 1997：189.

范畴与研究范式出发，对社会资本概念作出了不同的界定。根据世界银行社会资本协会（the world bank's social capital initiative）的界定，广义的社会资本是指政府和市民社会为了一个组织的相互利益而采取的集体行动，该组织小至一个家庭，大至一个国家。所以说社会资本是无形的，是要通过克服集体行动中出现的各种问题，来解决社会秩序。对于身处其中的社会成员而言，社会资本不仅意味着私人资产，更具有公共物品的属性，也就是说社会资本是集体性大于个体性。社会资本是可以为个人所用，也有可能是社会整体所拥有，但同时它不完全受这两者的支配。社会资本具有不可转让性，它不像金融资本那样容易转移，也不像人力资本那样具有流动性。社会资本体现在对利益共同体的维持和促进上，同样也表现出它可以很快地失去。社会资本更多地表现为历史制度的沉淀，即人们共同遵守的行为准则、规范、情感等；它是社会大众或绝大多数人认可的价值观体系和文化资源，是一种"以人为本"的人文环境。世界银行（World Bank）认为社会资本的特点在于它塑造了一个社会交往质量和数量的制度、关系和规范。所以我们有理由认为社会资本支撑着一个社会的制度，它也是一个和谐社会和有效政府的重要前提条件。如果按照这样的概念我们来分析晚清的社会现实就会发现：当时的中国社会，在转型过程中暴露出的种种弱国动荡景象，说明了社会资本严重不足，甚至透支了千年历史的积蓄。

布尔迪厄在社会资本的核心概念中还指出了资本中的"关系"内核。他认为：社会资本指的是以种群资格、关系、势力网络等为基础的资本，其核心内容是关系，如不同种族、民族、国家、社团之间的关系，个人之间的关系，利益集团之间的关系。关系的强势一方比弱势的一方把持更多的资本，从而拥有更大的有时甚至是绝对的话语权。本书选用厄氏的这个概念来进行译者的动机分析，是因为在晚清，中国时刻面临着强势和弱势群体的二元对立。译者的富国强民的动机实质上就是为了获取新的和更多的社会资源，使中国能够积累与西方列强相抗衡的资本。对这些译者来说，他们的翻译动机是一种责任，而这种责任可以通过他们的翻译实践转化为增加中国社会资本的贡献。所以在报国图强的心理驱使下，许多学者开始涉足翻译，学人之长，补己之短。从中国文学发展和中国富国强民之路来看，这种译书报国的目的实际上是达到了。因为通过翻译才使国人有了开眼看世界的可能。也为真正意义上的中国现代化和变革铺平了道路。在晚清时期，大批译家出于富国强民的目的，为中华民族的强盛翻译介绍了大批的外国著作，促进了中国社会的发展。

这方面的译者群以梁启超和严复为代表。

梁启超（1873 年 2 月 23 日—1929 年 1 月 19 日），字卓如，号任公，又号饮冰室主人、饮冰子、哀时客、中国之新民、自由斋主人等。汉族，广东新会人。中国近代维新派代表人物，学者。中国近代史上著名的政治活动家、启蒙思想家、资产阶级宣传家、教育家、史学家和文学家。

梁启超一生翻译的作品并不算多，但其贡献却让人无法忽视。在对待西洋文化上，梁启超比其他知识分子更敏锐，更具有前瞻性。他理解翻译的意义，知晓在晚清，翻译能为国人带来什么样的、新的文化资本。所以，他不遗余力地在其主办的报纸和杂志上推出翻译作品。《论译书》发表于 1896 年的《时务报》上，是《变法通议》系列文章中的一篇。该文深刻体现了梁启超希望通过翻译能扩大，改良中国现有的文化资本的必要性和紧迫性"泰东西诸国，其强盛果何子耶?①

如果我们从"社会资本"的补充和积累这一维度对梁启超的翻译思想进行研究，会发现梁启超真的是独具慧眼，他所看中的翻译，是一个可以高效获得新的社会资本的工具。美国人罗伯特·科利尔曾经把社会资本分为政府社会资本和民间社会资本。前者指影响着人们为了相互利益而进行合作的能力的各种政府制度。这些制度包括契约实施效率，法律规则，国家允许的公民自由度等。民间社会资本包括共同的价值观、规范、社团成员这些能够影响个人为实现共同目标进行合作的能力的制度因素。中国的内困外患说明晚清的社会不论是政府社会资本还是民间社会资本都是一个资源极度匮乏，急需新的资源注入的社会。通过兴西学、译西籍，给维新变法注入西方社会文化尤其是典籍制度的精髓，这是梁启超认定的救国之道。他把译书的重要性和强国的政治思想结合起

---

① 谢天振，查建明. 中国现代翻译文学史（1898—1949）. 上海：上海外语教育出版社，2004：46.

来，认为"译书为强国第一义"，这也是在为中国获得话语权而奋斗。1896 年，梁启超还撰写了著名的《西学书目表》①，多次强调翻译西书之急，列举出当时急需翻译的 300 多种书籍，指出国家兴衰存亡之关键在于输入西学。1897 年，他发表了长篇论著《变法通论》，其中第七章《论译书》中，他明确提出了翻译的目的"救焚拯溺之用"，"必以译书为强国第一义，昭昭然也！"他认为中国小说"立意则在消迎，故含政治之思想者稀如麟角"，所以是"造成中国落伍腐败的原因"②。而"政治小说"的翻译有着重要的政治意义："上之可以借阐圣教，下可以杂述史事，近之可以激发国耻，远之可以旁及彝情，乃至宦途丑态，试场恶趣，鸦片顽癖，缠足虐刑，皆可以穷极异形，振励末俗，其为补益，岂有量耶！"③

梁启超在 1898 年"戊戌变法"失败后，他的政治抱负和他在日本的经历使他的翻译主张有了深刻的改变。他不但摆脱了"经世致用"思潮的影响，而且还放弃了中国知识分子惯有的"文学自我优越感"。通过翻译政论小说的主张，以更有力、有用的文化资本形式帮助中国探寻救国救民之路。作为提倡翻译政治小说的第一人，他为清末民初文学翻译的高潮起到了积极的作用。德国学者汉斯. 弗米尔的功能学派翻译理论认为："翻译是一种行动，而行动皆有目的，所以翻译要受目的制约。"这里的"目的"实际就指的是"动机"。梁启超的翻译动机促使他把翻译作为实现其政治抱负的有力武器，选择政治小说进行翻译实践，引进西方的启蒙思想，抨击朝政，改造社会。激进的民主主义思想和政治主张都是他希望引入中国的社会资本，并将思想启蒙的主要对象明确定位于下层社会，提出"欲维新吾国，当先维新吾民"的口号。不能不说梁启超的这一认识很有见地。社会资本掌握在什么人手中，什么人有权掌握社会资本决定了强势话语权的在何方的问题。梁启超已经认识到了如果民智不开，则没有救国兴邦的可能。用新的社会资本开启民智，同时让大众掌握新的社会资本，以

---

① 谢天振，查建明. 中国现代翻译文学史（1898—1949）. 上海：上海外语教育出版社，2004：47.

② 王宏志. 翻译与创作. 北京：北京大学出版社，2000：174、175.

③ 王宏志. 重释"信达雅"//二十世纪中国翻译研究. 北京：东方出版社，1999：118.

达到和旧有的社会资本对抗并获得话语权，这是其译学主张的核心内容。所以，梁启超身先士卒，用心良苦地对西方资产阶级学说思想进行系统译介，在《清议报》和《新民丛报》上大量地介绍了西方大思想家、哲学家和他们的主要学说：如《卢梭学案》《亚里士多德之政治学说》《近世第一大哲康德之学说》等。"举西东文明大国国权民权之说，输入于中国，以为新民倡，以为中国光"。

严复（1854.1.8—1921.10.27）清末资产阶级启蒙思想家，翻译家和教育家。原名宗光，字又陵，后改名复，字几道，汉族，福建侯官人，是中国近代史上向西方国家寻找真理的"先进的中国人"之一。严复出生于中医世家。1866 年，考入了福州船政学堂，学习近代自然科学知识及英文，以优等成绩毕业后，严复于 1877 年到 1879 年被公派到英国留学，先就读于普茨茅斯大学，后转到格林威治海军学院。留学期间，严复对英国的社会政治发生兴趣，因特别赞赏达尔文的进化论观点，所以涉猎了大量的资产阶级政治学术理论并在"思想上播下了民主主义的种子"①。1879 年，严复归国后积极倡导西学的启蒙教育，并于 1898 年翻译出版了著名的《天演论》。

严复的该本译著最大特点是既区别于赫胥黎的原著，又不同于斯宾塞的普遍进化观。结合中国的危机现实，他在《天演论》中，以赫胥黎的"物竞天择"、"适者生存"的生物进化理论阐发出鼓民力、开民智、新民德、自强自立、号召救亡图存的观点。可以说严复的适时引进此类学说，对中国的社会资本而言是急需的和开眼界的。康有为曾称道严复"译《天演论》，为中国西学第一者也。"他的著名译著还有亚当·斯密的《原富》、斯宾塞的《群学肄言》、孟德斯鸠的《法意》、约翰·穆勒的《群己权界论》、甄克思的《社会通诠》、耶方斯的《名学浅说》等。"在中国思想界起了振聋发聩的启蒙作用"②

严复一生经历了中国历史上最为惨痛和最令人震撼的事件：中日甲午战争、戊戌变法与辛亥革命等。这些重大的历史事件使他意识到满清的腐败、迂腐自傲和闭关锁国的腐朽政策让国人因愚昧落后而无抗衡列强的可能，必须要开化

---

① 陈福康. 中国译学理论史稿. 上海：上海外语教育出版社，2000：105.

② 马祖毅. 中国翻译简史——五四以前部分. 中国对外翻译出版公司，1998：377.

国民，消除愚昧。所以翻译对严复而言，不是语言文字的桥梁和对等转换，而是他用来启迪民智、曲抒胸臆并改变国情的手段，是引进先进的科学与文化、促进社会变革、挽救民族的危亡的工具。他可以通过翻译来参与社会政治，这对他而言也是一种政治行为。他的翻译动机主要是社会性的、政治性的，而非文学消遣或谋生求财。他第一次把西方的古典经济学、政治学理论以及自然科学和哲学理论较为系统地引入中国，启蒙与教育了一代国人。鲁迅认为严复是"一个 19 世纪末年中国感觉敏锐的人"① 他的翻译令中国人的西学观念发生了转变。鸦片战争让中国人深受震动，而这种震动还尚且停留在"船坚炮利"上。片面地认为富强的西方列强仰仗的是器械军工的精良，没有看到精良军工器械背后的人文伦理的先进和社会制度的进步。所以其时的译文多集中于"格物器制"，大量译介西方的科技书籍，少有人文思想的引进。而严复则难能可贵地将翻译作为"警世"的工具，选择西学名著，全面系统地引入西方资产阶级古典政治学、经济学理论和唯物论的经验论、进化论等。这种做法满足了当时中国人向西方寻求真理、救国救民的需要。费孝通在其《英伦杂感》中讲到："这一套著作奠定了人类历史的一个时代——资本主义时代的理论基础。赫胥黎《天演论》里讲的'优胜劣败，物竞天择'，用现代的话说，就是我们不能落后，落后了就要被淘汰。这个很简单的道理，鼓动了我们上一辈的知识分子，如梁启超等，发扬民族意识，探索强国之道，从而引起了中国的维新运动。"② 梁启超自己也认为："西洋留学生与本国思想界发生影响者，严复首也。"③

　　细研究严复的翻译著作如《天演论》等的翻译，它不是一个百分百忠实于原著的、客观对等的或准确的翻译，而是其中掺杂有很多严复个人的理解。作为著名翻译家，严复在翻译这本书的时候并没有遵循他所提倡的翻译准则，没有处理照顾到"达"和"雅"的层面外，并没有重视于原著，而是在借鉴部分原文的基础上，添加了许多个人的理解与发挥。同时，也掺杂了他对中国文化传统特有的感悟，而这个理解应该是来自于严复深浸其中的中国文化传统和各

---

① 鲁迅. 热风. 随感录二十五.
② 费孝通. 英伦杂感. 文史资料选辑第 87 辑 . 48.
③ 梁启超. 清代学术概论. 严复研究资料 . 320.

种人文观念。中国式的先验体会就使得经过严复笔下出来的那些西方思想有了一副中国面孔。而这个中国面孔比起它原来的西方面孔，可以说更容易为人们所理解和接受。同样的情况在达尔文身上就没有那么幸运。达尔文因戳破基督教的谎言而备受折磨，据说临终前还不得不向牧师忏悔请求神的宽恕。而严复则在恰当的时机，运用恰当的翻译策略缩短了西方理论的中国接受过程。

这也就是说，严复的翻译动机中，和梁启超一样并非是简单的文化知识信息的交流与沟通。译书对他们而言是为中国透支的社会资本中增加新积累。中日甲午海战的惨败，使中国人已经开始认识到落后的原因并不简单。因为这一回，我们输的不再只是输给西方白人，而是输给我们过去从来看不起的，我们的亚洲邻邦。同样是黄种人，同样是亚洲人的日本人。我们自以为很强大的北洋舰队，在日本海军的底下却是那么的不堪一击。曾经一度中国人认为自己失败的原因就是船坚炮利方面的问题：中国没有西方的利器。但是经过甲午战争之后，像康有为、梁启超、严复等资产阶级改良派，从器物的思考开始至此已经追溯到一些很根本的文化制度的问题。也就是说，他们认识到了中国匮乏的不仅仅是物质资本，社会资本更是严重缺失。据浦嘉珉对严复的研究①认为，"根据严复的想法，西方的秘密在于进步的信念。中国人相信周而复始的循环体系，因而毫无进展。西方人相信进步，所以他们获得发展。但怎样才能够做到这一点呢？这是积极思考的力量吗？仅仅因为念叨着我认为，我能够做到。我认为，我能够做到，西方人就遥遥领先了。"然后他判断，严复说，"西方之所以更加强大是因为中国伪天数，而西方持人力。"也就是说，西方强大的地方是相信人的力量，人的力量该用于何处呢？要跟自然斗争，要在跟别人的国家民族斗争，要在不断的斗争里面求取一种进步。这就是所谓的"适者生存"。

对中国人来讲，严复引入的进化论的观点是应该很难为中国人所适应并接受的。中国传统里面"谦恭礼让"使争夺的"争"带有负面意义，在道德方面说不过去。但该观点在中国的被接受也表明任何一个学说在异域的传播，都需要一个合适的契机。严复意译《天演论》恰逢中日甲午战争、中国内外交迫之

---

① 浦嘉珉. 中国与达尔文. 韩永强，译. 南京：江苏人民出版社出版，2007.

时，"物竞天择""适者生存"的进化论主张本是强者的福音，是有悖于中国温文尔雅的人文传统的，但物种灭绝的"威胁论"更加振聋发聩，激发了知识分子换个角度为给旧中国寻求新出路。所以在晚清这个非常时期，达尔文主义被引进之后，很容易地就得到了接受。当然，这也不仅仅是因为达尔文来到中国的时机是恰到好处，还因为我们的人文心理过去跟西方不一样，中国向来没有"一神论"的宗教传统。中国人不太坚持人类比别的万物更优秀、更聪明，有个本质上的分别。所以在某程度来讲，中国要接受达尔文好像比西方要接受达尔文更容易了。这样，为已经被满清政府掏空的社会资本库中注入新的资本内容的时程就相对被缩短了。当然，进化不一定就意味着进步。晚清知识分子当中的很多人都忽略了国不强、民不振背后更根本的原因——政治体制。从社会资本的角度而言，体制的不堪一击代表着其社会资本已经耗空，剩下的只是千百年来留在百姓心中的一点信仰。因此严复等人从西学中寻找救国的希望，实可谓民智和及时之举。

在晚清尽管翻译的动机十分复杂，但在追求启蒙作用的译者那里有一点似乎是可以肯定：他们共享着同一种核心理念——救亡图存、富国强民。本书在这里要强调的一点是这种理念沿袭至今并已经成为中国人永远的社会资本。而在当时，这种核心观念已经成了一种时代精神。从康有为、梁启超到严复、林纾再到周瘦鹃等都可以看到它的影子。

第二节　寻求新的文化资本以改国人知识结构

本书没有采用"文学资本"的概念，而是沿用了厄氏的"文化资本"概念。虽然此类译者的翻译成果更多的是关乎于文学的。在此时段的晚清，译者无论从译介目的上，还是从翻译心态上均和时局、历史语境无法分开。复杂的创造条件和历史事实使译者的工作不可能脱离时局而单纯。所以，在进行此类译者研究时，研究指向上除了要致力于对文学译本的文学视角的考察分析，还要涉及文化方面的研究，因为许多当时在某个领域内卓有成就的文学大家，也是十分活跃的文化引领者。文化的觉醒和文化资本的积累是从中国文学的革命和翻译文学的选择开始的,可以说,五四前后中国的文化资本能够得以快速积累和推进,很大程度上恰恰取决于致力于文学创作、翻译和研究的文化精英们的努力。而笔者也始终认为文学艺术正是精英文化的结晶。因而我们不妨从文化资本积累的多元视角出发,来考察此时段译作生产和发展的特点。

在皮埃尔·布尔迪厄所著的《教育社会学研究与理论手册》一书中,首次提出了"文化资本"这一概念。其后的新作《文化资本与社会炼金术》中,布氏又对"文化资本"作了全面的描述。他认为在某些条件下,文化资本可以转换成经济资本,而这一转换过程是以某种"高贵身份"的形式被制度化的。文化产品是"文化资本"的客观表现形式。这些产品是理论的实现或客体化,也可以是某些理论、问题的批判等。不难发现,所谓的"高贵身份的形式"实质上暗指了掌握文化资本的人的身份认证,就是指知识分子。布尔迪厄实际上是在象征意义上使用了"资本"这一语汇,承认掌握了文化资本,就掌握了一种合法的能力、一种获得社会承认的权威。知识分子毫无疑问是"文化资本"之占有者。但知识分子未必就会因占有文化资本而成为占据话语权。所以通过西洋文学的引入,译者的目的实质上是要最大限度让己方扩大影响并占据更多的文化资源。按照布尔迪厄的文化资本的定义来看,"高贵身份的形式"实质上指的是以种群资格、关系、势力网络等为基础的资本,其核心内容是利益关系,如不同种族、民族、国家、社团之间的利益关系,个人之间的利益关系,利益集团之间的利益关系。强势一方把持更多的文化资本并因此会拥有更大的有时甚至是绝对的话语权。而晚清的许多忧国忧民的译者,就是通过翻译这一方式来追求更多的文化资本,以形成自主话语权与局势对抗。对这些译者的翻译动机而言,这既是一种责任,又是一种通过努力转化为对社会的贡献。

在布尔迪厄看来,一切能使人在知识、技能、教育等方面获得更高地位的条件都可视为文化资本。文化资本又可分为内含状态资本(capital of the embodied state)、客体化状态资本(capital of the objectified state)和制度化状态资本(capital of the institutionalized state)。内含状态资本与作为个体的人相关,它指个人先天继承和后天获得的抽象的文化资本;客体化状态资本指以客体形式存在的资本，如书籍、绘画、工具等；制度化状态资本指以制度形式确认的资本，如大学文凭，各种证书等。

对于晚清的译者而言，他们的翻译能力是后天获得的内含资本，包括语言能力、文化能力、技能能力，当然也包括对语言、文化、技能的敏感性这种先天固有的资本。根据布尔迪厄的观点，经济资本与其他资本可以相互转化。所以，清末民初译者的翻译动机也并不是单纯的。他们往往有意无意间将翻译的目的复杂化，各个目的或重合或互相转换。首先译者的翻译能力是通过一定的经济投入和智力努力获得的。从某种意义上看，译者的这种文化资本是由经济资本转化而来的，其次，译者通过译著不但将内含资本还原成经济资本，而且最重要的是译著丰富了中国当时的文化资本。译者的劳动在让自己获得文化资本的同时，也帮助其他国人获得了文化资本。从这个角度讲译者的劳动是非功利性的。他们译述的目的之一是改变中国人的知识兴趣和知识结构。

这里以林纾为例。林纾（1852—1924 年）是中国近代著名文学家，小说翻译家。原名群玉、秉辉，字琴南，号畏庐、畏庐居士，别署冷红生。晚称蠡叟、践卓翁、六桥补柳翁、春觉斋主人。室名春觉斋、烟云楼等。福建闽县（今福州）人，我国近代著名文学家。光绪八年（一八八二）举人，官教论。工诗古文辞，以意译外国名家小说见称於时。

林纾用他的绝无仅有的方式，书写了中国翻译文学史上可以说是空前绝后一笔。其他任何人都不太有可能再用这种方式创造出翻译奇迹了。"在中国，恐怕译了 40 余种的世界名著的人，除了林先生外，到现在还不曾有过一个人呀！"① 林纾和他"林译小说"在近代的中国起到了沟通中西文学的作用，引起社会强烈的反响，人们公举林纾是近代中国文学、翻译界的泰山北斗式的人物。

林纾的主张似乎应归之于对社会资本的追求。因为他力主借翻译来开启民智。但本书还是将其归之于对中国文化资本的贡献上。因为从贡献意义上将，严复、梁启超的翻译实践和主张更多地是让国人认识到译介西洋文学的必要性并藉此对国家制度、社会传统和国民思想进行变革。译作也集中于典籍礼制的

---

① 郑振铎. 林琴南先生//罗新章. 中国翻译论集. 香港：三联书店，1984：189.

译介上。林纾也希望通过西洋文学开启民智，他认为外国作家"多以小说启发民智"。他最催人警醒观点是：如果不发展翻译事业，就不能"开启民智"，也没有可能抵抗欧洲列强，就好似"不习水而斗泳者"一样是愚蠢的。但他的主张虽然体现了他的时代精神和人文关怀，可西洋文学真正要改变什么，概念却是模糊的，更从没有论述过如何变，怎么变。所以，从实践层面上讲，林译小说更加实在地让国人感到了西洋小说的魅力，丰富了中国文学的资源并进而在文化层面上达到了资本积累的目的。

首先林译小说改国人之观念，树立西洋小说之积极形象。

在林纾大量译介西洋小说之前，中国文人的自诩心态十分强烈，"实学我不如人（武器船舰），词章人不如我（文学艺术）"。所以张静庐认为："自琴南译法人小仲马所作哀情小说'茶花女遗事'以后，辟小说未有之蹊径，才破才子佳人团圆式的结局，中国小说界大受其影响，由是国人皆从事于译述。"① 胡适也认为："严复是介绍西洋近世思想的第一人，林纾是介绍西洋近世文学的第一人。"而且，林译小说不仅开启了西洋文学作品在中国的译介先河，纠正了国人对此的错误认识，通过他高超的译笔为国人传递了西方文学的新鲜内容。虽然他的译作多为二、三流的作品，但林氏洗练明快富有表现力的译笔却为它们平添了迷人的风采。

其次林纾的译论开中国比较文学之风气，裨益于中国文学的改造。

如果细读林纾翻译作品中的序或跋，可以体味到其中传递出来的朴素的比较文学的意识。他不仅对中西文学做宽泛的评述，还对其中的异质元素进行简朴的比较，这就使得国人对西方文学和中国文学的认知视域得到了扩展。林纾在《孝女耐儿传序》中，曾经将《红楼梦》和《老古玩店》加以对比。他认为《红楼梦》"叙人意富贵，感人情盛衰，用笔缜密，制局精严"，不过因其"终竟雅多俗寡"，对读者的吸引力不会很大。而狄更斯则不然，他"扫荡名士美人之局，专为下等社会写照，奸狯驵酷，至于人意未尝置想之局，幻为空中楼阁，

---

① 张静庐. 中国小说史大纲. 上海泰东图书局编译所编译，第一编总论.

使观者或笑或怒，一时颠倒，至于不能自己"①。这些现在看来有些偏颇的比较在当时对国人却造成了不小的冲击。

从林纾对翻译西洋作品的积极热心而言，他虽然是晚清的举人，但绝对和传统的士林无关。但在新文化运动人士那里，他俨然又被视为正统的封建文人。这可能和他在进行文评时多以中国传统的礼法、伦理、人情来进行西洋小说的译介有关。但实际上这也是他找到了西洋小说中的某些文化精髓和中国的传统文化的契合点，而这也是西方文学在中国获得接受的人文心理前提。遗憾的是很多研究林纾的学者对此并未给予足够的重视。有时甚至对此加以诟病。比如对中国"孝"传统的维护上，就曾有人认为林纾思想上是守旧的、封建的。因为他所翻译的西洋小说的译名中都加有一个"孝"字，如《孝女耐儿传》《孝友镜》《孝女履霜记》《英孝子火山报仇录》等。但是孝道不仅仅是中国人身上的传统美德，它是人类所共有的，不可或缺的精神财富。是人类道德体系中需要代代相传的基本人伦规范。林纾也看到了这一点并明白西方人同样存在孝的典型，这是和中国伦理道德相一致的东西。而小说中所出现的此类叙述也是这方面的证据。1918 年在《孝友镜》的序言中，林纾说："此书为比国（比利时）贵族急其兄弟之难，倾家以救，至于破产无依，而其女能食贫居贱，曲意承顺其父，视听皆出于微渺中，孝之至也。父以友传，女以孝传，足为人伦之鉴矣。命曰《孝友镜》，亦以醒吾中国人，勿诬人而打妄语也"。这无疑是为"西人辩诬也"。他还曾经强调西洋小说中有可以和《左传》《史记》比肩的西洋小说，认为："处处均得古文义法"。在《撒克逊劫后英雄略序》中，他说英国的司谷德，"可侪吾国之史迁""大类吾古文家言"。对于林纾而言，他的简朴的比较文学理念可能是无意识的，但通过找到中西文化的契合点来引入西方文学，匡扶中国文学的命理，这种做法在今天仍有积极的意义。当然，观念的开明和行为的保守是林纾身上最大的矛盾，但天朝大国的信仰和无奈抬眼看世界后认识到弱国寡民的矛盾心理是当时文人的普遍心态，今人对此还应当理解和宽容。也正是在这种纯朴的比较中，西方的文化资本才更顺利地在中国进行资本转化，

---

①　陈平原，夏晓红. 二十世纪中国小说伦理资料. 北京：北京大学出版社，1989：272.

并最终内化成中国现代文化资本。

最后，为国学引入新资源，挽救古文颓势。

在林纾看来，西洋小说的译介不仅是纠正风俗、惩戒人心的工具，还有恢复古文义法的功效。因为"文运之盛衰，关国运也。"① 随着他的翻译实践的丰富，他明显感到清末的中国文章真可谓"衰微已极。""宋明之末，尚有作者；而前清之末，作者属谁?"（同上）因此，林纾这个有些天真又有些顽固的晚清墨客试图通过翻译为国学引入新的资源，挽救古文的颓势。背后则体现出他希望重兴中国运的抱负大义。从这个意义上讲，林纾也是中国文学历史转型时期的文学革命者先行者。他的翻译实践为中国文学提供了可资镜鉴的参照，并将西方文学精神移植成中国的基本文学资源。而移植来的西方文学精神中所展现的新的文化内涵，在中国文学的土壤中又进一步润泽了中国的文化资本，这是林译小说在中国文学、文化史上的客观贡献。

第三节　寻求新的经济资本，偏重译者个体行为

晚清的译者不仅仅是受制于整个社会的政治文化思潮以及个人的生命体验和文学趣味，其翻译动机还和经济资本的追求有关，说白了就是稿酬的刺激。这方面所涉及的作家更多。

虽然晚清的社会精英们的翻译动机基本和救亡图存有关，但用布尔迪厄的资本论来观照译者的动机，追求经济资源如金钱或者财物是古往今来职业译者的主要目的。最早的职业译者，在中国叫做寄、象、狄鞮、译，他们服务于官府，领取官家的俸禄。在清末民初，很多文人的翻译动机也不仅仅是开国人眼界，乞灵与西方那么简单，对经济资本的追求也是毋庸讳言的。同样是大翻译家林纾，他在这方面的追求表现也很突出。

---

① 《〈古文辞类纂〉选本·序》，参见《贞文先生年谱》（卷下）民国 3 年记林纾论"文中杂以新名词"朱羲胄

　　林纾涉入译界却是极为偶然的事，他的译作如此畅销也在意料之外。当时恰逢林纾丧母在前，亡妻在后。魏翰、王寿昌等几位好友看林纾委顿消沉，希望帮助他走出困境，于是邀他一同译书。林纾起先再三推脱，最后才接受了这一请求。他没想到《巴黎茶花女遗事》一炮打响，得到国人相当的认可，这让林纾精神大振。丰厚的经济利润也让他更有兴致翻译小说。钱钟书先生说林纾在其翻译后期，成了一架翻译机器。在《林纾的翻译》中，有对林纾追求金钱的生动描绘。他，"一时千言"，"翻译只是林纾的'造币厂'承应的一项买卖"①。而为谋生作译的文人当时不在少数。

　　当今职业的译者拿的是政府所开的工资或翻译公司所付的报酬。但如果特殊的时间、地点或特定的情境中，翻译劳动的报酬可能不是金钱，而是某种物质形式，有时甚至是非常特殊的物质形式。例如红军长征时期，肖克将军亲手为瑞士牧师勃沙特做了一道粉蒸肉，这是他付给这位牧师的稿酬，因为他为红军翻译了一张法文地图②。当然，这里体现了译者动机的微妙性和不可把捉性。

　　林纾等译者在清末能以翻译获取经济资本，这得益于近现代报业的发展和稿酬制度的形成，这使中国产生了真正以卖文为生的职业文人。晚清社会，有目的的开启民智的文化传播、传教士传教的需求等因素使报刊、出版、学校等现代传播媒介粉墨登场。19 世纪到 20 世纪初，西方先进的科学技术知识随着传教士的到来及其出版的刊物传入我国，冲击并影响了我国学术的传统态势和传播方式，来华传教士创办的各种报刊，也直接刺激了我国近代传播的兴起③。这不但本身对精英文化进行了必要和及时的解构，使大众能参与社会价值判断，而且，它也日益改变着人们的交往方式，为公众参与文化观念的更新再造、再生产和社会整合提供了一个可能的渠道和相对自由的空间。而传媒带来的这一交往渠道的变革所产生的影响是前所未有的，传媒力量也因此在中国成为不可小觑的中介。大众可通过该渠道深入其中，进行舆论鼓噪并参与自由讨论，干

---

① 罗新璋. 翻译论集. 北京：商务印书馆，1984：711.
② R. A. 勃沙特. 神灵之手——一个西方传教士随红军长征亲历记. 济南：黄河出版社，2006.
③ 王桃. 早期学报与中国现代学术的兴起. 编辑学刊，2004（3）.

预、监督、批判、推进并改变着社会变革的走向。在清明民初的社会变革中，维新变法、辛亥革命、晚清的文学革新运动、五四新文化运动等都有传媒力量的贡献，传媒的这一左右力量都得到了证实。《万国公报》主笔范祎认为"：杂志报章者，社会之公共教科书也；杂志报章之记者，社会之公共教员也。无论上流、中流、下流以及种种之社会，其知识一般大都取资于杂志报章者居多。新事新理新物之研究之表见之发明，无不先睹见于杂志报章。一纸飞行，万众承认。"① 这番话既反映了传媒的力量，也反映了传媒在大众中的广泛接受程度。这更说明了为什么在晚清，特别是 19、20 世纪之交，随着西学影响的深入以及印刷技术的显著提高，我国的大众出版事业突飞猛进（参见本书后面的论述）。据统计，从 1815 年外国传教士创办《察世俗每月统记传》到 1911 年，海内外累计出版的中文报刊即达 1753 种②。清末民初，全国各地的出版机构有近200 家。据时萌《晚清小说》，晚清时全国的出版机构约有近 170 家；袁进等《上海近代文学史》云，晚清 100 余年间仅上海的小说出版机构即多达 100 余家；另据熊月之《西学东渐与晚清社会》，从 1811 年马礼逊在中国出版第一本中文西书到 1911 年共 100 年间，全国出版西学书籍的机构多达 100 余家，出书凡 2291 种，其中仅翻译、出版日文西书的机构即达 95 家。③ 想要维持快速发展的报刊图书市场就要有数量庞大的稿件，仅仅依靠传统的出版运行机制根本不可能获取大量的稿件。这样的需求刺激便自然应运而生了具有现代意义的稿酬制度。当然稿酬制度的形成也同时刺激了文人卖文为生。清末民初文人积极进行西洋文学翻译，其动机和经济利益的追求不无关联。

其实中国文人写稿取酬的历史其实很长，古已有之。宋人洪迈《容斋随笔》说"作文受谢，自晋宋以来有之，至唐始盛"，而王楙《野客丛书》则将此上溯到汉武帝时代司马相如为陈皇后作的《长门赋》（1）。《野客丛书》云："作文受谢，非起于晋宋……现陈皇后失宠于汉武帝，别在长门宫，闻司马相如天下工为文．奉黄金百斤为文君取酒，相如因为文，以悟主上，皇后复得幸。"尽

---

① 徐培汀，裘正义．中国新闻传播学说史．重庆：重庆出版社，1998：116、119.
② 史和等．中国近代报刊名录．福州：福建人民出版社，1991.
③ 郭浩帆．近代稿酬制度的形成及其意义．中国知网．

管"陈皇后无复幸之事，此文盖后人拟作"①，但人们一般认为我国之有"稿酬"，始于东汉末年。唐宋以来，通过为他人做文章来接受谢礼，在社会上已经比较普遍，当时人们把这类酬谢形象地称之为"润笔'（"润笔"一词，始见于《隋书·郑译传》）。唐代古文运动大家韩愈靠其出色文采，一生之中润笔收获颇丰，所撰《平淮西碑》和《王用碑》就分别得到过"绢五百匹"和"鞍马并白玉带"的酬谢②。在宋代有一条"国之常规"即：撰碑志，受润笔。李清照的公公赵挺之曾说："乡中最重润笔，每一志文成，即太平车中载以赠之。"③ 至明清时期，可以待价而沽的不仅有碑志，还有诗文字画，相应地出现了大批职业书画作家。郑板桥为解生活困顿之难题，曾在 61 岁去官回乡后自订书画润格，"大幅六两，中幅四两，小幅二两，书条、对联一两，扇子、斗方五钱"，并特意声明，"凡送礼物食物，总不如白银为妙"④。但古代卖文所获的酬劳还是有别于真正的稿费，因为支付润笔行为带有明显的个别性、随意性。中国文人向来文化商品意识淡薄，领取稿酬尚构不成一种普遍、规范的社会行为。时人润笔来源靠的是赏赐，主要途径是为朝廷、官府起草文件或著书，替达官贵人撰写碑志而获得酬谢。会给文学作品发稿费的也几乎没有。而且中国文人的傲骨也让他们耻于钻营此道。鬻文获财是和"为五斗米折腰"划等号的，是有损道义气节的举动。白居易为老友元镇作墓志后碍于情面，不得已收下润笔费用，但他悉数捐献以修香山寺，并声明"凡此利益功德，应归微之"⑤。

稿酬制度的雏形始至清明民初。最先给稿酬的以书画界为主。在报刊上明码标价、明确规定画稿稿酬的情形是在 19 世纪七八十年代以后。《申报》初创时期，所登文章一律不付稿酬，但为给《点石斋画报》征稿，于 1884 年 6 月特刊出《招请各处名手画新闻》的启事，首次表示支付给作者稿酬，也是我国新闻出版界之有稿酬一说的开始。

---

① 赵俪生. 日知录导读. 文史哲，1989（6）.
② 赵翼. 陔金丛考·润笔.
③ 王明清. 挥麈后录：卷六.
④ 郑燮. 郑板桥集·板桥润格. 上海：上海古籍出版社，1979.
⑤ 白居易. 修香山寺记.

大约是 19 世纪 90 年代，小说界明确提出给作者付稿酬。1902 年 11 月，梁启超在日本横滨创办我国第一份近代小说杂志《新小说》。此前半个月，先在《新民丛报》上刊出《新小说社征文启》，其主要内容为：

小说为文学之上乘，于社会之风气关系最矩。本社为提倡斯学，开发国民起见，除社员自著自译外，兹特广征海内名流杰作，绍介于世。谨布征文例及酬润格如下：

第一类　章回体小说在十数回以上者及传奇曲本在十数出以上者

自著本甲等　每千字酬金　四元

同　　乙等　同　　　　三元

同　　丙等　同　　　　二元

同　丁等　同　　　　一元五角

译　本甲等　每千字酬金　二元五角

同　　乙等　同　　　　一元六角

同　　丙等　同　　　　一元二角

第二类　其文字种别如下：一、杂记；一、笑话；一、游戏文章：一、杂歌谣；一、灯谜酒令楹联等类。此类投稿恕不能徧奉酬金，惟若录入本报某号，则将该号之报奉赠一册，聊答雅意①。

这是目前所见最早的内容详备的征文启事。文人主要通过卖版权来获得稿酬。据包天笑回忆，当时上海的小说市价，普通是每千字二元为标准，最低者可以压到每千字五角。平江不肖生向恺然刚从日本回国时，还是个名不见经传的小人物，无奈之下只能以千字五角的低价卖出去他的第一部小说《留东外史》，结果旺盛的销路让出版商大赚了一笔。商务印书馆请林纾译写小说，每千字付稿费五元，后来又增至六元；请包天笑译写教育小说，每千字三元，但在《小说林》和《小说时报》，包天笑的小说只能卖到每千字二元②。包天笑翻译的《三千里寻亲记》和《铁世界》两部小说，就是以一百元的价格卖给上海文

---

① 本社征文启. 新民丛报（第十九号），1902.

② 包天笑. 钏影楼回忆录·在小说林. 香港：香港大华出版社，1971.

明书局的①，而周作人将《红星佚史》的译稿卖给商务印书馆，得到的稿酬是整二百元②。此外，自梁启超在《新民丛报》上发表自著的《劫灰梦》《新罗马传奇》，在《新小说》上发表《侠情记传奇》，并开辟 "传奇体小说" 栏目，宣称 "欲继索士比亚、福禄特尔之风，为中国剧坛起革命军"③ 后，清末文学界一般把戏剧也归入小说范畴之内，因此其时的小说杂志上几乎都有戏剧作品发表，而小说稿酬中也大多包括了戏剧在内。较之小说、戏剧，诗文的支付稿酬为时要更晚一些。据包天笑回忆说，"当时的报纸除小说以外，别无稿酬，写稿的人，亦动于兴趣，并不索稿酬的"。

　　近代稿酬制度的形成标志除了我国出版事业在西方文化影响下逐步进入近代化运作阶段以外，也表明断了科举之梦的文人可以卖文为生。当然报馆书局也是它的最大受益者。稿酬制度的建立带来的好处是多方面的。出版方藉此获得想要的稿件；稿酬刺激下可以提高竞争能力，在赢得广泛的读者群体的同时还可以获取可观的经济效益。所以，在经济利益的驱动下，大批文人乐于进行文学创作和文学翻译。靠著译谋生是令普通文人不至于疲于应付的谋生之路。包天笑的情况很有代表性。1901 年，包天笑与杨紫麟合译《迦因小传》，加上后来译的《铁世界》《三千里寻亲记》都通过上海文明书局出版。他后来回忆道："文明书局所得的一百余元，我当时的生活程度，除了到上海的旅费以外，我可以供几个月的家用，我又何乐而不为呢"，"我于是把考书院博取膏火的观念，改为投稿译书的观念了"④，从 1901 年至 1919 年 "五四" 止，包天笑共翻译作品 80 余种，还创作了不少小说。在当时，像包天笑这样为获取稿酬而投身于小说创（译）作活动的人形成了一个庞大的群体。陈平原《二十世纪中国小说史》第一卷中说，吴趼人七、八年间共写了长篇小说 18 部，短篇及笔记文学集十二三种，李定夷创作生涯不足十年，即创作长篇小说等近 50 种，李涵秋 15 年间写成的长篇小说多达 33 部，这在古代是极难以想象的事情。以作家们的才

---

① 包天笑. 钏影楼回忆录·译小说的开始. 香港：香港大华出版社，1971.
② 知堂回想录·翻译小说. 香港：香港三育图书有限公司，1980.
③ 中国唯一之文学报〈新小说〉. 新民丛报：第十四号，1902.
④ 包天笑. 钏影楼回忆录·译小说的开始. 香港：香港大华出版社，1971.

情似海并不足以解释这种现象，获取稿酬，追求经济资本当是他们高产出的重要驱动力。

1905 年停开科举后，传统的仕进之路被封死了。文人失去了奋斗方向和谋生目标。稿酬制度的逐渐形成，让文人有了通过创（译）作品赚取稿酬、养家糊口的能力。而在有利可图之外，文人写作的特长也得以发挥，所谓"吾与汝皆一介布衣，文字而外无他长"①；"既无技术性的生产能力，又不能手缚一鸡"，只好"实文为生"，"在生活压迫之下，不写这许多东西换钱，是无法应付开门七件事的"②。

翻译大家林纾的译稿，商务印书馆给到了千字六元或千字十元。据说林纾每天工作 4 小时，每小时译 1500 字，一天下来就是 6000 字，可得稿酬 36 元。这是当时一个普通教员一个月的薪水。林纾一生翻译外国文学作品 180 余种，其中小说 163 种，除支付合作者的酬金外，他所得的稿费仍然相当可观，以致于朋友有呼其室为"造币厂"之戏语③。

当然，这其中不乏为了经济利润而媚俗和粗制滥造的现象。这是稿酬制度所带来的负面影响。文人的事业选择不再局限于科举、入幕或教书。文学作品商品化使得文人在卖文为生的同时也必须考虑广大读者的欣赏趣味以及整个文化市场对作品的需求。清末民初国人的精神面貌、艺术品位较以前并未有质的改观。作家们可能比普通读者较早摆脱了封建正统观念束缚，但"市场"这一条经济锁链也使其中一些煮字疗饥的文人不能不在创作中考虑广大读者的欣赏趣味，自觉不自觉地迎合社会、趋时媚俗地进行创作和翻译。在其时，文章已不再是"经国之大业，不朽之盛事"，"披阅十载，增删五次"的创作方式无异于自断生路。而且，报刊连载是不能间断的，所以很多翻译作品存在着细节的错漏、语句的重复，甚至有道听途说的转相抄袭，译书的质量参差不齐。

但通观当时的文学翻译，稿酬的积极影响还是大于其负面影响的。经济上得以相对独立在一定程度上保证了作家可以在思想和人格上的自由独立，从而

---

① 吴双热. 枕亚浪墨序·枕亚浪墨. 香港：清华书局，1915.
② 李健青（定夷）. 民初上海文坛. 上海地方史资料：第四辑.
③ 钱钟书. 林纾的翻译. 百度文库.

能根据自己的生命体验和文学趣味去从事翻译。从心理学的角度看，人的动机可以进行二元划分，即："缺乏性动机"和"丰富性动机"两种。"缺乏性动机"是指人在生存中因为某种缺乏或痛苦，而产生相应的做什么事的动机；后者与前者相反，它是指一种刺激和满足的寻求而引发的做什么事的动机。在文学创作中，这两种动机往往是并存的，但"缺乏性动机"占主导地位。如果在物质条件允许的情况下，基于精神上的失衡和缺乏，而不是生理上的缺乏或肉体欲望，更容易激发文人的创造灵感①。因此，优秀的而又有思想的译者并不会排斥经济利润的追求，这可以让他们有精力通过将原作完美而富有创造性地移译成目的语来实现他们的精神层次的追求。

本书之所以采用厄氏的理论来为晚清的译者进行归类，是因为在资料收集过程中，笔者发现对晚清译者的研究过于偏重译者的主体性、译者译才和译德、翻译策略、翻译心理和翻译理论等内容，论述零散而不深刻，也没有对译者进行整体上的类型研究。晚清的翻译家责任之重大，译本演变之复杂，不仅仅表现了文学翻译所独具的特殊规律，且传递出了文学翻译文本中所蕴含的具有现代意识的价值体系和美学观念。经过译者各自的理解和过滤，其译本中所要阐释的观念很多已经成为现代中国的共同信仰。比如前面所言的晚清译者的社会资本的追求至今仍然是我们可以利用的社会资本。而晚清译者的西洋文化资本的输入中所展示的文化思想，在今天也依旧是可以让我们受益匪浅的文化资本。但译者的这些贡献在目前的研究中并没有给出总体评价。同时，由于分类的标准涉及到一个既需要科学、又需要合理的尺度问题，过于感性的按翻译心理或译者的才华的划分，或过于技术性的按翻译技巧或翻译主张的划分似乎不是不能估计社会文化语境，就是不能展示译者自身因素。而厄氏的有关资本的划分理论可以对这两方面均有所顾及，所以本书借用了他对资本的划分标准对译者进行了分类研究。

---

① 钱谷融. 文学心理学教程. 上海：华东师范大学出版社，1987：129.

第四节　个案分析：以《天演论》《域外小说集》 《迦因小传》 为例

晚清译者的翻译心态从最初的为中国社会补充社会资本到为了以文治国而追求文化资本的扩充，均体现出了译者国家大义上的目的。而对经济资本的追求亦是科举废除后，译文或卖文为生的现实需求。这最后一种的追求在前两种的翻译追求中以潜隐的形式相伴而行。

在为中国扩充社会资本的努力中，严复无疑是最有代表性的一位。他的翻译虽然在当时就有人质疑①，但他所获得的声誉也令他人难以企②及。严复翻译了大量时至今日仍然是极具社会价值的社科类文献，如：《天演论》《原富》《群学肄言》《群己权界论》《社会通诠》《穆勒名学》《名学浅说》《法意》《美术通诠》等西洋学术名著，这体现出严复超越时代的前瞻意识。严复译书之时，正是中学为体，西学为用之时，在人人惦记西洋的船坚炮利之时，严复认定中国之急需乃学术思想的转换。《天演论》序说："风气渐通，士知僿陋为耻，而西学之事，向途日多。然亦有一二巨子，依然谓彼之所精，不外象数形下之末；

---

① 对于严复的质疑，主要集中于他的文言译本。"梁启超以为严译是雅而不达；胡适与蔡元培则以为要作世代的区别，典雅的译文对通晓古文的士人是达，而影响大；对新学青年则是不达，而影响小。瞿秋白则说典雅的古文不但不易懂，也达不到忠于原著的目的。贺麟与鲁迅则另辟蹊径，以为严译之不达，是因为过度重视"信"而造成的。此外，梁启超、朱执信与王国维则指出严以古文翻译深奥的西学，其内容之艰深影响到读者对译书的了解"达"。胡先骕与柳诒徵等学衡派学者反对上述的看法，以为严译符合信雅达的三原则。就更广的历史背景而言，有关严译在达方面的讨论牵涉到"开民智"之理想与近代中国文言与白话之争。严复一方面促成开启民智的重大变化，另一方面则因坚持使用古文而饱受抨击。"
本注释出处：http://www.shifansheng.com/lunwen/wenxue/hanyuyan/201010/27 – 61471 _ 3.html
② 如康有为的名句"译才并世数严林，百部虞初救世心"。（参见：见康有为，《琴南先生写万木草堂图题诗见赠赋谢》，《庸言》，第 1 卷第 7 号，"诗录"页）
胡汉民认为严复是"译界泰斗"："近时学界译述之政治学书，无有能与严译比其价值者"（参见：胡汉民《述侯官严氏最近之政见》，《民报》第 2 期，第 1、7 页。）

彼之所务，不越功利之间，逞臆为谈，不咨其实。讨论国闻，审敌自镜之道，又断断乎不如是也。"《原强》中也明确了他对西方学术的倾慕："……其鸷悍长大，既胜我矣，而德慧术知，又为吾民所远不及……其为事也，一一皆本诸学术；其为学术也，一一皆本于即物实测，层累阶级，以造于至精至大之涂……苟求其故，则彼以自由为体，以民主为用。"难能可贵的是，严复所译之书均以中国为出发点，在国故和西学两方面均有考虑。《原富》例言中提到："谓计学创于斯密，此阿好之言也……中国自三古以还，若《大学》，若《周官》，若《管子》《孟子》，若《史记》之《平准书》，《贷殖列传》，《汉书》之《食货志》，桓宽之《盐铁论》，降至唐之杜佑，宋之王安石，虽未立本干，循条发叶，不得谓于理财之义无所发明。""及观西人名学，则见其于格物致知之事，有内籀之术焉，有外籀之术焉……乃推卷两起曰，有是哉，是固吾《易》《春秋》之学也。迁所谓本隐之显者外籀也，所谓推见至隐者内籀也。"又说："夫西学之最为切实，而执其例可以御蕃变者，名、数、质、力四者之学是已。而吾《易》则名数以为经，质力以为纬。"同时，严复的翻译目的中，有着强烈的为苦难中国指点迷津的动机："计学以近代为精密，乃不侯独有取于是书，而以为先事者，盖温故知新之义，一也；其中所指斥当轴之迷谬，多吾国言财政者之所同然，所谓从其后而鞭之，二也；其书于欧亚二洲始通之情势，英法诸国旧日所用之典章，多所纂引，足资考镜，三也；标一公理，则必有事实为之证喻，不若他书……洁净精微，不便浅学，四也。"①

在中国传统的社会资本中，其主要构件是儒、佛、道家三大思想体系。他们对中国社会的影响延续千年而根深蒂固。其中儒家思想作为主要意识形态，帮助封建社会维护了父权、夫权、王权，士大夫所受的教育理念中，这是中国正统意识形态的根基。虽然晚清已是封建王朝没落时期，但儒家影响仍可左右士大夫和封建文人阶层的思想。作为具有先进的资产阶级启蒙意识的知识分子，严复用他的译书为中国的变革作出了巨大的推动作用。他以及其他的早期翻译实践者对西方学术思想的介绍，虽然仅仅是在千疮百孔的清政府身上打了个大

---

① 严复. 原富//严复名著丛刊. 北京：商务印书馆，1981.

大的补丁，无法从根本上解决问题，但"自强""自力""自立""自存""自治""自主"以及"竞存""适存""演存""进化""进步"之类的词汇在严复译书后的盛行表明，这些译者的努力毕竟让先进的知识分子获得了对自然、生物、人类、社会以及个人等新的思考方法和斗争态度。而国人世界观的更新是社会资本得以发挥作用和社会变革的基础。这些学术专著的译介及时满足了晚清士大夫的改良社会的需求，为他们寻找中国的出路提供了参照和学习对象，在国人探求真理的同时为中国的社会资源注入的一股活水。

如果说严复的翻译实践为中国的社会资本进行了有效的扩充，那么周氏兄弟的《域外小说集》则明显地着眼于文化资本的引入上。对于该小说的翻译动机，其序言中有非常明确的表示："《域外小说》为书，词致朴讷，不足方近世名人译本。特收录至审慎，移译亦期弗失文情。异域文术新宗，自此使入华土。使有士卓特，不为常俗所囿，必将犁然有当于心，按邦国时期，籀读其声，以相度神思之所在。则此虽大涛之微沤与，而性解思维，实寓于此。中国译界，亦由是无迟莫之感矣。"这里，鲁迅所言的"近世名人"是林纾。因为他在给增田涉的信中说明了这一点："当时中国流行林琴南用古文翻译的外国小说，文章确实很好，但误译很多。我们对此感到不满，相加以纠正，才干起来。"① 但这并非周氏兄弟翻译域外小说的唯一目的，其真正的目的在于："异域文术新宗，自此使入华土。"也就是说借异域文术新宗的翻译，为中国增添新的文化资本。《域外小说集》之前②就已经有以"短篇小说"为文类的译文出现。所以，还不能称其为"介绍欧洲文学最早的一只燕③"。而且，从该书的社会影响上讲，也

---

① 鲁迅. 鲁迅全集：卷 13. 北京：人民文学出版社，1981：473.

② 1904 年 10 月，《教育世界》第八十四号上就刊载了标有"短篇小说"的《制造书籍术》（参见陈大康. 中国近代小说编年. 华东师范大学出版社，2002：126.

③ 冯至认为，该小说集是"采取进步而严肃的态度介绍欧洲文学最早的一只燕。"（参见：郭延礼《中国近代翻译文学概论》，1998 年底 446 页，湖北教育出版社）。但因此前已经有了短篇译本的出现，所以这种提法不甚精准。倒是集册中所采用的直译策略，是对其时普遍、过于随意采用的意译策略的一种纠正，只可惜该书在当时所引起的注意并不多，可能跟过分直译而使语言晦涩有关。

完全不能和当时如林纾、周桂笙、徐念慈等人的译著相提并论①。

但该小说集中为中国读者所引入的异质文化色彩无疑是它的一大亮点。本书之所以选择它作为个案例证，就是因为该译介中的很多异质元素在中国日后的文学发展中，成为了中国现代文学的主要构件，丰富了中国的文化资本。比如从小说的范式上看，《域外小说集》无疑有着新的开拓。"前后篇首尾，各不相衔，他日能视其邦国古今之别，类聚成书。"②

较之于严复的翻译，我们会发现译者的翻译动机有明显的不同。严复费劲心机想要在译本中寻找与中国文化相同的地方，不惜牺牲原文本的思想而择译。③ 而林纾觉得中国文人应当"勿遽贬西书，谓其文境不如中国也"④，所以在译文中尽量寻找中西文化的共通点。⑤ 这虽然照顾了读者接受，但在新的文化资源的引进上难免缺失掉异质元素。周氏兄弟的《域外小说集》则要将"中国小说中所未有"的异域情调介绍进来，这就为中国文学的新建构提供了可资借鉴的参照。这种异域情调在当时由于过于意识超前，所以受众寥寥。但在五

---

① 关于《域外小说集》的发行情况，周氏兄弟在 1921 年群益书社重印版的序言中，有过详细介绍：当初的计划，是筹办了连印两册的资本，待到卖回本钱，在引第三第四，以至第 X 册的。如此继续下去，积少成多，也可以约略介绍了各国名家的著作了。于是准备清楚，在 1909 年的二月，印出第一册，到六月间，又印出了第二册。寄售的地方，是上海和东京。半年过去了，先在就近的东京寄售处结了帐。计第一册卖去了 21 本，第二册是 20 本，以后可再也没有人买了。那第一册何以多卖一本呢？就因为有一位极熟的友人，怕寄售处不遵定价，额外需索，所以亲去试验一回，果然划一不二，就放了心，第二本不再试验了。——由此看来，足见那 20 位作者，是有出必看，没有一人中止的，我们至今很感谢。

　　　至于上海，是至今没有详细知道。听说也不过卖出了 20 册上下，以后再没有人买了。于是第三册只好停版，已成的书，便都堆在上海寄售处堆货的屋子里。过了四五年，我们这过去的梦幻似的无用的劳力，在中国也就完全消灭了。

② 鲁迅. 鲁迅全集：卷 13，北京：人民文学出版社，1981. 157.

③ 比如，赫胥黎的书名原文是 Evolution and Ethics 译为《天演论》，将一个问题的两个方面少了半部分。因为严复只认可"物竞天择，适者生存"的法则，也是正好适合当时中国的现实处境。而伦理有违国人纲常，不宜译出。再比如《天演论》中的下述按语就是原文中没有的。"斯宾塞尔曰：'天择者，存其最宜者也。'夫物既争存矣，而天又从其争之后而择之，一争一择，而变化之事出矣。

④ 斯土活 . H. W. Stowe 黑奴吁天录·例言. 林纾，魏易译. 北京：商务印书馆，1981.

⑤ 林纾的很多中文译名就是为了寻求这种共通点而起的。比如《《孝女耐儿传》。之所以用一个"孝"字，是因为林纾认为西方人也遵从孝道，这是中西文化的共通点。

四以后的中国文学建构中，却常常可见它们的身影。1920 年，有人建议重新出版《域外小说集》，周氏兄弟认为译文"句子生硬""诘屈聱牙"而"委实配不上再印"，但同时又认为"只是他的本质，却在现在还有存在的价值，便在将来也该有存在的价值"①。这里所提到的本质，就是小说集中的异质元素，比如"人道主义"。该小说集中的童话《安乐王子》《乐人扬珂》等，无不流露出文学反映上的人道主义特质。周作人白话短篇小译文集《点滴》出版时，他在序言中强调"两件特别的地方——一，直译的文体，二，人道主义的精神"，认为作家"却仍有一种共通的精神，——这便是人道主义的思想"②。时至今日，人道主义更成为文学创作者不敢抛弃的人文理念。

再以小说集中的标点符号为例。晚清的小说创作已经出现了断句，但问号、感叹号的运用却不受欢迎③。而鲁迅却可以在该书中大胆输入省略号（……）和破折号（——），并结合其它欧化标点符号，在翻译中创造性地进行了运用。

"曰：'吾自愧，——行途中自愧，——立祭坛前，——面明神自愧，——有女贱且忍！虽入泉下，犹将追而诅之！'"

在《默》的译文中，译者大规模地、密集地使用破折号来表现牧师嘴硬心悔的复杂心态。虽然在当时不被人接受，但在今日今时，却表现得相当形象。在《谩》这个俄国版《狂人日记》中，译者又用省略号来表现主人公虚虚假假、真真实实的情状："求诚良苦，苟如此，吾其死矣。顾亦何伤，死良胜于罔识。今在汝拥抱欵唲中，独觉谩存，吾且见诸汝眸子，幸语我诚，则吾亦从此别矣。"周氏兄弟对欧化标点的创造性的运用，使《域外小说》参与了中国文学的现代建构，使中国的文体更具有表现力，也更为中国文学的文化积累作出了贡献。

对于经济资本的追求，林纾和包天笑均有此意。本书以包天笑的《迦因小传》的翻译为例。1901 年，英文并不太好的包天笑与杨紫驎用文言合译了英文小说《迦因小传》，并在《励学译编》上进行连载。这是他的第一部翻译小说。

---

①　鲁迅. 域外小说集·序. 北京：新星出版社，2006.

②　点滴. 北京大学出版部，1920.

③　鲁迅. 鲁迅全集：卷 13. 北京：人民文学出版社，1981：157.

连同《三千里寻亲记》和《铁世界》一起，他获得了不菲的版权费。当时共计稿酬 100 元。包天笑为此兴奋不已："这不过是一时高兴，译着玩的，谁知竟可以换钱。而且我还有一种发表欲，任何青年文人都是有的，即使不给我稿费，但能出版，我也高兴呀！后来，《迦因小传》的单行本，也由文明书局出版，所得版权费，我与杨紫驎分润之。从此以后，我便提起了译小说的兴趣来，而且这是自由而不受束缚的工作，我于是把考书院博取膏火的观念，改为投稿译书的观念了"①。据包天笑讲，"1892 年他 17 岁初为塾师时每月仅束脩一元！18 岁出门授徒，每月束脩二元，一年 24 元，外加三节节敬 6 元，年收入也只有 30 元！"② 而当时秀才一月可以有三元的收入，举人也不过 12 元。由此可见稿酬对文人的诱惑力有多大。而和包天笑一样由科举正途转向文学小道的人大有人在。也正是由于现代报业的兴盛，可以让文人在凭借稿酬得以谋生的基础上，才能在翻译文学和创作中，安心寻求解决国难的办法，社会变革的方向和中国发展的出路。所以，文人经济资本的追求尤其有益的一面。当然，也有纯粹卖文求财、写出污浊不堪作品和粗制滥造、甚至假借翻译之名进行伪劣创作的文人和作品大量出现。但稿酬制度的发展和成熟以及它带给文人的经济资本的效益是利大于弊的。

晚清译者的翻译心态和动机的衍变，既反映了近代先进的中国人学习西方、希望强大中国的心路历程，也反映了中国文学在现代转型中种种思想斗争和观念更新的变化轨迹。同时，也是中国社会剧变期的真实写照，所以对他们的这一转变痕迹的追溯和研究，是晚清翻译文学研究中不可或缺的重要部分，其意义不仅体现于微观的译者个体的深入探寻上，也体现于宏观的译者群体的综合分析中。本文对译者心态的变化轨迹所作的追溯性研究就是为了能从总体上对晚清时期的译者心态进行一个动态的把握，以便能更好地掌握晚清翻译文学的实质。

---

① 　包天笑. 钏影楼回忆录. 太原：山西古籍出版社，1999：216、220.
② 　包天笑. 钏影楼回忆录. 太原：山西古籍出版社，1999：335.

第三章

读者构成的"变相"分析

对于晚清的文学读者的研究，历来重视不够。至目前为止尚未有系统的、全面的研究。其实，晚清的文学读者特征既有文学转型时期读者反映的普遍特征，更有观念更新时读者接受的特殊性质。从读者的角度对晚清的文学翻译进行研究，不但可以为此时文学翻译的种种表现找到进一步论证的依据，也是对该研究中诸如文本选择、译者的翻译策略、域外文学的传播等研究的进一步补充。对于此时段读者研究中明显存在两个问题：首先，研究过于偏重名著所涉及的读者分析上，而且专门从读者的维度进行论证的也很少，往往在其他文学翻译现象研究中附带涉及。其次，缺乏读者各阶层的构成状况研究，因此不能对晚清的译者、读者和此时的文学翻译之间的互动关系和具体影响作出有力的阐释和说明，使晚清、民初乃至五四的文学翻译发展的各个环节出现研究上的衔接也容易出现缺失。本节研究将选取文学翻译中的小说读者为研究对象，专注于晚清时期翻译小说读者的阶层构成，存在方式的转变和译者、读者以及翻译小说之间的互动关系和具体影响。

第一节　晚清域外文学的读者产生的原因和构成上的渐变

文学如果要获得一定程度的传播和认可，除了作品本身的动人魅力外，还需有一定的物质条件做基础。从作者的维度而言，他要有保证他生活的经济条件和保障他顺利进行文学创作和传播的环境。就大多数读者而言，对文学作品的阅读也必然是在日常生活的平稳进行中发生的。首先他要有经济能力获得文学作品,其次他还必须是一个识文断字的人。所以,这里就有至少两个因素需要去研究:读者的生活条件和读者的阅读能力。没有正常的生活保障和正常的阅读能力,就不可能有正常的阅读接受。而明清时期中国人的生活状况和科举制度的实施,使文学作品尤其是小说的读者群体不断扩大,并使域外文学在中国的传播成为可能。

一、读者阅读的发生基础

文学之所以能具有历史意义,是因为它的生产和传播是植根于历史现实中,它的发展走向也总是直接或间接地反映着历史发展的走向。所以,不同时期的经济历史条件也让小说阅读的发生基础有着极大的不同。明清时期中国的社会经济模式是小说阅读发生的基础,它从经济条件和阅读能力两方面保证了小说普及的可能性。

唐朝时期中国经济尚未起步,经济总量较低。北宋时期奠定了中国经济起步的基础,北宋的经济比唐朝有了长足的进步,而南宋由于战乱和地域萎缩的原因,经济总量基本上又下降到唐朝的水平。元朝经济止步不前。到了明朝随着科学技术的不断提高,海外贸易的大力发展以及私有制经济体系的逐渐形成,使明朝的经济总量比北宋连续翻翻,步入历史新台阶。而清朝统治者实行海禁、严厉消除私有制经济等原因,使清朝经济总量比明朝有了惨不忍睹的下滑,甚至又回到了北宋的水平。所以明朝是中国历史上经济的巅峰,清朝末年中国没有争议地沦为地球上最贫穷落后的国家之一。

如果单方面从经济发展水平来看,晚清的文学呈现出和国情极不协调的局面。一方面国库空虚,内乱频生。另一方面在文学领域却热闹非凡,成为社会热点。但从中国明清经济发展轨迹来考察,这种矛盾现象却也符合情理。中国广大的国土面积、特殊的封建小农经济辅助以小幅度的商品经济的发展,使国人即使是在国库空虚的情况下也尚可以衣食基本无忧。根据美国学者彭慕兰的研究,中国和西欧生活水平的巨大差距是在 1800 年以后才出现的。法国人 Jacques Gernet 也认为清雍正年间和乾隆前期的中国农民生活状况比同时期的法国路易十五的农民生活得更好。中国人在此之前的生活较愉快，受教育水平也较高①。晚清国人的生活水平急剧下降，但中国特殊的产业结构还是可以维持国人的基本生活要求的。封建小农经济体制下，有一小块土地的中国农民或佃农成为经济主体。自给自足的同时，虽然意味着守旧和落后，但同时也意味着对国家体制依赖的降低和生活风险的降低。这些社会最小单位所构成的社会群体受中国传统士大夫观念的影响，一般多会送子读书，走功名利禄的正途。虽然农民是社会的主要成员，但从这些成员中产生的读书人却不在少数②。

明清的新兴市民阶层也对小说阅读的普及起到了推波助澜的作用。明朝的经济积累中有很重要的一点就是商品经济的发展，这直接催生了市民阶层的形成。这些新兴的市民阶层比以往的封建体制下的农民对文化和文学有着更高一层的要求。但同时与士大夫相比，他们并不会像前者那样要求精神领域的高层次的满足。为他们服务的精神产品要具有通俗性、大众性和娱乐性。这些读者的出现使白话小说迅速发展和流行。清朝时期这些市民阶层的数量和影响力进一步扩大。相对于中国的农民而言，他们有更好一些的经济实力和更文人化的生活追求，小说是他们生活中的一种主要消遣方式。这种通俗易懂的文学形式很受这些市民及其家人的欢迎。

上述情况表明，彼时的中国社会中存在着为数不少的有阅读能力，同时也有经济能力的小说潜在读者，但这并不一定就可以催生小说创作的繁荣和其阅读的普及。要到达这个目的，还有两点至关重要：首先，中举的艰难使科场失意的读书人开始从事小说的创作。晚清科举的废除又迫使大量文人为谋生路选择小说创作和小说翻译。这些人的介入从整体上提高了小说的水平，作品具有一定的艺术水平和社会意义，所以对市民阶层更加具有吸引力。小说的题材得到了极大的拓展。其次，期刊杂志的快速发展降低了小说的阅读成本，小说读者数量急剧上升，这同时也刺激了文人小说的创作热情。虽然当时小说并未成为文学的正宗，但其社会影响力已经显现。

---

① 梁柏力. 被误解的中国. 北京：中信出版社，2014.
② 据彭慕兰的调查，明清时期中国农村人口占全国人口的93%以上。从庞大的中国总人口基数来看，中国可以识字读书的人的数量也是非常可观的。

所以，梁启超等人欲借小说以救国救民并非心血来潮。他们正是看中了小说受众广大和传播相对容易的特点。黄摩西（黄人）在《小说林发刊词》中说："今之时代，文明交通之时代也，抑亦小说交通之时代乎！茧发学僮，蛾眉居士，上自建牙张翼之尊严，下迄雕面糊容之琐贱，视沫一卷，而不忍遽置者，小说也：小说之风行于社会者如是。"梁启超也惊叹："举国士大夫不悦学之结果，《三传》束阁，《论语》当薪，欧美新学，仅浅尝为口耳之具，其偶有执卷，舍小说外殆无良伴。"①

二、读者构成的渐变

晚清域外文学的读者构成由 19 世纪末的士大夫阶层转成 20 世纪初的新兴知识分子阶层，最后又加入了普通底层劳动人民。

首先，士大夫在思想上茫然无助之时，通过阅读域外文学来获得对西方的近代想象。

在西学东渐过程中，晚清的士大夫所受的冲击是最为深刻的。他们世世代代所传承的、深厚的传统文化素养，使他们在最开始时有着强烈的抵触和抗拒。但晚清帝国的日渐没落和西方列强的咄咄相逼再次激发了这些士大夫素有的积极入世精神和对中华民族深深的忧患意识。强烈的社会责任逼迫着他们带走抗拒情绪，去了解、学习异域文化。兴盛于近代的报纸杂志则为他们关心天下大势、研究西学提供了便利的渠道。域外文学中所透露出来的西方的信息帮助他们形成了对近代西方的想象。加之精神领袖人物对域外小说的刻意宣传，使士大夫得以转变观念，追捧域外小说。"且闻欧、美、东瀛，其开化之时，往往得小说之助"②。"在昔欧洲各国变革之始，其魁儒硕学、仁人志士，往往以其身之经历，及胸中所怀政治之议论，一寄之于小说。于是彼中辍学之子，黉塾之时，手之口之，下而兵丁、而市侩、而农氓、而工匠、而车夫马卒、而妇女、而童孺，靡不手之口之，往往每一书出而全国议论为之一变。彼美、英、德、

---

① 梁启超. 告小说家. 中华小说界，1915（1）.

② 陈平原，夏晓红. 20 世纪中国小说理论资料：第一卷. 北京：北京大学出版社，1997：27.

法、奥、意、日本各国政治之日进，则政治小说为功最高焉。英名士某君曰：
'小说为国民之魂。'岂不然哉，岂不然哉！"① 这些有着极高声望和能力的资产
阶级维新派们身体力行和振臂高呼，使小说在士大夫的心中地位陡然升高。这
之前由于传统思想的影响，大多数文人视小说为"小道末技"。但在国难当头，
文人茫然无出路的关键时刻，这样的主张无疑为他们指明了出路。士大夫接受
了被思想精英们所宣扬的"救国利器"的主张，阅读域外文学作品成为他们学
习西方文化知识的新途径。同时，清政府还选取一些省城开办"仕学院"或
"仕学馆"、政法学堂、存古学堂等，为士大夫提供再学习的机会。到清末又有
开办新式中小学堂、实业学堂和军事学堂等。因此，晚清的士大夫是完全可以
接受到近代教育的。贺跃夫认为："在全国范围内，自 19 世纪末以来，尤其是
废除科举之后，士绅群体中约有五分之一左右的人，也就是说近 30 万人通过各
种途径，受到程度不等的近代教育。"② 可以这样认为，晚清的士大夫受到过不
同程度的近代教育，他们的性质已经发生转变，不再是传统意义上的文人了。
因为他们的知识结构已发生了程度不等的变化，在旧有的国学思想中融入了西
方思想，对西学都有一定程度的了解。这也成为他们转变小说观念、接受晚清
域外文学的基础。"观西人政治小说，可以悟政治原理；观科学小说，可以通种
种格物原理；观包探小说，可以觇西国人情土俗及其居心之险诈诡变，有非我
国所能及者。故观我国小说，不过排遣而已；观西人小说，大有助于学问
也"③。

　　其次，由士大夫转化而成的新市民和留学生共同组成了晚清新兴知识分子
阶层，他们成为域外文学阅读的主力军。

　　废除科举制度所带来的一个最直接的后果就是让士大夫阶层走向了消亡。
这些人大多数融入了市民阶层。但长期的文化浸润使他们无法抛弃多年的阅读
习惯，所以，这些由士大夫转变而来的市民提升了整个市民阶层的阅读品位并

---

① 梁启超．译印政治小说序．清议报，1898（1）．
② 贺跃夫．晚清士绅与近代社会变迁．广州：广东人民出版社，1994：92.
③ 陈平原，夏晓红．20 世纪中国小说理论资料：（第一卷）．北京：北京大学出版社，
1997：572、573.

刺激了小说的创作水平。可以说，以文人为主的市民阶层文学观念的转变是这一时期域外文学读者队伍扩大、受众规模飞速发展的主要原因。因为这一时期失去科举目标的文人数量相当惊人。"1904 年（光绪 30 年），学堂在读学生总数为 92169 人；1907 年（光绪 33 年），总数为 1024988 人；到宣统元年，学生总数已经达到 1653881 人。"这么多失去科举目标的文人，有一部分带着阅读习惯转成市民，还有一部分则成为近代中国的留学生。晚清随着风气日开，西学对国人的吸引力也越来越大。很多士大夫可以凭借殷实的家底自费出国留学。他们当中很多人是怀着经世济天下的抱负出国留学的，其目的也是寻求救国之道。科举制度废除后，清政府也依旧利用文人为其服务，比如进士、举贡之类的文人往往会得到政府资助赴日本学习政法；生员、监生则可以去日本学习师范教育。这些留学生日后成为域外小说的主要读者之一。

最后，新传媒使阅读的成本降低并让底层市民阶级参与了域外文学的阅读。

晚清的官僚士绅希望通过坚船利炮"师夷长技以制夷"，新兴市民阶级和留学生希望通过阅读域外文学来快速认识西方文明，而底层市民往往从具体生活实际出发。这些人在中国近代已经从社会生活中有了对西方的模糊感觉。相对于思想界的精英，他们对事物所作出的选择和取舍，不会有非常明确的、概念化的和是非观念强烈的价值判断参与其中。所以，这些人反而不太会主动比较中西文化的优劣短长，也不太容易对外来文化进行强力排斥。与晚清士大夫或那些深刻思考中国出路的知识分子相比，在低廉的阅读成本的前提下，他们似乎更乐于接触和接纳西方文化。梁启超等人也很敏锐地意识到了这个问题，才借域外小说的引进提升中国小说地位，以达到教化民众的目的。"中国之小说，亦分二派：一以应学士人夫之用，一则应妇女与粗人之用？今值学界展宽，士夫正日不暇给之时，不必再以小说耗其目力。惟妇女与粗人，无书可读，欲求输入文化，除小说更无他途。"[1]

底层民众可以成为域外文学的读者，这其中除了新思想的启蒙因素外，也有底层民众对西方好奇心的使然，还有晚清社会大环境的影响。清政府在清末

---

① 夏曾佑．小说原理．绣像小说，1903（3）．

对社会舆论的控制是力不从心，所以政治环境比较宽松。在租界，报纸杂志、石印凸版等新兴的传播媒介和传播技术开始起源和发展。各种观点也可以不受左右，自由地刊登讨论。西洋的枪炮带来的不仅仅是眼泪，还有西方的文化传统和生活方式。在内乱外患的间隙中，域外文学借教化启蒙的舆论向国人展示了它的魅力。低廉的报纸杂志又让寻常百姓也得以一览西方文学的风采。这对于域外文学的引进而言，是一种"地利"加"人和"的契机。

如前所述，晚清底层市民阶级已具备了基本的阅读能力[1]，加之从明朝以来传教士、中西人才往来等因素，使平民百姓也已经从生活中的具体实物、街头巷议和报纸杂志中获取一定的西学知识并初具西学常识。这些常识虽然还比较粗浅，但已足够使他们能阅读那些经过译者改造过的域外小说，在小说中探寻新奇的西方世界。"自有《申报》以来，市肆之傭夥，多于执业之暇，手执一纸读之。中国就贾之童，大都识字无多，文义未达。得《申报》而读之，日积月累，文义自然粗通，其高者兼可稍知世界各国之近事。乡曲土人，未必能举世界各国之名号；而上海商店傭夥，则类能言之，不诧为海外奇谈。是以《申报》之效，远胜于《神童诗》《百家姓》及高等汉文诸书，已是明验。"[2] 这段论述，虽然是在之报纸之影响，但从其侧面亦可看出普通大众在晚清对西方的种种并不会太过陌生和排斥。

晚清时期媒介的低廉价格对域外文学得以在中国形成气候起到了极大的促

---

[1] 很多专家学者都认为明清的识字率很低，庞大的人口中绝大部分是文盲。但梁柏力根据美国匹兹堡大学教授罗友枝和清华大学李伯重的研究，在其专著《被误解的中国》一书中指出：在明清商业化社会里，识文断字是谋生的重要手段和能力。"普通商人需要记账和算账，需要阅读政府通告、商会报告及象贸易须知之类的商业书籍，借贷抵押需要看借据，土地出租或买卖需要看契约，船只租用需要看租约，即使'胸无大志'的小作坊经营者也需要阅读、布经、之类的工艺书；此外，属于低下阶层的搬运工亦需要看收据及收费表，政府的低级胥吏也需要阅读文件。"因此，明清社会除了官吏乡绅、文人举子之外，还有很多人也具备了起码的读写能力。清朝从康熙开始就非常重视民间教育，很多落地秀才和童生就在民间私塾教书。同时，中文的独特认知特点也使初等教育的普及成为可能，只要能认读 1000 个汉字，就能具备基本的中文阅读能力。据罗友枝估计："清朝男子的识字率为 30%—45%，女子识字率为 2%—10%。而李伯重认为江南地区在 19 世纪初的识字率以达到罗友枝估计的上限。"

[2] 姚鹏图. 论白话小说. 广益丛报：1905 年，第 65 号.

进作用。这是普通民众可以接触西方文学的基本条件之一。由于西方近代印刷技术如石印术、凸版术的普及，使得图书和杂志的成本大幅度下降。在晚清，报刊的收入除了靠发行量以外，广告等也是其主要收入来源，所以在售价方面就不会太高。还经常会有一些报纸随报赠送刊登小说的副刊。专门的小说报刊如《绣像小说》是半月刊，零售每册 2 角，预订全年只需 4 元；《新小说》为月刊，附有铜版照片，零售每册 4 角 4 分，订阅全年为 4 元 4 角。这样的价格是可以让普通市民大众承受得起的，所以十分受欢迎。"晚清书价的低廉也可以通过书价与各阶层的收入对比看出来。上海的纺织男工工资为每日 2 角 5 分，女工是 2 角 2 分。泥水匠和木匠每人 4 角，技术较高的船渠工收入为每人 6 角至 8 角 5 分。清末南方有类似于流动印工的谱匠，他们的月收入约为银元 10 元。即一部书的售价相当于底层工人一两日的工资，收入稍高一点的市民都可以买得起书。以文人与官吏的收入来看，王韬《瞍园日记》稿本曾记录每年开支，其中有'入点石斋束修 480 元，格致书院束修 100 元，招商局干修 80 元'的话，而晚清同文书局复印的一套殿本《二十四史》价值也不过 100 元。"① 所以，即使是薪酬最低的人也有能力承担订阅杂志的经济能力。而且，为了吸引读者，书局还通过降价、折扣、赠送等手段鼓励大家买书来读。如图书集成局于光绪 19 年出版的《花月痕》售价七角，翌年正月初二日，该局以"现以工本业已收回，是以减价出售以公同好"为由宣布从即日起"每部码洋四角"。宣统二年Ⅱ月初四日《申报》刊载了"改良小说社新年赠彩（一月为限）"广告，称"于正月初一日起凡购本社出版新小说满现洋一元以上者，奉送大本本社小说洋码二角，多则照数递加"。在这样的社会背景下，底层的市民阶级似乎没什么犹豫就加入到了域外文学的阅读当中。

---

① 宋莉华. 明清时期说部书价述略. 复旦学报（社会科学版），2002：134、136.

第二节 译者、读者和文学翻译间的互动关系

从上述分析中我们可以看出晚清域外文学的读者在 1898—1908 期间读者构成发生了很大的变化。对于译者而言，他们的预设读者出现了从社会精英到普罗大众的转变；对读者而言，他们对译本的审美期待也从政治转成文学欣赏；就文本翻译而言，译介观念从功利性转到了文本艺术性。这几方互相影响、制约，体现出极为复杂的互动关系。

一、译者心中预设了译本的读者

在 1898 年之前，晚清社会所译书目是明确指向社会精英的。最初的翻译活动多发生于教会，读者主要是中国官员和知识分子。所以，为扩大译本的影响，传教士会广赠免费的出版物，赠品包括宗教宣传品或各种科学读物。教会赠书的对象和地点一般选择考生、官吏和考场。具体途径是在举行乡试、省试、会试科举考试的考场外面分发赠书，或是找寻各种关系向中国的中央和地方官吏赠书。这时有些传教士还会对读者进行调查，如李提摩太曾经对广学会中的官吏和在野的知识分子进行了调查，结果认为该会有读书能力的读者约 44000 人。这让李提摩太很是激动，热情高涨地向大小官吏赠书。他在任期间，全国参加考试的考生百余万，考场达 200 个。于是各地的传教士并还要求各地传教士便亲赴科举考场分发书刊。这位传教士的预设读者无疑是精英化的，因为他认为这些考生是中国未来的官员，这些赠书可以"系统地指导"他们的思想，由这些未来官员的引领，就可以达到"指导"其时中国四亿人的思想①。洋务运动中，官办书局译书的主要内容是西方的科学文化书籍，其读者指向仍然是精英阶层，因为只有具备读写能力和具有一定知识储备的官员和知识分子才有可能进行译本的阅读并将西方的科学技术拿来运用，以完成富国强兵、抵御外侮的

---

① 邹振环. 20 世纪上海出版与文化变迁. 南宁：广西教育出版社，2000：22.

重任。中日甲午海战再次让强国之梦破碎。"百日维新"的失败又阻断了康有为、梁启超等人依赖维新救国的官方渠道。梁启超说："吾国四千年大梦之唤醒，实自甲午战败割台湾、偿二百兆始"，并清楚地指出，"中国之患，患在政治不立，而泰西所以治平者不专在格致也"。① 于是救国转向了救民，启蒙不得已从群众入手，译本的读者指向才有了大众化的转变。

梁启超将启蒙的视线转向大众并非一日之功。在最初，他的功利化阅读设计路线是借西方典籍提升所谓"民权"。"君权日益尊，民权日益衰，为中国致弱之根源"。② "欲兴民权，益先兴绅权，欲兴绅权？则宜开绅智。"③ 此时梁启超所言的"绅智"尚且和普通百姓无关，依旧是社会精英阶层人士即士绅人士。他同时认为，对让这些人进行启蒙的最佳途径是多读西书。"国家欲自强，以多译西书为本，学子欲自强，以多读西书为功。"④ 在《变法通议》中他专辟一章为翻译的社会功能鸣锣开道，翻译成为"强国第一义"。他还明确提出："故今日而言译书，当首立三义：一曰，择当译之本；二曰，定公译之例；三曰，养能译之人。"⑤ 所谓选择"当译之本"，和梁启超的翻译动机有关。他把翻译当作强国之道，让士绅读西书是为了更好地推行维新变法。所以之前同文馆和江南制造局翻译馆所译的书如兵学著作，在他眼里根本无助于解决中国致弱的问题。救国保种的当务之急是多多学习西方法律、政治、历史、教育、农学、矿学、工艺、商务、学术名著和年鉴等。也正是有了梁启超的大力提倡，一批批外国社会科学著作得以先后被介绍到中国。但梁启超的维新梦断于清府，使他意识到民智不开，国无以兴，不能再像以前那样错误地把开民智的重点放在士绅阶层了。戊戌政变后他选择小说作为开启民智的工具，认为小说有着"支配人道"的不可思议之力，西方小说是文学的正宗，对国家政界的进步极有裨益，可以胜任改良社会与政治、实现社会革命之目的。从此，翻译的读者指向基本

---

① 邹振环. 20 世纪上海出版与文化变迁. 南宁：广西教育出版社，2000：22.
② 梁启超. 西学书目表后序//饮冰室合集：文集一. 北京：中华书局，1989：128.
③ 梁启超. 论湖南应办之事//饮冰室合集：文集一. 北京：中华书局，1989：45.
④ 梁启超. 西学书目表后序//饮冰室合集：文集一. 北京：中华书局，1989：122.
⑤ 郭延礼. 中国近代翻译文学概论. 武汉：湖北教育出版社，1998：227.

定位于大众阶层。

对于为谁而译这个问题，在当时并非意见一致的。比如严复和梁启超曾经就这一问题在《新民丛报》上就有过一次交锋。处于启蒙民智的主张，梁启超认为严复所译之书题材和内容均很好，但"犹有憾者"。严复译文太过古奥深邃，"此等学理邃赜之书，并以流畅之笔行之，安能使学僮受益乎？著译之业，将以播文明思想于国民也，非为藏山不朽之名誉也。①" 严复则在其答复中明确指出其译本的接受者非寻常百姓："夫著译之业，何一非以播文明思想于国民？第其为之也，功侯有深浅，境地与众人之耳，形之美者不可混于世俗之目，辞之衍者不可回于庸夫之听。非不欲其喻诸人人也，势不可耳。②" 严复认为著译的层次高低有别，读者的"功侯"深浅有差，想要满足每一个读者层，"非不欲"，而是"势不可耳"。其译著所预设的读者是"多读古书之人"，而不是"众人"。并且他也不认同梁启超的"闯然循西文之法"的"近俗文体"式的翻译。

从严复译西书的选材上我们可以看出他的译本的预设读者确实指向社会精英。即使是现在，严复所译的哲学、社会学等著作也仍然是知识精英的读物，普通的有知识的人都很少触碰。严复认为，像西方哲学思想这样"精理微言"的书只有用渊雅的古文进行翻译才能有匹配合适的表述。同时，他的这些书是译给看得懂的人的。也就是说是包括了那些"足以左右大局，然而却又保守成性，对外来事物有深刻的疑惧"的士大夫和思想精英的。王佐良认为严复自己也知道这些译书晦涩难懂，是"对于那些仍在中古梦乡里酣睡的人是多么难以下咽的苦药，因此他在上面涂了糖衣，这糖衣就是士大夫们所心折的汉以前的古雅文体。雅，乃是严复的招徕术③。"从严复使用"古文"译书这点上看，确实也和译本的读者群有关——严复的译书主要给士大夫去读。林纾同样用"古

---

①　梁启超. 绍介新著：原富. 新民丛报，1902（1）.

②　严复. 与梁任公论所译原富书. 新民丛报，1902（7）.

③　王佐良在此书中专门分析了严复译书的读者："这些人足以左右大局，然而却保守成性，对外来事物有深刻的疑惧，只是在多次败于外夷之手以后，才勉强转向西方，但也无非是寻求一种足以立刻解决中国某些实际困难的速效方法而已。"（《翻译：思考与试笔》第41—42页外语教学与研究出版社1989年版。）

文"译书，但其作品的预设读者却并非只限于士大夫。在当时，严复和林纾译作的读者群有着很大的不同。从体裁上讲，林纾翻译的域外小说注定要比严复的译本吸引更多层次的读者群，其译本的题材就是大众的。所以，虽然在译书中他们均选用了"古文"，但严复的古文"太务渊雅，刻意模仿先秦文体，非多读古书之人，一繙殆难索解"①，而林纾所用的是"他心目中认为较通俗、较随便、富于弹性的文言"。它要比"古文"自由，收容性也大。②

　　不管译介主张如何，晚清的知识分子倡导西洋小说的输入并非为了让国人了解异国风情，感受异邦的创作特点。他们的目的是希望通过这个渠道将西方资产阶级民主思想带入中国，"开民智、新民德、鼓民力"。亡国之痛所带来的危机感让他们赋予了小说极高的政治价值。"欲新一国之民，不可不新一国之小说。欲新道德，必新小说。欲新宗教，必新小说。欲新政治，必新小说。欲新风俗，必新小说。欲新学艺，必新小说。乃至欲新人心，欲新人格，必新小说。"③ 鉴于这种对域外小说的预期中的期待，译者在译介外国小说时，是否能改良社会、启迪民智才是选材的首要考虑因素，而作品的文学成就和原作者都可以忽略不计。这样，晚清的文学翻译就出现了种种独特的现象。1905 年以前，本无多少政治色彩的外国小说在译者的诱导下基本被进行了"政治性的阅读"。在译序或后记中，译者会明确点出该书所承载的政治任务。比如因中国人"智识荒隘"，就有必要用科学小说来开启民智；便是因为欠缺了科学小说；中国"内地狱案，动以刑求，暗无天日者，更不必论"，而"泰西各国，最尊人权，涉讼者例得请人为辩护，故苟非证据确凿，不能妄人人罪。此侦探学之作用所由广也"，所以侦探小说是极有翻译必要的；狄更斯《贼史》一类的所谓社会小说则"能举社会中积弊著为小说，用告当事"，"则社会之受益宁有穷耶"等④。

　　但到了 1905 年以后，晚清政府已是外不强而且中干的一个空壳，社会上各

---

　　① 梁启超. 绍介新著：原富. 新民丛报，1902（1）.
　　② 钱钟书. 林纾的翻译. 百度文库.
　　③ 梁启超. 论小说与群治的关系. 新小说，1902：第一号.
　　④ 鬓红女史. 红粉劫评语//陈平原，夏晓虹. 二十世纪中国小说理论资料：第一卷. 北京：北京大学出版社，1989：91.

种思潮涌动,思想界陷入群龙无首的状态。翻译的目的也不再是单纯的政治之需。译者对其所预设的读者也不再仅限于士大夫阶层。新兴的市民、从传统士大夫中分裂出的文人和具有阅读需要的普通百姓也进入了他们的预设范围。译者为了充分实现其翻译价值,就需要迎合其预设读者的对翻译小说的心理期待,调整相应的翻译策略,这样才能使译本获得认同,保证译文的可读性。受科举取消尤其是"小说界革命"的影响,从传统士大夫队伍中分裂出来的新的市民阶层扩充着翻译小说的读者队伍,而普通百姓的佳人更让小说翻译的取向上有了雅俗合流的苗头。最明显的变化是翻译语言,由文言至浅近文言再到白话。这也表明读者对译者也存在着制约的作用。晚清翻译小说的读者群体中的小市民、小职员介入翻译文学的阅读,其目的基本是为了茶余酒后的谈资,至于其究竟有多少艺术价值并不看重。而且由于缺乏对西方的了解,所以这人也不能马上形成翻译文学的心理接受力。"中外风俗不同,习惯各别,译笔最忌率直。鄙意以为应取民弃短,译其意不必译其辞。此不仅因风俗习惯之关系,即读者心理亦异。如彼邦人士所可笑者,中国人未必以为可笑;彼邦人士所有味者,中国人未必以为有味。凡曾读过外国文者,类能体此意也。"如果译本中的内容和这些读者产生过大的文化距离,就会影响到译本的阅读接受,所以晚清的译者用归化策略比较多也是可以理解的。当然,对读者固有习惯影响力的一味采取妥协的策略来迎合读者也会带来文化传播上的消极影响,会阻滞异质文化思想在读者当中的接受。到民国初期,很多翻译文学作品就已经非常注重译本的异域元素的保留。鲁迅兄弟的直译努力其实是在追求译本的准确性和完整性。

二、翻译策略协调了读者和域外文学的隔阂

越是在思想活跃期,文学翻译活动中译者和读者的互动关系就越紧密,晚清的译者和读者之间一直都处于活泛的互动关系中。晚清政府的权利失控给这种互动提供了更多的渠道,启蒙的、审美的、利润的、娱乐的等因素都在这种互动关系中体现出来。译者通过译作希望传播知识、开启民智或者获取利润,实现自我价值;而读者则通过出发行量等因素对译者的翻译活动产生影响。这种情形导致的最直接的影响就是译者在决定翻译选材和翻译策略时,不得不把

读者的身份地位、文化传统和审美情趣等考虑进来。晚清时期中西文化的巨大差异和国人对西方文化的陌生感，使读者在接触域外文学时并没有形成可以产生接受反映的阅读心理准备。所以，作为文化调和人的译者就不得不用各种（有时是匪夷所思的）翻译策略来协调这种心理上的文化隔阂。

如果从严格的现代翻译技术角度来关照晚清的文学翻译，它无疑是大胆的、不忠实的甚至是令人无法容忍的。这也是晚清的文学翻译久遭病垢的主要原因之一。除去译本的思想性和艺术性，单从译笔角度看似乎就满是误译和改写。当然，随着文化研究入驻文学翻译领域，研究者对此也越来越宽容、理性和克制了，除了对文本现实进行分析论证以外，还从整体出发，对译本的存在环境和因此而产生的翻译策略进行综合研究。所以，在文化文学转型时期，对晚清翻译文学的种种看似无理现象如：晚清翻译小说家会选择文学成就不高的文本进行翻译，甚至将游记等当作小说翻译过来，译本中也大量存在漏译、误译、删改、增添等，并不能完全代表晚清的翻译小说，译者缺乏文学判断力，更不表示他们的翻译能力不足或翻译态度不佳。而是译者基于其期待视野采取的翻译策略。

晚清译者的翻译策略中，最具有价值的一点是语言上的变革。它直接影响到了翻译小说的读者群的问题。虽然晚清的译本中文言的地位一直没有被撼动，但清末的白话运动将汉语言的表意形式功能扩大了。虽然成熟的白话文文学是以鲁迅的《狂人日记》为标志，虽然林纾的《巴黎茶花女遗事》和《黑奴吁天录》都是文言长篇小说，但阅读古文有困难的小职员和小市民也有希望一睹外国文学风采的愿望。有人将《黑奴吁天录》译成了白话本《黑奴传》就是了解了市场上有这样的读者需求存在。白话译本的超大读者空间让更多的人在译本中采用浅近文言或白话。比如包天笑、周桂笙、陈景韩、徐念慈、伍光建、吴梼、周瘦鹃等。此外，翻译文本中有文言无法解决的新事物、新名称、欧化或日式句法、倒装修辞、标点等问题也是白话得以发展的原因之一。因此，晚清的读者，无论是读文言为乐的士大夫还是读白话更易的普通民众，均在译者的翻译策略的帮助下接触到了大量的西方文学和文化。他们可以从政治小说中的了解政论时弊，可以从侦探小说中感知道德和法律，可以从言情小说中体会更直接的情感宣泄，也可以从社会小说中看到不一样的生活。而这一切均得益于译者的苦心和努力。

三、启蒙目的渐变成无主题变奏

晚清域外文学的译介目的虽然以启蒙为主，但在政治小说式微后渐渐呈现出无主题变奏。清政府的无能给翻译文学的自由发展提供了宽容的土壤和译者选材的最大限度的自由。这也造成了译者思想意识的分化和译本价值取向的分野。各类题材的译介、译本语言的运用、译论主张等也经常呈现出此或消彼长、或携手同行之势。就总体上而言，1898—1908 年间译介主要集中于政治小说、虚无党小说、侦探小说和科学小说这四方面，而翻译文学的目的则从为政者服务转成了无主题变奏。

从 1898 年梁启超亲译《佳人奇遇》开始，政治小说就在此后的几年内成为文学翻译的首选。尤其是日本的政治小说，被接二连三地译介到中国。但这种过于绝对的为启蒙教化民众目的而进行译介的小说缺乏了文学作品应该具有的艺术性，很快它就魅力尽失了。这时和政治小说有着异曲同工之趣味的虚无党小说又进入了译者的视线中，但"虚无美人"也是在短时间内"款款西去"了。"由于中国智识阶级政治理解的成长，由于辛亥革命的完成，这一类作品，不久就消失了他的地位，成为一种史记"①。

侦探小说其实要比政治小说和虚无党小说亮相要早，在 1896 年上海《时务报》就登了张坤德译的《歇洛克呵尔唔斯笔记》，而且和着两种小说一样也是以政治面孔出现的。郭延礼的《中国近代翻译文学概论》中提到，在 1907 年侦探小说的翻译形成高潮。② 科幻小说的登场也肩负着"提倡科学，开启民智"的使命，其标签一般是"科学小说"或"冒险小说""理想小说"。这两类小说在引进的过程中渐渐失去了教化功能，倒是其娱乐的和审美的味道日趋浓厚了。1902 年《大陆报》第一卷第一号上登出了《鲁宾孙漂流记》，在"译者识语"

---

① 阿英．翻译史话//阿英．小说四谈．上海：上海古籍出版社，1981：238、239．
② 郭延礼．中国近代翻译文学概论．武汉：湖北教育出版社，1998：159．

中有如下表述: "原书全为鲁宾孙自述之语, 盖日记体例也, 与中国体例小说全然不同。若改为中国小说体例, 则费事而且无味。中国事事物物皆当革新, 小说何独不然! 故仍原书日记体例译之。" 这里有明显的借小说以革新之味道。类似的表述在 1903 年明权社版的《空中飞艇》中就更加明确, 海天独啸子说: "小说之益于国家、社会者有二: 一政治小说, 一工艺实业小说。人人能读之, 亦人人喜读之。其中刺激甚大, 感动甚深, 渐而智识发达, 扩充其范围, 无难演诸实事。使以一科学之书, 强执人研究之, 必不济矣。此小说之所长也。我国今日, 输入西欧之学潮, 新书新籍, 翻译印刷者, 汗牛充栋。苟欲其事半功倍, 全国普及乎? 请自科学小说始。" 但到了 1907 年《海底漫游记》出版时, 译者的翻译目的就没有那么多的政治因素了, 新庵 (周桂笙) 的表述是: "近年来, 吾国小说之进步, 亦可谓发达矣。虽然, 亦徒有虚声而已……然欲求美备之作, 亦大难事哉! 最可恨者, 一般无意识之八股家, 失馆之余, 无以谋生, 乃亦作此无聊之极思, 东剿西袭, 以作八股之故智, 从而施于小说, 不伦不类, 令人喷饭……然而此等小说, 谓将于世道人心, 改良风俗, 有几微之益, 俦其能信之耶?" 译者除了对西方小说的粗译、乱译、伪译等现象进行批评外, 也对小说承载了过多的社会政治功效而颇有不满。

　　同样的转变在侦探小说中也有体现。侦探小说在主张社会变革的人士那里具有特殊的意义, 因为 "吾国刑律讼狱, 大异泰西各国, 侦探小说实未尝梦见。" "至若泰西各国, 最尊人权, 涉讼这例得请人为辩护, 故苟非证据确凿, 不能妄入人罪。"① 而 1907 年《月月小说》第一年第五号 "介绍新书《福尔摩斯再生后之探案第十一、十二、十三》" 中, 解释要续译该侦探小说的目的是 "吾国周君桂笙所译《福尔摩斯再来第一案》, 首先出版, 颇受欢迎, 而续译者又踵起矣。夫译书极难, 而译小说书尤难……而但鲁莽从事, 率尔草觚, 即不免有直译之弊, 非但令人读之, 味同嚼蜡, 抑且有无从索解者矣。" 所以仍然让周桂笙译介该书, 而 "本社受而读之, 觉其理想之新奇, 诚有匪夷所思者, 洵近今翻译小说中之不可多得者也。爰为溯其源起, 著之于篇, 以为一般爱阅佳

---

　　① 周桂笙. 歇洛克复生侦探案·弁言. 新民丛报: 第 55 号, 85.

小说者告。"从中，我们至少可以看出两点别样之处：一是本次续译的主要目的是为喜爱读小说，爱读翻译水平高的小说读者而进行译介的，顾及了读者的阅读接受，也"依据市场需求来挑选翻译对象"①。二是之所以再次让周桂笙翻译，是为了保证译本的翻译质量，有了审美诗学上追求的味道。

在 1898—1908 年间文学翻译所渐渐体现出来的无主题变奏特质虽然尚未形成文学翻译的主流，但这种苗头却在辛亥革命后的民国初年迅速发酵。民初何止是翻译文学，本土文学的创作也是同样处于群龙无首的无政府状态，乱而无序的"百花齐放和百家争鸣"在文学历史上是极为罕见的。只是到了五四以后，文学才在革命的目的下选取了比较单一的发展之路。

这里很难对这种变奏进行价值上的衡量。晚清至民初各种文学和翻译文学的主张论战横亘文坛。即让中国文学有了转型的机会和实践，也培养了一大批热衷撰写或严肃、或休闲或捕捉社会热点话题、传播最新消息、描绘身边琐事的文人。到 1898 年，启蒙使命已经终结，译者制造有深度的翻译文学产品的热情也随着对变法的失败、辛亥革命的震撼和社会进入悬浮动荡的状态而减退。这也为满足大众的文学消费需要的俗化文学提供了出场的契机。

但后者也并没有影响翻译文学以严肃文学的面孔进行登场。于是翻译文学的译介形成了服务于社会政治、服务于文人审美阅读需要和服务于民间大众阅读的各种目的交相辉映的局面。而这种芜杂的状况也是由于晚清动荡的社会环境下，政治统治和社会文化需求，思想解放和人伦道德、知识分子间感性与理性的不平衡发展所导致的。尤其是民间，既怀恋旧有体制所给予的稳定，又恐惧不求新变会有落后挨打的局面，同时还渴望新的体制所给予的进步、发展的机会。种种复杂情绪一旦诉诸翻译文学，必然会带来译介的飘荡、抓移状态。在社会过渡和转型时期，原有价值体系和新的价值观的双重作用，让时人的心态更加复杂和焦躁，对于文学价值的估量和裁决也同样会在短期内发生快速分野。具有忧患意识、历史责任感强烈的人则对翻译文学的政治性表示认同，而

---

① 谢天振，查建明. 中国现代翻译文学史（1898—1949）. 上海：上海外语教育出版社，2004：221.

以欣赏和消闲为目的的读者对此却容易心生反感。心态的飘忽感和心理不安定因素的增强，以及需求的多样性让晚清的翻译文学在在 1905 年政治小说失宠后开始无主题变奏。

但是，研究者也应当看到，无主题变奏所带来的既是翻译文学的一个不稳定的状态，同时又提供了一个极富张力、全方位开放的格局。它从此在带给人不安定感觉的同时也和中国本土文学一起为中国文学创造着不断更新和发展的机遇。瞬息万变的时局中国，翻译文学的译介也跟着不断震荡、调解。译本帮助人们修订他们的的价值取向、社会心态和行为方式，催生出文化新质。翻译文学和本土文学的这种无主题状态让它在复杂的社会文学语境中更具有弹性，更便于吐纳百川、兼容并蓄，也让五四以后的文学可以有诸多的选择和发展的可能，并在优胜劣汰中定其存亡。

第三节　个案分析：以《国闻报》《新小说》和《月月小说》为例

有关晚清的翻译小说的读者变化的论证，如果从史料方面进行论述是不太容易的，因为直接对其进行评论或进行数据统计的不多。但如果另辟蹊径从报刊的翻译小说数量和发行情况方面入手调查，则可以从一个侧面反映出该时段小说读者的变化。以《国闻报》《新小说》和《月月小说》为例，可以明显看出翻译小说读者群体的构成有一个从士大夫到新兴知识分子再到普通市民阶层的变化趋势。

《国闻报》由严复等人创办，在当时被看做是维新派最重要的舆论机关之一。1897 年夏，严复与北洋学堂总办王修植、育才学堂总办夏曾佑、内阁中书杭辛斋等人集资创办了《国闻报》和《国闻汇编》，目的是倡导变法维新。其办报宗旨是："将以求通焉耳。夫通之道有二：一曰通上下之情，一曰通中外之故。""上下之情通，而后人不自私其制；中外之情通，而后国不自私其治。人不自私其利，则积一人之智力，以为一群之智力，而吾之群强；国不自私其治，

则取各国之政教，以为一国之政教，而吾之国强。"① 不过警戒国人自强保种的
启蒙目的并非面向大众，而主要是针对晚清的士大夫，是为维新改良服务的，
报刊的主要内容是传播西学知识与关注社会变革。在《国闻报馆章程》的第二
条中就明确提出，"日报首登本日电传上谕，次登路透电报，次登本馆主笔人论
说，次登天津本地新闻，次登京城新闻，次登保定、山东、山西、河南、陕西、
甘肃、营口、牛庄、旅顺、奉天、吉林、黑龙江、青海、前藏、后藏各处新闻，
次登外洋新闻。至东南各省新闻，东南各报馆言之甚详，本馆一概不述。"这里
可以明显看出《国闻报》非常专注社会新闻，而非娱乐商业目的。这样《国闻
报》与上海《时务报》南北呼应，为维新运动造势呐喊。1897 年 12 月，严复
翻译的赫胥黎的《天演论》开始在《国闻汇编》中陆续发表，在当时中国思想
文化界引起强烈震撼。吴汝纶、康有为、梁启超，乃至以后的鲁迅、胡适等人，
无不交口称赞。"物竞天择""适者生存"成为社会流行语。

从该报的办报宗旨和主张上，我们可以感受到它的读者群体是以有知识、
有一定思想认识的人士为主。社会变革的发轫时期，启蒙还没有深入至普通民
众，基本还处于上层认识当中。翻译实践上，也没有形成小说译介的主流。可
以想象，这种报纸的主要读者不会是市井百姓或乡野村夫。《国闻报》在创立之
初，每天销售 1500 张。王修植、夏曾佑给汪康年写信说"《国闻报》将来不患
不广，而独虑馆中母财不足，开销太大，深恐难以持久""国闻馆中所求于左右
者，不再资本帮助，而在设法推广销路，""《国闻》访事亦无好手，均系敷衍
角色。京中时有重大新闻，或系得自西人，或系得自交好，亦无一定也"。② 从
信中不难看出，《国闻报》在创办时期的困难很多，可用之才是一方面，另一方
面也存在销路不广、资本不足的问题。这些均从侧面体现了该时期域外文献的
读者群体构成成分。

在梁启超等人的大力倡导下，在科举制度的取消、林纾等的翻译实践带给
国人的西洋文学的新鲜刺激等因素的影响下，翻译文学所获得的读者群体被日

---

① 严复．国闻报缘起．严复．严复集．北京：中华书局，1986.

② 汪康年师友书礼．上海古籍出版社，上海图书馆 1986.

益扩大了。除了原来的士大夫阶层接受翻译文学以外，那些远离仕途功利但关系国家命运的社会知识精英也被翻译文学中的异域文化和思想所吸引。这里以《新小说》为例，因为据统计，该刊物从创办第一期起，翻译小说就占据半壁江山。"本报所登载各篇，著、译各半。"① "其所刊载的小说，科学、哲理、冒险、侦探、语怪、法律、外交、写情、奇情诸门，全部是翻译小说，刊载创作小说的仅政治、历史、社会、札记四个栏目，而其中又有近一半是取材于外国历史现状的作品。在《新小说》所刊载的 26 种小说中，翻译小说 15 种，占总数的 58%；而创作小说仅 11 种，占总数的 42%。"②

《新小说》之所以有大量的翻译小说刊载，除了梁启超等人的倡导外，和它在某种程度上满足了读者的求新、求变需求有关。"《新小说》出版了，引起了知识界的兴味，哄动一时，而且，销数亦非常发达"③。这里值得大家注意的是，包天笑明确点出了《新小说》并不具有全民阅读性质，它引起的轰动还是在"知识界"，只不过此时的知识界中多了新兴的知识分子（原因参见本章前面的论述。）。从该刊物的征文启示上，我们也能感觉到它的办刊宗旨是非娱乐性的，是以开启民智、宣传新思想而为之的。

"小说为文学之上乘，于社会之风气关系最钜。本社为提倡斯学，开发国民起见，除社员自著自译外，兹特广征海内名流杰作绍介于世，"。"本社所最欲得者为写情小说，惟必须写儿女之情而寓爱国之意者乃为有益时局，又如儒林外史之例，描写现今社会情状，藉以警醒时流，矫正弊俗，亦佳构也。海内君子，如有夙著，望勿閟玉。"

由此可见，《新小说》上的翻译文学作品和文学本身的关联不大，办刊的出发点还是以新知识的介绍和转换社会风气为主。当时封建意识尚未得以突破，民众教化非常落后的社会条件限制了该刊物的读者群体的普罗性质。虽然梁启超等人的初衷是将读者定位于"辍学之子……下而兵丁、而市侩、而农氓、而

① 中国唯一之文学报新小说. 新民丛报：十四号. 1902.
② 郭浩帆. 新小说特色意义新探. 明清小说研究，2000（1）.
③ 包天笑. 钏影楼回忆录. 香港：香港大华出版社，1971：357.

工匠、而车夫马卒、而妇女、而童孺"①。但实际情况是,他们还有着另外的矛盾限制:"无格致学不可以读吾新小说、无警察学不可以读吾新小说、无生理学不可以读吾新小说、无音律学不可以读吾新小说、无政治学不可以读吾新小说、无伦理学不可以读吾新小说"②。这实际上拒绝了普通百姓对新小说的阅读。真正对该刊物感兴趣的是士大夫和新兴知识分子。学者袁进曾经对上海地区人口增加比例和小说数量增加比例进行过系统的研究、对比他的结论是:"小说市场的扩大主要不是由于市民人数的增加,而是在原有市民内部扩大了小说市场。换句话说,也就是大量士大夫加入了小说作者和读者的队伍,从而造成小说市场的急剧膨胀。"③ 而袁进的观点和当时很多文人的观点是一致的。

1908年徐念慈对小说界革命进行了总结,在《余之小说观》中他写道:"就今日实际观之,则文言小说之销行,较之白话小说为优。果国民国文程度之日高乎?吾知其言之不确也……余约计今之购小说者,其百分之九十,出于旧学界而输入新学说者;其百分之九,出于普通之人物。其真受学校教育,而有思想有才力,欢迎新小说者,未知满百分之一否也?……"小说读者中"普通之人物"只占了十分之一的比例。当时就注意到"新小说"读者集中于士大夫阶层的不止徐念慈一人。老棣在《文风之变迁与小说将来之位置》④ 中指出:"自文明东渡,而吾国人亦知小说之重要,不可以等闲观也。乃易其浸淫'四书''五经'者,变而为购阅新小说。"这也说明了在翻译小说兴盛初期的主要读者群是以读书人为主。管达如的《说小说》中提到:吾国今日小说,当以改良社会为宗旨,而改良社会,则其首要在启迪愚蒙,若高等人,则彼固别有可求智识之方,而无侯于小说矣。今之撰译小说者,似为上等人说法者多,为下

---

① 梁启超. 译印政治小说序//陈平原,夏晓虹. 二十世纪中国小说理论资料:第1卷. 北京:北京大学出版社,1989:21—22.

② 读新小说法. 陈平原,夏晓虹. 二十世纪中国小说理论资料:第1卷. 北京:北京大学出版社,1989:295—296.

③ 袁进. 试论晚清小说读者的变化. 中国知网.

④ 老棣. 文风之变迁与小说将来之位置//陈平原,夏晓虹. 二十世纪中国小说理论资料:第1卷. 北京:北京大学出版社,1989:225.

等人说法者少，愿小说家一思之。"① 这些文学变革当中的文学先锋们的论述颇为有力地证明了此时段小说群体的主要组成成员的身份问题。

随着社会变革和文学运动的进一步发展，传播媒介也日趋成熟。这就为普通民众接触域外文学提供了一定的物质保障。翻译文学的读者群体也在近 10 年的发展中将队伍扩充至市民百姓当中。以《月月小说》为例，该小说的文化品位就已经亦雅亦俗了。该刊物思想性、娱乐性兼顾，读者群体也不仅仅是集中于知识界，而是广大市民阶层也趋之若鹜了。能有这样的办刊效果，吴研人功不可没。他在《月月小说·序》中写道："历史小说而外，如社会小说，家庭小说，及科学、冒险等，或奇言之，或正言之，务使导之以入于道德范围之内。即艳情小说一种，亦必轨于正道，乃入选焉。"这里所提到的小说题材本身就具有娱乐功能，非常通俗化。而"趣味性"也是该刊的宗旨之一。吴趼人说："当前之事物言论，无趣味以赞佐之，故每当前而不觉。读小说者，其专注在寻绎趣味，而新知识即暗寓于趣味之中，故随趣味而输入之而不自觉也。"②《月月小说》中刊载的也委实是"趣味性"很强的作品，最主要的是侦探小说、言情小说和滑稽小说，每一号后面还附有吴趼人的"俏皮话"。加之刊物的售价低廉、语言浅显，还同时刊登生动的插图和漂亮的美人照片等做派，表明它的读者定位是以普通民众为主体的，其文化品位是面面兼具的。也正是由于清末小说读者群体急剧扩张至普通市井百姓，因此，读者对刊物的影响愈来愈大。很多人已经认识到了读者会形成自己的阅读趋向，如觚庵就曾经说；"然今日读小说者，喜军事小说，远不如喜言情小说，社会趋向，于此可见。"③

如果我们对当时的一些读书观点进行分析，也可以看出晚清时期读者群体的变化。"总而言之，没一个不宜看《月月小说》的。大约那《少年军》，是预备给杀仇保种的人看的；那《破产》《发财秘诀》，是预备给贪财忘义的人看的；那《美人岛》《失舟得舟》，是预备给有冒险性质的人看的；那《大人国》

---

① 黄人. 小说林发刊词//陈平原，夏晓虹. 二十世纪中国小说理论资料：第 1 卷. 北京：北京大学出版社，1989：253.
② 吴趼人. 月月小说·序. 月月小说创刊号，1906.
③ 觚庵漫笔. 小说林：第七期，1907.

《新镜花缘》《未来世界》《乌托邦游记》《铁窗红泪记》，是预备给有高尚理想的人看的；那《岳群》《情中情》《左右敌》《劫余灰》《柳非烟》，是预给给爱情最深的人看的；那《大改革》《玄君会》《黑籍冤魂》《特别菩萨》，是预备给痴人看的；那《盗侦探》《红痣案》《三玻璃眼》《海底沉珠》《妒妇谋夫案》《上海侦探案》《巴黎五大奇案》，是预备给警察看的。"① 题材丰富，给各类人等阅读，也说明读者类型众多，既有高雅之士，也有粗鄙之人。"20世纪开幕，为吾国小说界发达之滥觞。文明初渡，固乞灵于译本；迄于今，报界之潮流，更趋重于小说，发源沪渎，而盛于香港粤省各方面。或章回，或短篇，或箴政治之得失，或言教育之文野，或振民族之精神，或写人情之观感。核其大旨，要无非改良社会之风气，而钥导人群之智识者为近是。故小说一门，隐与报界相维系，而小说功用，遂不可思议矣。是非小说家之别具吸电力也，盖道与时为变通，风俗即随时而进化。世界荒僻之初，固无所谓风俗。溯自图腾社会，一变而为游牧社会，再变而为制造社会。至制造社会之发达，文字亦因之发达焉。降及小说之思潮澎湃，将从前风俗之如何顽锢，如何迷惑，群将视小说家之言论为木铎，而旧社会上之一切诗书糟粕，直弃之如遗矣。昔金人瑞致力于批评小说，且谓逆料二百年之后，群书不可读，而将浑然变成一小说世界。由今思之，各报社之小说，日新月盛，彼阅报者，无论其为文人学士，官绅商贾，固乐阅小说如标本；降而劳动小贩者流，亦爱闻小说，借资话柄，以觇近世界之好恶。夫亦无怪民智之畅旺，虽愚夫愚妇，犹如风俗之改革也。然则小说与风俗之关系，其然乎！其然乎！"② 这说明，士大夫、新兴知识分子和广大下层市民均能够迅速便捷地获得和阅读大量的翻译小说，而他们也在清末共同组成了翻译小说的阅读群体。

---

① 论看月月小说的益处. 月月小说，1908（1）.
② 黄伯耀. 中外小说林. 1908（5）.

第四章

译语的"变相分析"

1898—1908 年间，晚清的文学翻译中还有一个变化是可以从译品中体味出来的，这就是翻译用语的变化。晚清时的翻译作品，在语言形式上主要出现了三种不同语体的变迁：文言文、浅近文言和白话。它的发展经历了一个表面看是由"雅"趋"俗"，实际是不同的思维方式在其背后起主导作用的一个演变过程。这里要说明的是，晚清译本语言的变化和其翻译重心的改变不同，后者基本是历时性的、线性的推移发展，而晚清的译本语言的变化则是互相纠结，螺旋回绕式的。真正表现出历时性发展特征是五四以后的事情了。

晚清文学翻译语言形式的转变实际上关乎于思维方式的转变问题。语言与思维是相互作用（interact），相互制约（inter – constrain），是人脑机能的两个方面。虽然语言对思维并不能起决定作用，但是语言对思维有暗示、诱导作用。正因为如此，才会有长期的、激烈的文白之争。思维的独立性则体现在它可以打破语言的制约。到头脑中产生了具有创造性的思维时，它往往首先在表述上与语言发生矛盾，人类的一些突破性的认识总是在打破了语言的思维定式后才受到承认。所以，晚清译者和文学创作者打破语言束缚之后，才得以增强了文学表现力和创造能力，帮助发展出中国现代文学的新形态，也促进了社会的转型。

第一节 文言：初期译者和读者共同的选择

从读者和译者的角度考虑晚清域外文学翻译，文言是翻译初期译者和读者共同的选择。

首先，从读者的阅读心理而言，文言是彼时读者衡量翻译文学作品的一杆标尺。在晚清，引入域外文学尤其是小说，其目的是向西方学习以救国救民。而且这些作品的读者最初定位是士绅阶层，这使得域外文学作品在进入中国时就承担了维新的任务并进而决定了译入语语言的形式问题。姜东赋在《严复文艺观散论》中指出"严复并没有把说部与辞章等视为统一的文艺，而是当做供截然不同的两种人所用的两种不相干的东西来对待的"①。钱钟书也说过"林纾认为翻译小说和'古文'是截然两回事，'古文'的清规戒律对译书没有任何裁制权或约束力"②。在域外文学输入的最初，士大夫所不能接受的就是梁启超所提倡的报章体。梁启超的报章体指"时杂以俚语、韵语及外国语法，纵笔所至不检束。学者竞相效之，号新文体？然其文条理明晰，笔锋常带感情，对于读者，别有一种魔力焉。"③ 但这种比文言自由许多的文体在很大士大夫眼中是不可容忍的。严复认为"苟然为之，言庞意纤，使其文之行于时，若蜉蝣旦暮之已化。此报馆之文章，以大雅之所讳也"④ 桐城派的吴汝纶曾说：东西各国，无事不有报会，无人不阅报纸，不出户庭，而五洲国势人才，无不罗列目前。以此通国士民，尽识时务。其上等报馆，往往为政府所取裁。中国沿海，售报已久，内地阅者尚稀。近则上下以禁报为事，耳目益形闭塞。报馆文章，虽未尽善，其人大率通敏多闻，熟习西事，议论有余，纵或时有刺讥，方在朝廷好

---

① 姜东赋．严复文艺观散论//严复研究资料．北京：海峡文艺出版社，1990：412.
② 钱钟书．林纾的翻译．中国近代文学论文集：1949～1979，小说卷．北京：中国社会科学出版社，1983：656.
③ 梁启超．清代学术概论//蓬莱阁丛书．上海：上海古籍出版社，1998：85-86.
④ 严复．与梁启超书·二//严复集：第五册．北京：中华书局，1986：517.

察迩言之时，宜师子产不毁乡校之意。中国办理外交 60 余年，民智未开，国论未定，良由阅报人少，固步自封"①。这表示他对报馆文章很不满意。值得研读的是"文笔雅驯"之书，与之相反的便出自"偎陋俗儒之手"②。这说明当时主要读者——士绅阶层，尤其是守旧派在品读翻译作品时优先考虑的是译者的文笔，而非书中的思想内容。要知道，此时的"维新改良"运动并非"创新改革"，他们所要争取的主要人士还是社会上的权利派或知识精英。而这些人中的大多数还尚且对自己的传统文化存在自傲自满的幻想和执着。域外文学的输入是维新派用来冲击固有文化的工具，但他们在进行冲击时也必须小心谨慎，避免反应过度而使改良失败。为了推进西学，达到改良目的，一个行之有效的、折中的和带有妥协意味的方法就是运用典雅隽永的文言文来进行翻译，先不管译本的内容如何，首要的是译笔能展现出出色的文言功底，让守旧的读者能够接受以达到传播知识的目的。用出色的文言文来包装译文，在晚清域外文学输入的早期是一种风气。这种不重视内容仅重视文笔的情况现在看来确实有些令人啼笑皆非。吴汝纶为严复的《天演论》作序。后者对该书给予了很高的评价："其书乃骎骎与晚周诸子相上下"，还说"文如几道可与言译书矣。"③ 周作人指出吴汝纶根本不看重天演的思想，"只因严复用周秦诸子的笔法译出，因文近乎'道'，所以思想也就近乎'道'了"。他的结论是"《天演论》是因为译文而才有了价值。"《天演论》是一部难以理解的专注，但严复运用出色的文言文使该书在晚清士绅那里能得到接受，也算达到目的了。因为用文言来翻译西书，传播知识的同时还可以兼顾读者的阅读习惯和审美情趣，也不至于招来保守势力的反感，改良图新的意图也可以顺利进行。"时人是把译作当做著作品评，所谓'译笔'，实是'文笔'。也就是说，论者所评乃译者的文字修养，而不是翻译能力。"④

---

① 吴汝纶．遵旨筹议折∥吴汝纶全集：卷一．合肥：黄山书社，2002：310.

② 黎难秋编．中国科学翻译史料．北京：中国科学技术出版社，1996：322.

③ 吴汝纶．天演论·序.

④ 陈平原．20 世纪中国小说理论资料：第一卷（1897—1916）．陈平原，夏小红，编．北京大学出版社，1989：34.

还有些文人并不反对白话文，但多年沉积下来的习惯让他们愿意用文言创作。姚鹏图就是这样的人之一。"鄙人近年为人捉刀，作开会演说、启蒙讲义皆用白话体裁，下笔之难，百倍于文话……然总不如文话之简捷易明，往往累簇连篇，笔不及挥，不过抵文话数十语、数句之用。"① 姚鹏图对自话文持有肯定的态度，但到了实践的时候，便出现了运用白话文比文言文艰难百倍的感觉。鲁迅也有这种体验，"然纯用俗语，复嫌冗繁，因参用文言，以省篇页。"②

其次、从译者的角度而言，他们多是长期浸润于文言传统的文人。文言书写已是他们久已形成的习惯，即使翻译的目的是让更多的人得到启蒙或读者定位于普通大众，一下子改用白话来翻译也实在不是一件容易的事。学者姚鹏图的态度尤为典型，在其《论白话小说》中，他不反对使用白话文，也承认白话文是启蒙公众的一剂良方，因为它有能够打动读者的优势。但对于他自己而言，在这些惯用文言文的人眼中，文言文要比白话文更言简意赅，措辞讲究。而白话文则冗余繁琐，叙事拖沓。这种对白话文持有肯定的态度但在翻译实践中还是习惯于文言文的译者在晚清大有人在。梁启超本打算使用白话文来翻译《十五小豪杰》，但在翻译实践中却发现困难重重，远不如文言文用来顺手，于是只好转用文言文来译。鲁迅翻译《月界旅行》情况和此类似，"然纯用俗语，复嫌冗繁，因参用文言，以省篇页。"③

译者是用文言文还是用白话文来进行翻译实践，这个问题中还潜藏着更深刻的选择问题——以何种文化体系为中国未来根基。虽然当时很多士大夫还是以泱泱大国的传统文化为自豪，但外辱的刺激也让这些人感受到了中国文化传统所面临的挑战和危机。天朝大国的心态在无法和西方全面抗衡的现实面前，文言可以帮助他们在心中维系仅存的幻想和自尊。所以，这些译者并不排斥将外国文学作为中国文学的更新和创造的资源之一，但也关心文言文的命运并坚持以文言译书，似乎这样才能在中西文化之间找到平衡支点。让这个民族还可以在赖以生存的物质系统和精神系统中找到共同的文化标志，也就有了延续民族希望、传承民族文化信息的载体。所以林纾认为"吾中国百不如人独文字一门差足自立今又以新名辞尽夺其故，是并文字而亡矣。"并在临终前发出了"古文万无灭亡之理"的呼声。

　　尽管文言文成为文学翻译前期译者所使用的主要语言形式，但晚清也并非没有以白话翻译出来的外国小说。梁启超提出"小说界革命"是为了达到启蒙公众、教化"愚民"并最终完成政治改良。这种教化的意图决定了翻译语言形式在实际操练中必须考虑仅识字之人的文本接受能力。周作人曾经说过当时人们的态度是"……凡文字都用白话写，只是为一般没有学识的平民和人才写白话的……但如写正经的文章和著书时，当然还是作古文的，因此我们可以说，在那时候，古文是为'老爷'用的，自话是为'听差'用的。"可见当时在社会上层有一种偏见：白话只为愚笨的读者服务，一些自认为接受过传统教育的人会对以白话翻译的小说进行排斥和拒绝。还有主张白话文的人是因为他们认为文言文对教化民众会形成障碍，深奥晦涩的文言会遮蔽译本的思想，有碍民众的理解。陈独秀开办白话报的目的"是要把各项浅近的学，用通行的俗话演出来，好叫我们安徽人无钱多读书的，看了这俗话报，也可以长点见识"。可以看出，其目的是向大众宣传浅显的思想，文言文明显和此目的不相适合。但随着启蒙的深入，士大夫阶层的分化和社会各方面准备的日趋成熟，这个时期文学翻译的读者并不仅限于康有为、梁启超等所预期的"仅识字之人"。购阅翻译小说的人"百分之九十，出于旧学界而输人新学说者"。这些跨界读者要求翻译小说中不仅有可以启发他们的新思想，还要有符合他们诗学标准的翻译文笔。所以，这些人的政治主张或许有变，但其文学修养却还执着于传统诗文。在这种情况下，晚清的文学翻译作品中虽然也有白话译本的出现，但"文言小说之销行较之自话小说为优（陈平原）"。文言译本在晚清文学翻译初期能成为主导译语，说明当时的读者群体中有很多是从士大夫阶层分化出来的新兴知识分子，反过来文言译语又推动了翻译作品的流行和畅销，因为这种语言可以减少对固有文学观念的冲击，使译文容易被守旧的读者所接受。晚清译本中，长期以来被认为是中国第一部翻译小说的《昕夕闲谈》和这一时期影响最大的三部翻译小说李提摩太译的《百年一觉》、张坤德译的《华生笔记案》和林纾译的《巴黎茶花女遗事》使用的都是文言文。

以文言文来翻译的晚清域外文学,从内容上讲有着很深的西方色彩。但从其进入中国以后的文言表现形态上,又深受传统民族文化心理的影响而呈现出明显的中国本土色彩,从整体上体现出了浓重的"古代性"。"人但知翻译之小说,为欧美名家所著,而不知其全书之中,除事实外,尽为中国小说家之文字也。"[1]"即在内容上不敢违背中国读者的口味及伦理观,甚至修改原著以和中国旧势力妥协;在形式上也把它译成文言及章回体"[2] 捷克学者普实克说近代中国的文学翻译"不过是借用了欧洲文学的一些写作技巧。"[3]

文言文作为书面语言,两千年来没有什么太多的变化。其主要特点是凝练简约。尤其是造纸术发明以前,竹简作为书写的材料重而不便。所以中国的书面语就只好在简短文字中尽可能传递更多的语言信息。遣词造句讲求"炼字"。所以刘勰说"善为文者,富于万篇,贫于一字"。这是为了增强单字本身的信息含量,让读者从上下文的联系中意会语词的确定信息。这种文风的形成,必然为创作带来很多规矩和要求。虽然文言文不讲求语法,但文气笔法、用典混成和点铁成金等要求使文言文越来越脱离语用实践,最后就变得越来越纯洁并成为晚清士大夫的专宠。

但晚清毕竟是一个思想开始活跃的时代。域外文学带来的冲击使另一种中国旧有的书写形态也流行开来,这就是浅近文言。浅近文言是介于文言文和晚清白话之间的一种文字表达。它并非是到了晚清大规模译介时期才有的。明清时期就已经有很多文人原用浅近文言进行创作,因为这种文笔可以少受限制,更容易抒发情感。在晚清时期,由于域外文学翻译启蒙色彩很重,尤其是在维新失败后,教化大众的意识更加突出。于此相适应,浅近文言文可以吸引更多的、学识一般的读者,因为它基本上不会引经论典,也不讲求用古字、生僻字

---

① 天虚我生. 欧美名家短篇小说丛刻·序. 周廋鹃,译. 长沙:岳麓书社,1987:5.
② 郑振铎. 中国译学理论史稿. 陈福康,编. 上海:上海外语教育出版社,2006:230.
③ 普实克. 普实克现代文学论文集. 武汉:湖北教育出版社,1987:82.

和难字，叙述自由度也更大，禁忌更少。所以，一方面在翻译表现上比较容易传递出域外的色彩，另一方面也不会让读者望而却步。近代报刊很多用的就是浅近的文言文。

第二节 白话、文言：高峰期的对立

在文学翻译高潮时期，白话和文言文形成真正对立之势。晚清白话的兴起除了启蒙教化民众外，它和域外文学翻译的关联主要有二：

一、文言翻译困境的刺激

在文学翻译初期，很多文人愿意以文言进行翻译。这是因为他们所受的教育使他们更习惯于用文言翻译。梁启超在翻译《十五小豪杰》时："本书原拟依《水浒》《红楼》等书体裁，纯用白话，但翻译之时，甚为困难。参用文言，劳半功倍。计前数回文体，每点钟仅能译千字，此次则译二千五百字。译者贪省时日，只得文俗并用。明知体例不符，俟全书杀青时，再改定耳。但因此亦可见语言、文字分离，为中国文学最不便之一端，而文界革命非易言也。"① 但随着翻译实践的深入，文言文谨慎的结构时常难以将异域风情表达出来，因为欧美语体和文言语体差异很大。相反，白话文的自由不拘的表达似乎更容易展现域外文学的新奇含义。译本对张东荪在其《从中国言语构造上看中国哲学》一文中认为，后者与前者相比："第一点是因为主语不分明，遂使中国人没有'主体'（subject）的观念；第二点是因为谓语不分明，遂使谓语亦不成立；第三点是因没有语尾，遂致没有时态与语气等语格；第四点是因没有标点符号遂没有逻辑上的'辞句'（proposition）。"② 从文言文的角度而言，重"字"不重"句"，字字精炼必然带来表达上的束缚。而英语则偏重于"句"的整体性，结

---

① 梁启超. 十五小豪杰译后语. 新民丛报，1902：第六号.
② 张东荪. 从中国言语构造上看中国哲学. 天津：河北大学出版社，2002：461.

构更加松散。尤其是英语中系动词"是"比比皆是，而文言表达中几乎没有这种表达方式。而白话较之文言，更加松散自由，规矩要少很多，不必受形式齐整、音韵协调和语言精炼的限制。在翻译实践中，译者更容易从白话中找到翻译的言说方式。而这些表达方式也因此具有了明显的欧化色彩。吴趼人就感受到了这一点，他说："恒见译本小说，以吾国文字，务吻合西国文字，其词句之触于眼目者，觉别具一种姿态，而翻译之痕迹，即于此等处见之。此译事之所以难也夫。虽然，此等词句，亦颇有令人可喜者。偶戏为此篇，欲令读者疑我为译本也。"① 这里的"翻译之痕迹"表明用文言腔译书已经在此时开始有所松动了。施蛰存曾对此发问："当时的文艺创作家，即我们新文学史上所轻蔑的'鸳鸯蝴蝶派'他们所使用的，就是这一种白话文。特别是几位既是翻译家，又是创作家，如包天笑、周桂笙、陈冷血等人，他们的译文和他们的创作，文体是一致的。这一种白话文体的转变，是悄悄地进行的，我们在最近，看了不少译本和创作小说及杂文，是不是可以说：早期的外国文学译本，对当时创作界的文学语言也起过显著的影响呢?"②

再比如伍光健，他的翻译有着明显的欧化倾向。胡适在五四时期，谈及伍光建《侠隐记》时，赞扬道："译者君朔，即是伍光建的假名。我以为近年译西洋小说，当以君朔所译诸书为第一。君朔所用白话，全非钞袭旧小说的白话，乃是一种特创的白话，最能传达原书的神气。其价值高出林纾百倍。可惜世人不会赏识。从读者群体的分析角度讲，"世人"应该指的是"士大夫"了。这也表明此时在翻译译语方面，文白仍然处于对峙状态。"文言小说之销行较之自话小说为优"③。但白话译语的势头已经在此时展露了出来，并在民初和"五四"时期形成了气候。"传统的章回体小说虽然多数是用白话文写的，但并不一致。《三国志演义》是夹杂不少文言的白话。《水浒传》用的是宋元白话。《儒林外史》用的是酸秀才的白话。这些白话文体，一向为作家所沿用，各从所好，

① 吴趼人. 预备立宪弁言. 月月小说. 1906：第一年第二号.
② 施蛰存. 中国近代文学大系·翻译文学集 1·导言. 上海：上海书店，1990：24—25.
③ 陈平原. 20 世纪中国小说理论资料：第 1 卷（1897—1916）. 陈平原，夏小红，编. 北京：北京大学出版社，1989：313.

各取所需，实质上还是一种书本白话，而不是口头日用的白话。外国文学的白话文译本，愈出愈多，译手也日渐在扩大，据以译述的原本有各种不同的语文，在潜移默化之间，产生了一种新的白话文。它没有译者的方言乡音影响，语法结构和辞气有一些外国语迹象。译手虽然各有自己的语文风格，但从总体来看，它已不是传统小说所使用的白话文。它有时代性，有统一性，有普遍性"。

二、传教士翻译活动的影响

西方传教士最开始的译语选择还是文言的。1854 年，传教士麦都用文言翻译了《圣经》并出版。其中国合译者王韬译笔自然流畅，虽是文言但反映很好。这也可以看出当时传教士的主要活动并没有在普通民众中展开。随着传教活动的开展，中国文人所具有的深厚的儒家文化的底蕴和士大夫所秉持的习气使基督信仰并没有取得很好的效果，于是传教开始向民间渗透。文言文的顶层文化色彩无疑不利于传教士的活动。"最早之时，为了风尚所趋，将《圣经》译成文言文，即所谓文理译本，但是不久觉得这不能适合真切的需要，普通的人民教育程度浅薄，不能了解那样深刻的文字，而必须有一册能为普通人诵读的《圣经》。"① 同时，在传教过程中，传教士们也意识到王韬的版本虽然文本很好，但也有缺憾："其中所有的名词多近于中国哲学上的说法，而少合基督教教义的见解，有时单是因为文笔的缘故，掩盖了文字所含寓的真实的意义。"② 所以，要想真正表达阐释圣经中的含义，就不能固守于文言文，还需扩大汉语词汇意义，甚至增加汉语新词，改造汉语表述方式。传教士在译文中，针对不同传教对象，将文言文、浅近文言文和白话文全部采用。1890 年，上海举办了新教传教士大会，会上成立了三个《圣经》翻译评委会和三个翻译小组，分别用上述三种文体进行翻译。此外，传教士还通过报刊进行宣传，这些报刊有宣传加商业性质。为人所熟知的《申报》就具有这种性质。它是英国商人美查于 19 世纪70 年代创办的，中国近代极为重要的商业性报纸。传教士所办报纸的语言方向

---

① 贾立言，冯雪冰．汉文圣经译本小史．广学会，1934：51.
② 贾立言，冯雪冰．汉文圣经译本小史．广学会，1934：38.

是：简而能详、雅俗共赏和质而不俚。为了面向更多的读者群，这些报刊多用浅近文言和白话。但就晚清白话文运动的根本而言，它并不从根本上排斥文言文，它在思想体系上和文言文一致。主张白话文并为其争地位，只是强调白话文的辅助功能。

这里所要指出的是，晚清民间白话和传教士翻译所用白话是有区别的。前者以中国传统白话为基础，就性质而言还是"古代"的；后者则因其欧化色彩浓厚而具有了近代甚至是现代性。1872年圣公会出版的新译《旧约》中，大量的双音词被使用，与同时期晚清其他译者所译的具有中国古典形态的诗歌有很大不同。比如1873年潍县刻印的《圣诗谱序》中的译文，节奏符合英诗特点，长句和双音节为主，句式整齐，欧化程度很高。

"两个小孩，要常望天；两个小耳，爱听主言；两个小足，快奔天路；两个小手，行善不住。耶稣我主，耶稣我主；耶稣我，耶稣我，善美荣耀之耶稣。

有位朋友，别人难比，爱何等大，胜似兄弟，疼爱兄弟，爱何等大；世上朋友，有时离你，今日爱你，明日恨你，只有这位，总不误你，爱何等大。"

这首在19世纪70年代就开始在教民中传唱的赞美诗中，已经有大量的双音节词在运用了。如果说这个译本还不够艺术性，过于直白的话，1880年《小孩日报》第五期所登出的赞美诗，其翻译不但忠于原著，而且单双音节次第交错，长句也很整齐，虽然韵律上有时欠缺，但欧化气息不比后来的白话诗先锋们少。

"诸异邦在黑暗如同帕子蒙着脸/远远地领略到了一个伯利恒客店/忽见有吉祥兆头东方耀眼的显/圣徒高兴进步

在加利利的海边困苦百姓见大光/天父救世的恩典传到犹太国四方/瞎眼的看耳聋的听死去的在还阳/圣徒高兴进步"

第三节 同源异用

传教士的欧化白话文和五四白话文也有共同的西方文本渊源，但语言使用的思想根源不同。这一点在晚清域外文学翻译的研究中，已经有人注意到了，但研究仅仅进行到欧化问题，没有对思想根源的不同进行深入分析，并且对传教士的欧化白话文的评价有些拔高（加注释）。西方传教士对白话的欧化运用在传教中一直被保留下来直至五四白话文运动，它实质上是一种新式的汉语书面语，但这种首次被欧化的白话文运用却不太为人所重视。如果对晚清文学翻译所涉及的白话加以梳理，就会发现真正和五四白话运动有共同西方渊源的不是晚清中国译者所提倡和使用的白话，而是传教士的白话译文。

一、晚清、五四白话的同源异用

晚清和五四译者的白话译文中所承载的语言工具观念不同。晚清白话译文中，中国传统的语言的工具观没有发生根本性的转变。而五四的白话译文却和文言传统形成对立，语言成为改造思想的武器。

中国古代翻译思想基础是"语言工具"观。言文分离是其基本表现。思想和人文精神可以脱离语言的具体存在而被感知。也就是说，一种语言所传递的信息在另一种语言中不会因语种的转换而失去本真。这种观点只会承认语言形式上的差异而忽视了语言所代表的思想认知上的差距。陆象山认为："东海有圣人出焉，此心同也，此理同也；西海有圣人出焉，此心同也，此理同也；南海、北海有圣人出焉，此心同也，此理同也；千百世之下有圣人出焉，此心同也，此理同也。"① 语言只和"心""理"的表象形式有关，和思想文化无关。晚清的译者翻译时也多以此为是，虽然他们的言说方式、思想思维受到了前所未有的西方文化的冲击，但"九九归一"，还是认为中西文化没有根本性差别。王韬虽然最早倡导向西方学习，但他也认为"万殊归于一本。"所以晚清的白话译文并没有产生语言上的变革。其本质是语言工具改良，是借白话文的形式宣传文言文的思想，将文言世俗化；是将士大夫所接受的西方思想用普通民众熟知的形式进行传播，并不是要革除旧有的语言体系。所以晚清白话译文是脱胎于中国古代白话，融入了当时民间口语。它不具有独立语言体系的品质。晚清的白

---

① 杨简．象山先生行状∥陆九渊集：卷33．北京：中华书局，1980．

话译文传递了西方思想的信息，但西方新思想不是用来改造或改换旧思想，而是改良或丰富中国传统思想的。而且，晚清很多西方思想的传播，首先被翻译成文言，然后再由文言翻译成白话。

晚清译者用白话文所强调的是其宣传上的作用和价值，解决的是文言文在理解和传递西方思想信息时的障碍问题。即便译文中体现了新的思想，但其语言工具观没有变，它还是作为文言文的补充出现的，这和晚清的思想文化运动没什么关联，于文言文也不对立。这也再次表明晚清的译者在还是受言文分离的影响的。如果他们也能认识到语言和思维互为表里，也许五四的白话运动就要提前至此了。

至五四时期，文学翻译时所用的白话和晚清的白话译语有了本质的不同。晚清译语所传递的西方的新思想、新术语是有限的，是片段性的，在中国的语境中意义发生了位移，从西方话语转成了中国传统话语。"而五四时对西方思想的输入（在语言上表现为新术语、概念和范畴）具有大规模性，具有整体性，再加上白话的形式，因而这种输入从根本上改变了中国的语言体系，从而导致了中国文化和文学的现代转型。"[1] 晚清白话译文是文言的辅助，帮助文言文来开启民智；五四的白话译文是摈弃文言文，用白话表达新的思想。晚清白话译文是让普通人读懂文言文所传递的思想；五四白话译文是它借助于大量西方的术语概念和话语方式去改变大众的思想和传统，它背后不仅仅是语言形式的转变，更重要的是语言所承载的思想的深刻变革。晚清白话译文因其传承着中国古代的文学特质，因此无法改变晚清文学的性质并导致文化变革，这个重任只能由五四的白话运动来承担。所以，在工具的层面上，五四的白话译文和晚清的白话译文没有什么差异，但在思想的层面上，前者是对中国古典文学传统的解构和重构。胡适说，晚清"白话的采用，仍旧是无意的，随便的，并不是有意的"，"1916 年以来的文学革命运动，方才是有意的主张白话文学。"[2] 这个概括并不正确，至少在晚清的译者那里，白话译文也是他们有意而为之的。

---

① 高玉. 对五四白话文学运动的语言学再认识. 中国知网.
② 胡适. 中国新文学运动小史//胡适文集：第 1 卷. 北京：北京大学出版社，1998：201—202.

二、传教士白话、五四白话的同源异用

传教士的白话是和五四白话运动的白话文翻译有共同的西方渊源。

传教士使用欧化的白话文进行翻译和创作。这种白话文和现代汉语已经很接近，而且比胡适等人提倡白话入诗要早很多。在五四新文化运动中，也有人注意到了西方传教士所用白话文和此时所提倡的白话文之间的相似之处。1920年，周作人在其《圣书与中国文学》① 中写道："我记得从前有人反对新文学，说这些文章并不算新，因为都是从《马太福音》出来的；当时觉得他的话很是可笑，现在想起来反要佩服他的先觉：《马太福音》的确是中国最早的欧化的文学的国语，我又预计它与中国新文学的前途有极大极深的关系"。在周作人看来，西方传教士的欧化白话文可谓是五四新文学白话运动的先驱。但这种看法不为世人所认可，就是在今天也没有成为学界的共识。有论者认为，传教士的欧化白话应该算是中国文学革命的先锋，王治心指出："当时在《圣经》翻译的问题上，有许多困难，大都由西人主任，而聘华人执笔，为欲求文字的美化，不免要失去原文的意义，为欲符合原文的意义，在文字上不能美化。文言文不能普遍于普通教友，于是有官话土白，而官话土白又为当时外界所诟病。却不料这种官话土白，竟成了中国文学革命的先锋。"② 而贾立言等学者直接将《圣经》确认为新文学运动的先驱："那些圣书的翻译者，特别是那些翻译国语《圣经》的人，助长了中国近代文艺的振兴。这些人具有先见之明，相信在外国所经历过文学的改革，在中国也必会有相同的情形，就是人们所日用的语言可以为通用的文字，并且这也是最能清楚表达一个人的思想与意见。那早日将《圣经》翻译国语的人遭受许多的嘲笑与揶揄，但是他们却做了一个伟大运动的先驱，而这运动在我们今日已结了美好的果实。"③

对于传教士欧化白话文的运用与中国文学革命的关系问题，还是要用辩证的眼光来分析。它的前沿作用是不可否认的，但因此就将其定性为"一个伟大

---

① 周作人. 圣书与中国文学//艺术与生活. 长沙：岳麓书社，1989：45.
② 王治心. 中国基督教史纲. 上海：上海古籍出版社，2004：254.
③ 贾立言，冯雪冰. 汉文圣经译本小史. 广学会，1934：96.

运动的先驱"似乎又有拔高之嫌。

首先传教士的欧化白话文为五四以后的白话文运动中的白话文翻译实践提供了阅读接受上的心理准备。

五四的白话文运动不是突然发生的，也是有一个量变到质变的过程。这个量的累积有两个来源：晚清的白话文运动和西方传教士的翻译活动。而后者在思想转化方面和五四白话文运动更具有相似性。传教士用欧化白话文的目的也是为了宣传基督教，改变中国国民长期形成的儒家心态和佛道理念，将信仰转化成上帝。五四白话运动也是借语言革命进行思想解放运动，其结果是让汉语语言体系发生了根本性变革并最终导致了中国文化和文学的现代转型。所以，在思想转化这个层面上，二者有相似之处。而且从语言学的角度分析，传教士的欧化白话文比晚清白话文或五四的白话文更加接近现代汉语的体式。因为传教士的译文直接来自于原文，其思维首先就是西方的，没有经过中国译者的汉化过滤。用西文想好再译成汉语，它就比晚清和五四白话更接近原著。

同时，这种欧化白话文也随着传教士的传教活动在中国逐渐推广。"1874年，有436名新教教士，到1889年达此数的三倍，到1905年则上升到3445名。所有教士百分之九十以上是英国人和美国人。"① （加入教会在中国的发展情况）传教士在中国几十年的翻译活动中，欧化白话文的社会阅读基础已悄然形成。所以，在考虑五四白话文运动的历史成因和发展脉络时，不能把现代白话的发生仅看成是中国语言体系内部的转变而忽视传教士在翻译《圣经》、讲经布道过程中所做的汉语改造和普及白话文影响的努力。胡适等人的白话文取代文言文的语言进化论的观点未免过于历史简单化了。白话取代文言到底是进化还是退化，这个问题非常复杂。前者增进了汉语的精细表达，扩大了汉语的表现能力，但同时汉语的表达厚度和内涵也损失了不少。叶斯帕森对所谓"最高级的语言"做了如下阐释："能用最少的手段完成最多的任务，这种技艺方面做得越好，这种语言的级别也越高。换句话说，也就是能用最简单的方法来表达最大量的意

---

① 科恩．1900年前的基督教活动及其影响//费正清．剑桥中国晚清史（1800—1911）：上卷．中国社会科学院历史研究所编译室，译．北京：中国社会科学出版社，1993：613.

思的语言是最高级语言。"① 如果真的用这个尺度来衡量，文言文绝对比白话文先进，可以给白话文的先进性提供很大的质疑空间。但还有国外的学者认为："古汉语所体现的思想领域，代表着一种与现代西方语言所体现的文化领域完全隔绝的、自成一体的文化单元"②。这种性质的语言是没有办法起到与西方语言交流和对话功能的。所以，简·爱切生指出："语言跟潮汐一样涨涨落落，就我们所知，它既不进步也不退化。破坏性的倾向和修补性的倾向相互竞争，没有一种会完全胜利或失败，于是形成一种不断对峙的状态。""并无迹象可以说明语言有进化这回事。③"如果以凝练简约来评价，文言文比白话文有优势；以语言的表达细腻和精确来评价，白话文无疑又比文言文高级。胡适不但将语言的进化过于简单化④，他也对西方传教士所用的欧化白话文和晚清的白话文的影响视而不见，将五四的白话文运动完全看作是历史的断裂突变，这显然是不合适的。五四的白话文运动是在中国社会政治变革的带动下，以及外力影响下发生自身发生的变革。从这个意义上讲，西方传教士在翻译实践中的汉语改造和传播是五四白话文运动的"源头之一"。但要将其定位于"先驱"就不十分合适了。

其次、与西方传教士的欧化白话文翻译相比，五四的白话译文实践，从汉语改造的思想渊源、革新目的和传播方式上都有极大的不同。

如前所述，西方传教士和五四白话运动在思想改造这一点上十分相似。但所进行改造的思想渊源却截然不同。前者的思想渊源主要来自于西方基督教传统，其主要目的是要让中国人抛弃佛道传统改信上帝。比如在中国晚清有很高声望的美国传教士李提摩太，13 岁成为浸礼会信徒。在哈弗福德韦斯特神学院

① 简·爱切生. 语言的变化：进步还是退步. 北京：语文出版社，1997：281.
② 本杰明·史华兹. 寻求富强：严复与西方. 南京：江苏文艺出版社，1995：87.
③ 简·爱切生. 语言的变化：进步还是退步. 北京：语文出版社，1997：282.
④ 胡适将白话和文言定性为"活文学"和"死文学"。这实际上是认定文学的审美标准要由语言的形式来决定而忽视了其艺术标准。这让中国的诗文传统失去了后人继承的理由。鲁迅先生也对此作出过委婉的批评："但白话的生长，总当以，《新青年》主张以后为大关键，若夫以前文豪之偶用白话入诗者，看起来总觉得和运用'偏典'有同等之精神也。"（鲁迅：《致胡适》载：鲁迅全集。第 7 卷。北京：人民文学出版社 1981b 第 412—413 页）

毕业后，他自愿报名赴中国传教。他对自己赴华传教的主要动机有如下表述："在非基督教的国家之中，中国人最为文明，若是他们皈依的话，将会有助于使福音传播到文明程度较低的国家而且在北方温带工作，欧洲人能够承受那里的气候，与此同时，华北人成为基督徒之后，有可能促使整个帝国的同胞皈依。"① 这些西方传教士深信基督教能够对中国人的心灵进行改造和净化，能够通过传教布道让基督精神取代中国已有的精神传统。在与晚清社会有了实质上的接触之后，他们也意识到自己的理想与中国社会现实之间的差距，看到了中西文化差异在传播基督教时所形成的障碍以及由于普通民众低下的文化水平和无以聊生的生活状况。尤其是晚清士大夫对中国传统文化的执着让他们不得不调整策略，将培养信徒的目标扩展至普通民众。"不仅要拯救人们的灵魂，而且要拯救他们的身体，使之不再以每年万人的速度死亡，还要解放他们比其女子的缠足更为残缺的思想，使他们摒弃虽然延续了千百年但最终使他们不得不听凭任何攻击他们的国家摆布的哲学与习俗"②。传教士的这种关注民生的态度其本质是宗教的，是一种宗教的控制代替另一种宗教的控制"介绍基督教思想就是要使之为中国人的良心所接受，超乎他们拥有的一切之上。"所以在传播方式上，他们采用多方面齐头并进的形式。上到官员政客、文人名士，下至穷苦百姓，都成为他们布道培养的对象。在语言上，就表现出多方照顾的趋势，文言文、浅近文言文和白话文在他们眼中并无优劣之分，只要对宣扬基督精神有利，均可以拿来使用。所以才会在 1890 年上海举办的新教传教士大会上成立三个《圣经》翻译评委会和三个翻译小组，用文言文、浅近文言文和白话文翻译《圣经》。即使是传教士的白话文，也经历了古白话、官土白话和欧化白话的发展。

五四的白话运动是中国人对自己的语言发起的革命，其目的不是为某种宗教替换服务，而是因为晚清在西方思想输入过程中，受中国现有语言形式的限制而缺乏对西方思想的原语性理解。没有语言的变革，思想的变革无从谈起。晚清的白话文运动也是为了方便西方思想的传播，但这些被传播的思想是为了

---

① 刘树森．李提摩太与回头看略记——中译美国小说的起源．美国研究，1999（1）：124．

② 刘树森．李提摩太与回头看略记——中译美国小说的起源．美国研究，1999（1）：124．

旧思想服务的，而不是为了思想上的变革服务。所以，晚清的白话运动成了单纯的语言工具运动，它是自发的、改良的。五四的新文化运动者发起语言革命，其实是思想上的运动，是用新的思想体系代替封建的思想体系，这种替代是以白话文运动为表征的。而且，这场运动中，从西方输入的不是宗教，而是科学的、民主的和现代的人文理念，这是该时期文学翻译白话运用的主要目的，也是它和传教士的欧化白话的主要区别。同时，这种语言变革导致了中国文化的现代转型，是中国文化从内到外的转型。而这一点是西方传教士无论如何也做不到的。当然，从语言的现代意义上讲，传教士所进行的汉语改造更体现出了现代汉语的特点，因此从渊源上讲，应该比晚清白话运动更接近五四白话运动。而晚清的白话文运动则再发展下去，应该是和"鸳鸯蝴蝶派"的白话有承继关系，因为后者比五四的白话更主张中国文学的传统。

晚清时期对域外文学的阐释语言发生了历史性的转变。白话文形式在更广的范围内取代文言文。言说形式也因此更加丰富，在词汇与语法方面，出现了双音词、主谓结构、人称代词、被动式等语言现象；句式结构更加欧化、复杂化和多样化。这些转变的意义非常重大，外文诗阐释语言转型意义重大。其影响更超越了工具的层面，具有了深远的文化意义。

文学翻译的语言即是"道"，又是"器"，即具有思维本体的性质，有具有思维载体的功能。这是两个不同的工具层面与思想层面聚合体。中西不同思想体系的形成和日积月累的语言的表达差异密切相关。在语言工具层面上，现代白话与古代白话没有本质性的差别，但在思想的层面，二者之间有质的不同，他们是同一"文字"体系内的不同"语言"体系。五四时所提倡它既不同于中国古代白话，也不同于当时的民间口语，它在语言的思想层面上深受西方语言的影响，并且作为思想解放运动的武器，它导致了汉语语言体系的根本变革，进而带动了中国文化和文学的现代转型。它与中国古代白话的区别以及它和西方文化的联系均发生于语言背后的思维范式上。晚清文学翻译的用语样态是语言和思维关系的非常典型的例证。瞿秋白说五四白话文运动"并不是革命，只要改良，并不要'废孔孟，铲伦常，只要用白话文来传达古书里面的道理"，"只要求在文言的统治之下，给白话一个位置"。这些话如果用来概括晚清白话文运动倒是非常恰当的。

三、文学翻译和文学语言的混乱关系

翻译和语言是紧密相连的。语言首先是工具手段,但它最后的本质是思维方面的,这是一个问题的两个层面。翻译语言作为语言实践实际发生场所,也涉及两个层面:翻译技巧的工具层面和翻译思想的精神层面。中国传统的语言工具观念在近代也没有发生根本性质的更新。对于语言的差异实际代表着思想上的差异还缺乏深刻的认识。即使是严复,也仅仅是认识到了翻译实践中,中西语言之间存在着深深的隔阂并造成交流障碍。比起"天下之道,一而已矣"①,这虽然是翻译认识上的巨大进步,但仍然属于技术层面的认识。严复依旧相信思想是一种纯粹的客观,是可以脱离语言而存在。翻译中"信"纯粹是技术问题,思想上的忠实和译语的忠实是最容易达到的。"即至大义微言,古之人殚毕生之精力,以从事于一学。当其有得,藏之一心则为理,动之口舌、著之简册则为词。"② 在他看来,"词"完全可以达"理"。而"达"和"雅"才是令译者苦苦觅求的东西。马建忠的"善译"理论,也仅仅涉及到翻译技术方面的问题,他认为翻译可以做到"而曾无毫发入于其间","能使阅者所得之益与观原文无异。"③ 他的这些论述与其说是翻译的标准,还不如说是翻译的理想。

王国维的翻译思想在当时是少之又少的且难能可贵的。晚清的很多译者将西学输入的受阻归结为文言文的深奥难懂,才使民众难以教化。王国维已经认识到了语言不同背后是中西思维方式的不同。在其《论新学语之输入》中,他这样表述:"夫语言者,代表国民之思想者也,思想之精粗广狭,视言语之精粗广狭为准,观其言语,而国民之思想可知矣。""言语者,思想之代表也,故新

---

① 王韬. 原道//弢园文录外编. 郑州:中州古籍出版社,1998:35.
② 严复. 天演论自序.
③ 马建中. 适可斋记言·拟设翻译书院议//中国历史学会·戊戌变法:第一册. 上海:上海人民出版社,1961:225.

思想之输入，即新言语输入之意味也。"① 正是有了这种认识，王国维才能深刻理解中西语言中所承载的各自不同的理解，"西洋之思想不能骤输入我国""即令一时输入，非与我中国固有思想之相化，决不能保其势力。"② 但在当时，王国维的翻译思想并不为人们所重视。所谓"器亦道，道亦器"，同种语体内言文合一比较容易。而不同语体内语言的转换意味着思想的转换，如何能"器""道"合一，不仅仅是简单的翻译技巧的问题。

所以在晚清，翻译技术和翻译思想，语言和思维之间的关系是混乱的。在技术层面上，文学作品是可译的、客观的、和原文是等效的；在精神层面上讲，它又仅仅是可以被阐释的，和原文不等效的。译语终究是对原语的阐释，必然有译者个人的理解和目的参与其中，不可能做到纯粹的客观。也正因如此，翻译才是一种极具创造力的活动。从这个角度看，晚清有那么多失真、误译的作品，是语言本身所体现的思想方面的问题，而不仅仅是技术操作的失误。这也就不难理解为什么晚清的译者会在 19 世纪末将文学翻译等同于西方"格物器致"的翻译。他们普遍存在着认识上的简单化趋势，把复杂的文学翻译等同于科技翻译，认为西方文化的输入和西方科技输入是一码事，而忽略了期间人文心理、思维方式和文化传统等巨大的跨文化差异所产生的深深隔阂。而五四时期，白话和翻译之间的关系就相对简单得多，白话是新思想的工具，文学翻译文本也是新思想的工具。这二者在翻译文本中达到了统一。

第四节　个案分析：以传教士、周桂笙、包天笑为例

西方传教士在中国进行传教活动，其目的也是为了"改造中国"。在黄遵宪、裘廷梁、梁启超等人倡导语言变革之前，传教士的书面语言已经是不同于中国传统书面语言了。他们的传教活动通常有三种渠道：对上广结士大夫；对

---

① 王国维. 论新学语之输入∥王国维选集：第 3 卷. 北京：中国文史出版社，1997：40—41.

② 王国维. 论新学语之输入∥王国维选集：第 3 卷. 北京：中国文史出版社，1997：39.

下恩惠普通百姓；中间西学于知识分子。他们的这些做法对中国传统的文化颇有冲击力，在语言层面上的影响是最大的。因为这些传教士没有文言写作的功底，所以在翻译写作时难以用典、不会夸饰。同时，为了阅读接受的广泛性，他们也比较喜欢用浅显明白的语言表达教义。在传教士所办的第一份中文近代报刊《察世俗每月统纪传》上，编者明确地表示刊登的文章要尽可能让人明白"盖甚奥之书，不能有多用处，因能明甚奥之理者少故也。容易读之书者，若传正道，则世间多有用处"①。《申报》的办刊方针也是"文则质而不理，事则简而能详，上而学士大夫，下及农工商，皆能通晓者。"② 正因如此，使得传教士的书面语言禁忌甚少，描写对象也更加宽泛，形成一种浅显的、欧化的、传教士特色的白话文。而这种欧化白话的影响能够得以扩大，则应当归功于傅兰雅的一系列西书翻译主张和征文比赛活动。

传教士傅兰雅在 1895 年《万国公报》上进行征文比赛活动，其征文启事如下："窃以感动人心，变异风俗，莫如小说推行广速，传之不久辄能家喻户晓，气息不难为之一变。今中华积弊最重大者，计有三端一鸦片，一时文，一缠足。若不设法更改，终非富强之兆。兹欲请中华人士愿本国兴盛者，撰著新趣小说，合显此三事之大害，并祛各弊之妙法。立案演说，结构成编，贯穿为部，使人阅之心为感动，力为革除。辞句以显明为要，语言以趣推为宗，虽妇人幼子，皆能得而明之。述事务取近今易有，切莫抄袭旧套，立意毋尚希奇古怪，免使骇目惊心。限七月底期满收齐，细心评取。首名酬洋 50 元，次名 30 元，三名 20 元，四名 16 元，五名 14 元，六名 12 元，七名八元。果有佳作，足劝人心，亦当印行问世。并拟请其常撰同类之书，以为恒业。"因是有奖征文，目的又是移风易俗，非常符合当时的国情，所以影响甚大，应征者踊跃。傅兰雅后来谈此次评选时说："本馆前出告白，求著时新小说。以鸦片、时文、缠足三弊为主。立案演说，穿插成篇，仿诸章回小说，前后贯连。意在刊行问世，劝化人心，知所改革。虽妇人孺子，亦可观感而化。故用意务求趣稚，出语亦期明显，

---

① 《察世俗每月统纪传·序》.
② 申报·本馆告白. 1872 – 04 – 30.

述事虽近情理，描幕要臻恳至当。蒙远近诸君，揣幕成稿者凡 162 卷。本馆穷百日之力，逐卷批阅，皆有命意。"① 这表明，本次征文在语言上是要求通俗、情节上生动，反对因袭旧套，立意古奇怪。这对文学翻译和文学创作无疑有着转型上的影响。傅兰雅在为传教服务的过程中，以西方人的视角针对中国社会现实，提出创作"时新小说"的主张，这对中国现代文学的影响无疑是巨大的。

就翻译作品而言，传教士的译语也是接近浅显白话的。傅兰雅翻译了大量西方科学著作，引进了西方许多新的自然科学知识和社会科学知识。这些知识本身就具有理解上的难度，所以，傅兰雅要求"从浅近者入手"，语言表述也要简单明了。傅兰雅主持所译之书，基本上是以科技为主。在译介西书的过程中，他还创立了一套较为科学的名词翻译方法，并一直为后世所沿用。傅兰雅为江南制造局翻译西方科技书时，就曾提出两条翻译原则"一、中文已有之名，不论是民间约定俗成，或先前所译者，只要合用就沿用。二、中文尚无译名者，则采用英译法或加偏旁造新字，如镁、矽、砷等都是新造的字。"② 晚在文学翻译方面，其他传教士也基本使用白话。如《天路历程》的翻译，就和今天的白话出入不大："世间好比旷野，我在那里行走，遇着一个地方有个坑，我在坑里睡着，做了一个梦。梦见一个人，身上的衣服，十分褴褛，站在一处，脸儿背著他的屋子，手里拿着一本书，脊梁上背着重任，又瞧见他打开书来看，看了这书，身上发抖，眼中流泪，自己档不住，就大放悲声喊道"我该当怎样才好？"③ 这段译文中既有新式标点，格式没有复古讲究，短语和单词随处可见，是非常典型的欧化白话新式。而以傅兰雅为代表的传教士通俗易懂的译书主张，为晚期时期文学翻译和创作上的语言变化树立了典范，在晚清小说通俗化过程中起了不小的作用。

就晚期时期译语由文言向白话转型而言，黄遵宪的影响不可小觑。他首次将中国语言与外国语言进行比较"余闻古罗马时，仅用腊丁语，各国因语言殊异，病其难用，自法国易以法音，英国易以英音，而英法诸国文学始盛。""语

---

① 万国公报：第 86 册 "杂事" 栏 "时新小说出案"．光绪二十二年二月，1896 年 3 月．
② 顾长声．从马礼逊到司徒雷登．上海：上海人民出版社，1985：230．
③ 郭延礼．中国近代翻译文学概论．武汉：湖北教育出版社，1983：105．

言者，文字之所以出也。语言与文字合，则通文者多；语言与文字离，则通文者少。"这里，他至少指出了文言合一可以"通文者多"。在希望能以文治国的时期，士大夫也从"文"的弊端入手希望革新文本，所以黄遵宪的"言文一致，方能保国保种"的提法相当具有震撼力。1897 年，裘廷梁发表了《论白话为维新之本》一文，指出"文言兴而后实学废，白话行而后实学兴，实学不兴，是谓无民。"使语言变革更具有社会政治意义。在这种大环境中，很多译者也深受影响。比较具有代表性的人物是周桂笙和包天笑。

周桂笙的翻译题材种类众多，不仅有侦探小说、科学小说、冒险小说、言情小说，而且还译介政治小说、教育小说、滑稽小说、札记小说等。[①] 体裁上涉及有长篇、中篇、短篇小说，童话、寓言和民间故事等。[②] 周桂笙的译语以文言为主，但这种文言因西方文学文本本身的影响，基本上是比较浅显的文言。并没有中国传统文言所特有的工整对仗和佶屈难解。

"我生平虽以美洲合众国内之一座纽约城称为我之家乡，其实数年以来，风尘仆仆，外出之日多，家居之日少。今日恰好又归到家乡来，原来我前者应南美洲巴西国中一位大资本家谈少杜先生之重聘，承乏矿务工程师之职，勘察矿山，颇著成效，布置开辟，尚皆顺手。现在事竣归来，将数年馆鹿赢馀，不免取出，归并一处，积少成多，为数却也不菲，顷已送往银行存放生息，将来母子相生，愈积愈多，他日万一年老无力，不能工作，我即可倚此度日，差堪自养，就可不必仰面求人矣。且我从前既是难得归来，不常在家，今日借此也可在家乡之中，稍稍享数十天清闲之福，略略与亲戚故旧盘桓聚首，一借以抒离情别绪，然后再设法承揽别项工程，亦不为迟，何须亟亟"。

这段译文中，出现了大量的具有汉语行文特色的四字句，使译文流露出了简洁而传神的表现力。但是，周桂笙让人瞩目的并非他的文言译语，虽然文言占据了他的翻译小说的绝大部分。周桂笙的白话文译语虽然数目不如前者多，但他的作品却开创了白话文译语风格。"他翻译的小说虽不多，但大抵都是以浅

---

① 陈福康. 中国译学理论史稿. 上海：上海外语教育出版社，2000：154.
② 袁荻涌. 清末译界前锋周桂笙. 中国翻译，1996（2）.

近的文言和白话为工具，中国最早用白话介绍西洋又学的人，恐怕要算他了"
"周则完全是一种平易的报章体的文字，这在当日翻译界实在是一种大胆的尝试，因此使得任何爱好西洋文字的人皆有从事介绍的勇气与决心"①。同样是《毒蛇圈》的翻译，周桂笙基本以白话文进行翻译。其获得的成功极大地激发了当时译者用白话翻译侦探小说的热情。（据杨世骥的《文苑谈往》考证，"侦探小说"这一名目由周桂笙提出。他从1903年开始翻译法国作家鲍福的侦探小说《毒蛇圈》，自此将外国侦探小说的行文艺术和思维观念与中国的谴责与公案等小说类型相结合，创作了很多中国本土侦探小说，为推动中国小说的现代转型作出了显著贡献。）

　　"暖，那是什么话儿呀，你可要好好的记着，你爹爹没有答应，你是不能嫁的呀。

　　我也知道是如此，所以才对你说呀。

　　那么说你真是有了，但不知你的老公是在哪里找得的呢？

　　在史太太的客厅里。

　　吓，哈哈，那么我懂得了，你为什么常常的要到她那边去。

　　她这个老糊涂，只晓得常常的请客，你还屡次的拉我同去。

　　我总不愿意往她那里去走动。

　　你看，这都是你自己错过的了。要是你肯去走走，早就可以看见你那个！

　　什么我那个？

　　你那个将来的女婿呀！"②

　　这一段的行文，几乎和现代白话行文一致，而且文笔非常形象生动，这在晚清时期是很难得的。晚清时期的翻译家正处在一种文化大变革的发端期，在语言问题上文言的"雅"依旧是翻译的主流，白话文尚未兴起，基本处于萌芽状态。周桂笙的《毒蛇圈》将浅近文言和白话文并用，结合直译的策略，开了报章体的先河，所以有论者认为周氏是用白话直译小说的开拓者。

---

① 杨世骥. 文苑谈往. 北京：中华书局，1945.
② 周桂笙. 毒蛇圈. 长沙：岳麓书社出版社，1991：12.

包天笑在白话译文的开拓意义上建树不如周桂笙，但在对文言一致和白话的社会功用方面，他有着超出同时代文人的更深刻的认识。在中国早期翻译语言方面，由于文言和白话的长期分离状态，基本上译本以文言的面貌出现。梁启超评论严复的翻译语言时说："文笔太务渊雅，刻意基效先秦文体，非多读古书之人，一翻殆难索解。"① 而包天笑在开始进行翻译时，所使用的就已经是由文言向白话过渡的浅显文言，体现了他对言文一致的自觉追求。1901 年，包天笑创办《苏州白话报》，为晚清白话文运动推波助澜。该报连载了包天笑署名为"天笑生演"的《对清策》，由日本添田寿一著。在《苏州白话报简明章程》中，包天笑指出办报宗旨是为了"开通人家的智识""也教人容易懂"。各册首先有一篇白话论说，由包天笑和尤子青轮流执笔。还把其他报刊上的文言文新闻和少量西报的新闻转换成白话刊登。他认为国富民强必须开通民智，而开通民智，必须使人人通晓文字，而文言有碍于文字的普及。所以，为了用翻译小说进行教化启蒙，使用白话就是一件顺其自然的事情。在晚清翻译语言尚未固定，争论尚存的情况下，包天笑已经用浅近文言从事文学翻译，也意识到了中国语言变化的大趋势，并在日后的文学翻译实践中将译语更进一步地朝白话、通俗化的方向发展。1917 年，在他就任《小说画报》主编时明确地提倡白话文认为"小说以白话为正宗。""鄙人从事小说界十余寒暑矣。唯检点旧稿，翻译多而撰述少，文言多而俗话鲜，颇以为病也。盖文学进化之轨道，必由古语之文学变而为俗话之文学，中国先秦之文多用俗话，观于楚辞，墨、庄方言杂出，可为证也。"②

基于上述意识，包天笑的译语可以说是一种浅显优美的半文半白的过渡语言，他使用这种语言也是得心应手、纯熟轻灵，极富艺术表现力。以下面的译文为例：

"要是我们做了学部大臣时节，在这普通教育的学校里头，第一要把通常人所用不着的高等数学和那半通不通的英语授课时，割几分出来，一定要把那微

---

① 梁启超. 介绍新著. 新民丛报：第 1 号，光绪二十八年正月初一.

② 包天笑. 小说画报发刊词短引.

菌学和结核病有关系的讲议加进去……就是我们做了民政部大臣，也决不敢如此怠慢，至少总要设立几个结核病疗养所……传令地方长官，把那患结核病的人，定一个结核病监视法，像那吐痰的消毒等类，也要严重取缔。如今文明各国都定了沿路不许便溺的章程，要是谁范了这章程，使科罚金。怎么这个无责任的吐痰，随意乱吐，不加以重大的贵罚呢？咳！我想是惶恐人为万物之灵，真失却了他的价值。但是幸亏得他们这样的糊涂，我们从此倒可以高枕无忧了。"①

这段翻译中已经基本上找不到文言的影子。译笔流畅自然，毫不做作。而且在口语中不流于庸俗，谐趣中透着雅趣，虽然未必忠实于原文，但白话运用得非常成熟。

晚清译者的语言选择和变化轨迹，上承"小说界革命"的余续，下接"五四"新文化运动思潮，就语言传统和现代气息相贯通，改良和发展相结合，不仅直接促进了翻译文学和本土文学创作的大众化、娱乐化，更带动了域外文学中的异质元素在中国的传播和接受，更有利于中国文学自身的更新和发展。在中国文学的现代化转型的译语变革轨迹中，我们可以清晰地看到一代译者在为实现中国以文救国和更新传统文化方面所作出的努力。

---

① 包天笑. 结核菌物语. 小说时报，第 16 期，民国元年七月二十六日.

第五章

审美心理的"变相"分析

    晚清的文学审美心理发生转变，是对中国文学现代性发展所做出的自觉的审美反应。但这种转变和时事政治、社会环境密切相关，它的发生是其时的译者和读者对文学变革的心理呼应和配合，当然这种变化也是在条件成熟的情况下才逐步发生的。

第一节　转变的条件

一、主要诱因：现代文学意识的萌生

    翻译文学所激发的现代文学意识的萌生是该时期审美心理发生转变的主要诱因。中国文人的传统审美心理历经千年几无变化，有的仅仅是微调和整合。即便是在洋务运动期间，国人眼中的西方人还是"夷狄"。他们的"长技"仅在于工业技术而非其它。郭嵩焘的见解不同于当时的普遍认识，在 1876 年的游记中有如下表述："现代的夷狄，和从前不同；他们也有二千年的文明"①，但此举激起了满朝士大夫的公愤，甚至于直闹到奉旨毁版。可见当时的士大夫是"绝不承认欧美人除能制造能测量能驾驶能操练之外，更有其它学问"②。所以，

---

① 吴其昌．梁启超传．北京：百花文艺出版社，2004：17.
② 梁启超．饮冰室合集·文集·卷一．北京：中华书局，1994：65.

根深蒂固的传统审美心理在彼时的社会中不可能发生根本性的改变。洋务派引进西学仅强调实学，西方文学根本就未加以考虑。当然，这里面除了对西方文学有不屑之心理外，也有文学无法救国的观点在其中。洋务派中很多人都认为中国有比西方更优秀的文学传统，但却不能靠文学与西方抗衡，所以要 "师夷长技以制夷"。"实务之学" 才能救国。谭嗣同就认为："中外虎争，文无所用"①。王韬有言："其谈富之效者，则曰开矿也，铸币也，因土之宜，尽地之利，一若欲民而足国非此不可。至于学问一端，亦以为西人所尚化学、光学、重学、医学、植物之学，皆有专门名家，辨析毫芒，几若非此不足以言学，而凡一切文学词章无不悉废。"②

晚清是个祸事连连的时期，甲午战争对国人的刺激前所未有。再加上临近小国日本的成功经验使维新人士转变了对 "长技" 的态度。康有为首先承认："尝考泰西人所以富强，不在炮械军兵而在穷理劝学。③" 梁启超也认为："泰西之强，不在军兵炮械之末，而在其士人之学，新法之书。"④ 康梁等人此时的观点尚和文学关联不大，以西方典籍制度为主要目标。但西方制度和文化的引进必然会在中国传统思想文化阵地首先发难，并进而快速波及社会生活的各个方面。而文学部分又做出了最快的反应。小说就是在这种情形下被选作文学变革的开路先锋。1897 年，与康有为、梁启超、严复和夏曾佑一起将小说定格成 "使民开化" 的启蒙工具；1898 年，梁启超在日本自办《清议报》并发表《译印政治小说序》，仿效日本主张以 "小说" 新民。1899 年，梁启超又在《夏威夷游记》中明确要求文学师法欧美、日本，以欧洲启蒙思想来改造中国文学，后又提出 "诗界革命" 与 "文界革命" 的口号。至此文学首登救国救民的主战场。虽然小说也是作为启蒙工具出场，但这毕竟体现了中国文学对传统的首次突破，并为 1902 年启蒙文学潮流做好了前期准备。为现代文学意识的出场提供

---

① 蔡尚思，方行. 谭嗣同全集（增订本上册）. 北京：中华书局，1998：55.
② 范文澜，等编. 中国近代史资料丛刊·戊戌变法（第 1 册）. 上海：上海人民出版社，2000：148.
③ 康有为. 康有为全集（第二册）. 上海：上海古籍出版社，1990：95.
④ 梁启超. 饮冰室合集·文集（卷一）. 北京：中华书局，1994：64.

了准备。

现代文学意识借助于域外文学尤其是小说的输入得以突破传统文学意识，这在1898—1908年间表现的极为突出。其主要表征首先是带来了启蒙文学思潮的涌动。1902年中国第一个初具雏形的文学思潮——"启蒙主义文学思潮"出现。它和之前的启蒙完全不同，是一次全民总动员式的、全方位的启蒙。它被"小说界革命"引发、以"新小说"为代表。在启蒙的倡导下，西方各种文学思潮也传入我国，并带动了以后的中国式的文学思潮的产生。如带有"革命"气息的古典主义思潮中流露着中国刚觉醒的浓厚的民族意识；非功利的审美文学意识体现出不同于政治审美的纯文学思想；还有辛亥革命后融入中国市民生活的现代通俗文学思想等。而这一切均作用于晚清译者和读者的审美心态上，使他们发生了根本性的转变。

在中国以往的文学发展和变革中，文学更替更多发于形式和内容上，如先秦散文、汉赋、唐诗、宋词、元曲、明清小说等，均没有象晚清时期那样对传统持如此激烈的批判态度。它要脱出中国文化的发展范畴和体系，急于用西方的文学价值观念取代中国传统文学价值观。可以说传统文学发展至晚清从内容到形式都出现了衰落的迹象。洋务运动之后长达几十年对西方科技、文化体制的引进以及对域外文学的漠然说明了晚清社会对传统文学至少在社会功用上的不重视，而维新改良派对域外文学的大力推介则成为对传统文学的一个残酷的嘲弄，打破了中国文学长期以来在封闭体系内自得其乐、独自发展的状态，使得中国文学开始接纳、消化西方文学，更给中国域外文学的译者和读者提供了新的审美范式。虽然当时主流意识形态相当强盛，帝王将相、才子佳人、忠孝义悌、贞节妇道还充斥着国人的思想领域，晚清的译者们自身也未必能摆脱这些影响。所以他们在这种惯性的作用下，也会沿袭中国文化传统的老路，借助本土文化资源割裂文本的文化归属，对域外小说进行裁剪和改造，"削低他的鼻子，剐掉他的眼睛"，将这些作品也纳入了中国本土的接受语境和文化精神谱系中。"中国人关于世界的常识，向来极为浅窄，到了林先生辛勤的继续的介绍了150余部的欧美小说进来，于是一部分的知识阶级，才知道'他们'与'我们'

是同样的人，且明白了'中'与'西'原不是两个绝然相异的名词"① 郑振铎这段话是在说明"林译"小说对当时中国知识分子所产生的影响，也从侧面论证了来自异邦的文本毕竟也经受住了文化障碍的考验，在中国读者中进行了部分的而且是真实的传递，这些富有异质特色的信息帮助了中国读者对西方文化渐渐地接受和熟悉。在西方现代文学思想的感召下，中国文学也开始了对现代性的追求："晚清之得称现代，毕竟由于作者读者对'新'及'变'的追求与了解，不再能于单一的、本土的文化传承中解决。相对的，现代性的效应及意义，必得见著 19 世纪西方扩张主义后所形成的知识、技术及权力交流的网络中。"② 与之相应的晚清现代审美意识也在中国文学对世界文学的接纳中逐步形成。

二、社会条件：时代环境的变更

时代环境的变更是该时期翻译文学促进审美心理发生转变的社会条件。中国从来没有象此时那样文学和政治如此纠结不清。1902 年以前，文学尤其是小说并不很入社会改良人士的"法眼"，但至此以后，它却一跃而成"上乘"之物。这种改变不是一蹴而就的，时代环境的改变为它提供了社会基础。1898 年之前，在康、梁等维新派人士的大力宣传下，虽然人心还没有思变，尤其是士大夫之人仍以反对派、保守派居多，但国人已渐知中国体制的不足。之后维新变法的失败加剧了人们求变不成后的失望心理。1900 年义和团运动更给了摇摇欲坠的晚清社会沉重的打击。在全民危机感的冲击下，晚清的社会秩序动荡飘摇。在人们心中，传统人文价值观和信念受到西方思想的挑战，其正当性与权威性均受到撼动。以西方现代性思想为指导的求变心理在这时候却得到普遍的肯定。"人心奋发，积习之变，未有如今日之速者矣！"③ 上述转变还尚属有识之士的真知和自觉，真正让普通民众心理有意识地发生转变的是晚清政府对求

---

① 马晓东．似曾相识的姑娘——晚清译者笔下"茶花女"形象//孟华．中国文学中西方人形象．合肥：安徽教育出版社，2006：204—205.
② 王德威．想象中国的方法．北京：生活·读书·新知三联书店，1998：7.
③ 汪林茂．晚清文化史．北京：人民出版，2005：198.

新求变态度的转换。

变法维新的失败不仅让致力于社会改良的知识分子精英们就此改变救国的方法和思路，也让普通民众开始关注国家的变革方向。毕竟，维新变法中有高高在上的皇帝和清朝忠臣参与其中。中国传统的君臣思想让百姓服务、服从于皇权几成思维惯性。1901 年慈禧太后主持，在西安以光绪名义颁布了一道懿旨，对祖宗成法进行了猛烈的抨击，并承认中国目前的体制处于不利的积弱状态，要改变现状就应该师法欧美，所谓"法积则敝，法敝则更，惟归于强国利民而已"，"懿训以为取外国之长，乃可补中国之短。"① 从对改革进行无情的捕杀到公然主张体制改革和师法西方，慈禧太后的变化说明传统文化和体制对思想的控制无疑已经被大打折扣。以最高统治者的身份发出的向西方学习的公然号召，这在中国这样一个皇权至尊、权利崇拜的社会里，其反响无异于平地里炸响的轰雷。对西方现代思想的汲取也就此机会获得了正当的地位。在西方文化体系的参照下和晚清政府的推动下，社会变革已经成为知识阶层的自觉认识。新思想和西方文化也日渐进入寻常百姓的言语谈论中。"自义和团动乱以来，包括政府官员、知识界、绅士及商人阶级在内的人士，几乎普遍地确认，向西方学习是十分必要的，反对西式教育的人几乎不见了。"② 在这种境况下，梁启超借鉴欧美、日本启蒙文学主张，突破中国文学传统的壁垒才有可能应者云集了。也因此才产生了西方文化得以大量输入的文学景观并为文学审美提供了更多的现代知识和理念。晚清留学潮和国内废科举、兴办男女新式学堂、引进西学的举措，到 1902 年以后已经渐渐形成了一个接受西学成长起来的新知识群体。他们的知识储备和阅读水平对文学审美心理的现代转变而言都是比较成熟的。同时晚清政府所推行的改革让文人改变了其传统的出路，出现了中国最早的作家群。同时借助新兴传媒的力量，现代意义上的文学消费者也应运而生。对于晚清的

---

① 李扬帆. 走出晚清：涉外人物及中国的世界观念之研究. 北京：北京大学出版社，2005：339.

② 徐雪筠，等译编. 上海近代社会经济发展概况——海关十年报告译编. 上海：上海社会科学院出版社，1985. 转引自：论清末民初中国文学思潮的萌生. 漳州师范学院学报（哲学社会科学版），2009（4）：57.

文学翻译而言，这个具有现代文化交流意味的文学环境给译者和读者提供了文学新思想和文学审美转化的社会条件，使译者和读者突破共同的审美传统并形成新的审美心理成为可能。

第二节　从政治审美到诗学追求再到多元并存

一、政治审美

晚清的文学翻译是一次规模宏大的政治审美、道德审美和艺术审美相结合的工程。而 1898—1908 期间最显著的特点就是文学翻译审美心理由政治诗性转向多元。可以说 1902 年以前，国人对文学的审美传统尚未发生根本性的转变。因为当时虽然有梁启超等人对小说的功利性召唤，但文学整体上讲还是传统的，守旧的，文学翻译主要被归化处理了。对西方文学文本的审美心理还是偏重于对文本的体悟、体验和鉴赏，而较少理性的、思辨性的和逻辑性的。

世纪末中国对西学的引进已经让国人有了可以接触域外文学的机会，而且输入的西方小说也确实在国人中造成了不小的轰动。但这些还是以个案、散见的形式为主，并未形成整体性的审美体验。而且，即使是文学翻译，也往往是被译者归化了的文学译本在中国传播，文本表现形式从语言到叙事形式等没有很多突破和革新，给读者的感受基本上还是内容新颖的中国传统文学。中国文学经过几千年的经营，域外文学在译者主要成了中国文学传统的"陈陈相因"，有限的文学形式无法带来无限的变化，在严复等人的译本中，外国文学再次成为他们操练文字的竞技场。此时的译者即希望借西洋文学的输入带来中国风气的转变，又无法抛弃唐韵汉风的留恋，在这种若即若离的情绪中，所译之书基本融入了中国文学的传统因素。

依照中国的文学传统，小说在中国古代文人的心目中是君子不为的末技，浅薄之言的小道，虽然曾经体验过唐传奇、宋元白话小说和明清古典章回小说的繁荣，但总难成为大雅，所以才有很多世家贵族视之为鸩毒，禁止子弟阅读。

而小说的创作形式一直是世代层累形成固定套路，即使是《金瓶梅》《红楼梦》，能为人所津津乐道的主要是其艺术性和思想性的突出。小说创作从整体上讲是缺乏独创精神的。社会形态在不断变迁，但创作中积攒起的厚重的思维惯性束缚着文人的创作意识，使千年文学观念里的历史积习无法产生相应的改观。学者张大春认为①：中国叙事传统中有这样一个重要精神，即叙事资源的共有而分享。相同的叙事元素和套数可以在不同的文本中自由流动，但在此却没有所谓抄袭的谴责，没有著作权的问题，古代小说作者身份的模糊就是一个证明。所以，在对中国传统小说的审美阅读中，其体验是统一而缺乏个性的。作者的个性创作和读者的个性化阅读受到极大限制，同时也在千年的读写心理影响下形成了固定的审美传统。

　　不得不承认，中国的小说在1902年以前处境是十分尴尬的。在古代文笔不分、文史混杂。孔门四科中有德行、言语、政事和文学，但文学还仅仅是政治教化的文章之学。文学同学术的分离历程是从魏晋南北朝的文笔之辩开始的。但宏大的审美体验基本集中于诗文，这使得小说的发展空间受到挤压和制约，并因此影响着历代小说审美观念的构建和更新。即便是在近代，社会对小说的观念也没有脱离"小道"的影响，"文学者，以有文字著于竹帛，故谓之文；论其法式，谓之文学。凡文理、文字、文辞皆称文。言其采色发扬谓之彣，以作乐有阕，施之笔札谓之章。"② 1902年晚清政府依照日本大学的体制，颁布了《钦定京师大学堂章程》，其中共设置了七个科目，包括：政治、文学、格致、农业、工艺、商务、医术七科。在文学一科下细分经学、史学、理学、诸子学、掌故学、词章学、外国语言文字学。这种划分未见有文学观念上质的变化，小说依旧没有被纳入文学体系。

　　1902年梁启超倡导"小说界革命"之后，一种非常强势的文化政治空间让文学和政治紧密互动，配合登场。"小说"作为工具地位大大提升，其结果就是带来了小说形式和内容上的独创能力。在前期维新派人士的主张和域外文学的

---

① 张大春. 我所承继的中国叙事学传统. 转引自：王增宝. 狂人日记——实为拙作！. 福建师范大学学报（哲学社会科学版），2010（5）：64.
② 章太炎. 国故论衡. 上海：上海古籍出版社，2003：49.

刺激下，文学内部尤其是小说的变革由之前的蠢蠢欲动成为突进式发展救世神话，这其中最引人注目的是时代赋予小说身上的附加值而非小说本身的艺术价值。在动荡不安、内困外患的晚清社会，新小说家从政治出发，承接了传统的实用理念并结合时事对小说的创作进行了应对性引导。在天时、地利、人和的情状下，政治小说立刻成为改造时弊先锋，其内容中流露出热烈的政治参与意识、扭转衰败的补天情结。在梁启超倡导政治小说后，文学翻译的总体取向也是政治的，并在短短几年内日本的政治小说形成泛滥之势就是其有力的证明。政治信仰其实变成了强烈的审美情感倾向。在由政治想象力所造就域外文学引进风潮中，政治审美成为有些盲目但又势不可挡的时代现实。不过之所以有如此之势，也是因为危机时期译者和读者双双在政治伦理与个体审美之间没有形成很大的冲突，国家和全民意志下的政治审美化问题，已经被国人自觉地"内化"成为一种内心自觉的集体意识和信念。在这种力量的推动下，文学翻译带着政治审美的趣味向前行进。只不过政治审美体验并没有形成长期的惯性力量，在几年之后国人的审美心理就发生了多元的变迁。

二、诗学追求

文学翻译中多裹挟的艺术品格让审美体验最终有了诗学追求。在政治小说风行时期，译者和读者个体的独特美学感知在这种形式下是孤立无援和微不足道的。但域外文学输入时，并不会单纯地传入政治理念、救国之道。随着译本的传播，译本中所携带的其他的艺术特质也在悄然征服着中国的译者和读者。其中最大的受益者就是小说的创作。借此机缘，它从经史的依附下解脱出来，开始形成独立的文学品格，获得了独创能力。

晚清的域外政治小说的引进在中国文学观和审美心理的建构方面意义特殊，它不仅为小说这一重要的文学样式提供了感性的认识，而且促进了中国传统的小说杂文学品质向独立艺术品质的转换。"小说界革命"的倡导者并没有否定小说的杂文学观念，而且在经营小说艺术时诗学才气不足，激情铿锵有余。但域外小说本身所具有的西方各种思想、艺术气质和有别于中国文学传统的叙事视角弥补了上述的缺憾，让饱受兴观群怨观念纠缠的中国小说有了学习、参照的摹本并在日后找到了创作的突破口。本来利用域外小说开通转变国人风气、灌输传递西方知识，这是域外文学在晚清所承担的普遍的社会期待，也体现了国人相当普遍的西方社会想象。这是维新改良利用小说进行全民启蒙的现实需要，应该是具有相当广阔的生存空间的。但过于浓厚的实用色彩和译者太过明显的政治导读，让翻译文学得以消解小说的审美艺术价值，其代价是政治小说在域外小说的参照下很快就风光不再。小说的创作也越来越追求自我社会理念和文人情趣的发扬。人们的审美体验也从政治的转向了艺术的或通俗的。

在异域小说以政治小说的面貌输入中国的过程中，并没有多少译者或作者急于认识小说的本质，本土选择的目的性太过明显，文学名著甚少，通俗小说涉猎甚多并强套政治外衣，这损害了小说的文学审美特质。吕思勉在《小说丛话》中这样表述他的不满："近今有一等人，于文学及智识之本质，全未明晓，而专好开通风气、输入智识等空论。于是论小说，则必主张科学小说、家庭小说，而排斥神怪小说、写情小说等；言戏剧，则必崇尚新剧，而排斥旧时之歌剧。而一考之所著之小说，所编之戏剧，则支离灭裂，干燥无味，毫无文学上之价值，非唯不美，恶又甚焉。"① 文以载道的传统观念已经成为文人创作时的惯性思维，负载了历代知识精英的历史良心和期待，但却也相对掩盖了对多种艺术元素的追求。所以政治小说过于嘈杂的喧嚣和国家命运的起落沉浮让很多人对此产生了审美疲劳和心神疲惫。1905 年以后，在时间流转中有一批文人开始希望借能够远离功利、涵养神思的作品来让心灵在这个纷乱困苦的年代得到安宁和寄托。在林林总总的论述中，小说的艺术性日趋被看重，小说的独立性也借此体现出来。虽然当时人们对小说的改良功效并不否认，但对小说本质认识的偏差已经显现了出来。审美体验更注重艺术特质这实际上是一种非工具论小说观的体现，是对政治小说过于偏重宣传功利反拨。还是在 1905 年，王国维在其《论哲学家与美学家之天职》作出了如下表述："甚至戏曲小说之纯文学亦往往以惩劝为旨，其有纯粹美术上之目的者，世非惟不知贵，且加贬焉。于哲

---

① 吕思勉. 小说丛话//陈平原，夏晓虹. 二十世纪中国小说理论资料：第一卷. 北京：北京大学出版社，1997：450.

学则如彼，于美术则如此，岂独世人不具眼之罪哉，抑亦哲学家美术家自忘其神圣之位置与独立之价值，而蒽然听命于众故也。"① 针对政治功利性在中国小说的创作和西洋小说的引进中大行其道的现状，王国维指出文学不应依附于功利，而应有艺术自律能力："《桃花扇》之解脱，他律的也；《红楼梦》之解脱，自律的也。且《桃花扇》之作者，但借侯、李之事，以写故国之戚，而非以描写人生为事。故《桃花扇》，政治的也，国民的也，历史的也；《红楼梦》，哲学的也，宇宙的也，文学的也。"② 也就是说，《红楼梦》在王国维的眼中是非功利性的，是作者将生命的体验上升到文学的艺术审美层次进行叙事的。是年，政治小说的影响犹在，王国维却能借康德、叔本华的哲学思维，指出小说自有独立的艺术特点，显露其理论先觉的学者风采。1908 年，周作人更明确文学功利观的敝处："夫文章者，国民精神之所寄也。精神而盛，文章固即以发皇，精神而衰，文章亦足以补救。故文章虽非实用，而有远功者也。第吾国数千年来一统于儒，思想拘囚，文章委顿，趣势所兆，邻于衰亡，而实利所归，一人而已"③。这种反叛性的主张实际上体现了晚清审美文学观的转变，就是要赋予文学以独立的本体地位。此时域外文学的输入也不再进行遮遮掩掩的政治导读了，译者不再给科幻、言情、侦探等小说穿上政治外套，让他们以本来面目参与了中国文学新秩序的构建，为中国文学的审美体验提供了新的发生场地。在主张小说艺术审美特质的论述中，黄人明确指出"小说者，文学之倾于美的方面之一种也"④，将小说的特质定位于艺术性上。徐念慈认为小说的美在于合乎理性的自然、个性、审美快感、形象性、和理想化，这将小说审美本质又向前推进了一步，并使小说读者可以脱离史学、经学的阅读感受，产生文学艺术上的审美体验。管达如认为："小说者，文学的，而非科学的、历史的也，诚不能责之

---

① 王国维. 王国维遗书：第五册. 上海：上海古籍书店，1983：102.
② 王国维. 王国维遗书：第五册. 上海：上海古籍书店，1983：49、50.
③ 周作人. 论文章之意义暨其使命因及中国近时论文之失. 邬国平，黄霖. 中国文论选近代卷：下册. 南京：江苏文艺出版社，1996：714.
④ 黄人. 小说林发刊词//阿英. 晚清文学丛钞：小说戏曲研究卷. 北京：中华书局，1960：160.

以叙述实事。"① 这更明确了小说并不是生来就要承担政治教化功能的。而域外文学对中国文学在此时的构建价值在于政治小说、理想小说、科幻小说、侦探小说和冒险小说等译本中纪虚的创作让文学消费过程中渐渐消解了传统文人好为经书作注、求信求真的潜在心理,不再以文史的脉络来品读小说,并最终帮助中国小说创作突破史学、经学和道学的影响而具备独立意识。虽然此时的历史小说、社会小说、家庭小说等在类型上尚需归属于写实并占有相当的比例,文本中虚实结合已经开始替代信实原则。按照现代美学观点,这是对生活现实的超越,是审美领悟的进步。

晚清翻译文学的审美追求主要体现在有关的译论之中,最引人注目的是"直译"和"意译"之争。在晚清,翻译尚未形成学科意识。所以翻译策略和翻译题材的译介主张是混为一谈的。翻译的实用性是翻译的首要任务。林则徐被范文澜成为近代中国"开眼看世界的第一人"。他没有提出过具体的翻译主张,但他最早提出了"师夷长技以制夷"的思想。魏源则在其《海国图志》中对此进行了详解的阐述。所以,翻译救国论的源头应该就在这二人身上。林则徐的学生冯桂芬有过很多对翻译问题的译论,在认同翻译的重要性的同时还提出了翻译人才的重要性问题。洋务派的翻译主张主要以服务于洋务运动为主,骨子里也有维护旧法意愿。认为要"戒袭用外国无谓名词,以存国文,端士

---

① 管达如.说小说//陈平原,夏晓虹.二十世纪中国小说理论资料:第一卷.北京:北京大学出版社,1997:410.

风①"。傅兰雅②的译论主要围绕科技文献的翻译。他认为译本中尽量用"华文已有之名","若华文无此名就设立新名。"而且还要做"中西名目字汇"。傅兰雅还认为中国"必将靠翻译西方进步有用之书而获得新生与进步"。历史事实证明了他的高见。马建忠的《马氏文通》是我国第一部进行中西语言比较的语言学专著。他的译论主张是"善译",这和现代等值翻译理论相类似。认为译本应该和原文本在意思上无一毫之出入。这实际上是从翻译技术层面首次提出了翻译的最高境界。康有为根据时政的需要第一个提出翻译要有轻重缓急,并认为翻译日本书籍是最便利快捷的。梁启超也强调"欲求知彼,首在译书"。在《译印政治小说序》中,首提"政治小说"的概念并主张大量翻译此类小说来进行社会改良。严复提出了信达雅理论,从其理论的表述顺序来看,他认为翻译要首先求其信,而后主达。雅在他那里更多的是指文言。严复还主张在翻译时"达旨",这实际上是意译的另一种表述。林纾认为,翻译的目的是"开民智",并且强调应该投入真情实感来进行翻译。此外,林纾是第一个对中西方语言的表述差异进行比较的人。此后,张元济在提倡翻译西方文献的同时,提醒国人注意"勿以洋文为常课"。他也反对"直译",认为太过死板,自欺欺人。不

---

① 陈福康.中国译学理论史稿.上海:上海外语教育出版社,1992:70.

② 上海古籍出版社影印出版了《清末时新小说集》（全十四册）,这是由傅兰雅举办的"新小说"竞赛后所收集的参赛作品集,征文针对"三弊"——鸦片、时文和缠足提出救治良方。傅兰雅邀请了沈毓桂、王韬、蔡尔康等知名人士参与评选作品,有 20 名参赛者获奖。据称作品中包括了由学生们写的短短几页的文章到由乡村塾师写的长达数卷的感人故事,其中不乏颇具水平的小说和诗文作品,有些字体精美,还附有插图。这一批小说也可以被认为是现代小说的源头和前奏,比之梁启超《新小说》的出版还早了 7 年。学界认为,它的公开出版将改写中国近现代小说真正起源的历史。学界专家认为,这批"新小说"在一定程度上具备了梁启超"新小说"的针砭时弊、改良社会的特点,它们摆脱了旧小说的模式,很可能这批"新小说"直接影响了梁氏。而傅兰雅的"新小说"与梁启超的"新小说"最大的不同在于其稿件来源多取之普通百姓。傅兰雅当时除嘉奖获奖者,还允诺将集结出版。可惜的是,应征参赛的 162 篇稿件由于种种原因,没有一篇得以发表。其后很长时间,大多数学者都认为这些作品已经失传,其影响力也由于久未见文而尘封于历史。据悉,2006 年 11 月 22 日,美国加州大学柏克莱分校东亚图书馆在图书馆新馆落成搬迁时,在一间堆满书刊杂物的储藏室里,无意间在两个尘封已久的纸箱中找到了这批失落的原始手稿。馆方对此极为重视,立即与上海古籍出版社联系出版事宜。为了保护历史文献的完整和真实性,所有被发现的原稿全部收入,不做任何删节,原文影印出版,忠实反映作品的原貌。

过，他所谓的"直译"是指译本的语言表现要柔和一些，而非强调对原著的忠实。在这个时期，蔡元培、高凤谦和罗振玉也提出过一些类似的翻译理论，不过均是围绕翻译的社会功用进行的，一直到王国维那里，中国翻译文学的理论主张才真正体现出了美学上的追求。

不过，这种几近纯文学的主张并没有在政治小说失宠之后就独行天下，小说的功利主义和唯美表现就此一直是纠结前行（这在中国文学领域里似乎已经成为一个独特的传统。从五四的左翼文学、抗战时期的革命文学、文革时期的"红色政治"文学、改革初期的"改革文学"、20 世纪 90 年代的反腐官场文学等，文学创作和政治结缘同行几乎没有停止过），这对中国文学的转型而言未尝不是好事。理性和感性在小说中或二元对立，或厚此薄彼，这种纷争实际上是促进了小说美学的发展，不但让其文类告别卑体地位、冲破旧形式的束缚、承担宣扬理性精神的任务，而且还帮助小说越来越具备诗性的崇高。传承久远的功利小说观，其实用原则的规约里体现了对生活现实的犀利剖析，自有存在的合理性。但过分承载政治或伦理道德的内容却容易钳制小说的虚构能事并损害读者对小说的审美感受，最终容易使小说回归复数文类的老路；而一味强调小说艺术性的纯文学观又容易在凸显小说的独立艺术价值的同时使小说失去生活的根基而陷入虚无的艺术审美之中。晚清的审美体验就这样在功利和艺术的矛盾纠缠中呈现出了多元的样态。将功利性和艺术性完美结合的代表是鲁迅先生。他的小说中承载着中国痛苦的历史和沉重的国民苦难，但他同时也非常重视作品的艺术性："由纯文学上言之，则以一切美术之本质，皆在使观听之人，为之兴感愉悦，文章为美术之一，质当亦然。"① 论的是诗歌，但小说等其他艺术形式同样如此。"文章为美术之一"是艺术审美经验的确切表达，是强调文学创作不能画地为牢偏囿于政治的陷阱；但艺术超越功利并不代表要排除社会担当，否则文学的独立品质又会变成镜花水月。

三、俗化倾向

在政治审美的现实取向和文学审美的艺术取向中，借助翻译文学、传媒和

---

① 鲁迅. 摩罗诗力说//鲁迅全集：第一卷. 北京：人民文学出版社，1981：71.

本土文人的力量又衍生出娱乐取向的通俗审美体验。这种审美体验的萌动更多地根植于市民文化土壤中，给读者提供的是更现实的生活情趣和更刺激的世人感官体验。它的审美特质明显不同于政治审美和艺术审美。"如果纯文学的作家型的小说要求真正阅读（思考），在整个阅读过程结束之后，那么市民小说则要求在阅读过程之中。"① 政治小说和讲求艺术性的小说并不排除一定的娱乐需求和现实取向，尤其是政治小说，之所以以小说启蒙，就是看中了它与生俱来的大众化色彩。但前者有着沉重的话题，要有对社会现实的深层发掘和揭示。后者是一种诗性浓厚的小说，侧重审美愉悦的铸造。但对广大文识水平不高的市民阶层而言，通俗小说的审美体验更符合口味。

晚清社会商业化程度的快速加剧，尤其在西方文化的刺激下，以往的价值判断尺度受到更严峻的挑战，于传统伦理道德格格不入的或曰解放或曰堕落的思想造成了清末民初喧哗中的浮躁和失落。但在这纷繁多变的时期，民众与文学却并没有两厢遗忘，开始执手相看。改革家门苦心经营的政治小说越来越被边缘化，被他们执着借鉴的域外文学没有将政治立场坚持到修成正果。被政治面具所遮蔽的、域外小说中的、观照广大平民的、娱乐消遣性审美趣味开始伺机而动。在文学的翻译和创作中，表现出了并不十分理智的平民意识。说其有平民意识，是因为这种娱乐化倾向迎合了广大平民的审美趣味，拉近了文学与民众的距离，一些比较优秀的作品在满足了平民阶层对文学娱乐功能的需求的同时也有着雅俗互融的不俗表现。说其并不十分理智是因为这种创作倾向中也产生出了不少低俗的文学垃圾，良莠不齐、鱼目混珠。但不管怎么讲，晚清文学审美中出现的通俗化倾向和中国文学传统的通俗化有着本质的不同，它在文学的殿堂为普通民众找到了逃离现实、摆脱焦虑或情感宣泄的大门。科幻小说、侦探小说、寓言故事甚至是儿童文学中的平民娱乐功能让文本文学创作也在悄然发生流转，它也首次以文学的眼光观照俗众的生活，在媒体的催化作用下，对市井生活进行艺术的表述。在清末民初意识形态的相对宽松情况下，各类人等对文学都进行着多方位的探讨，对待通俗文学的态度也体现得比较洒脱，理

---

① 宁宗一. 中国小说学通论. 合肥：安徽教育出版社，1995：11.

解的、宽容的和声讨的、抗拒的并存而没有激烈对抗。五四以后出于革命的需要才将反对变成了批判。娱乐性的文学的主要突破是以一种潮流或群体性的形式将市井心态中的人生理念和社会图景在作品中艺术地展示出来，而不是个案性的发生或在其他大背景下作为小的衬托而出现。它的最直观的效果就是在读者群体上拥有绝对的数量上的优势，因为它迎合了小市民的阅读趣味，它圈定了读者理解之可能性就是消遣的、娱乐的。因为对于这些小市民而言，他们以极大的数量参与了社会阶层的构成，但这种参与却和思想层面关联不大，这个阶层中很难发现团体共同的理想、信念、精神，个体市民都生而具有个人的自由化倾向。大众之数量让他们成为都市社会的主体，但也仅能表明他们在都市社会人群中所占比重之大。小市民之秉性也注定了他们的思想中心并不会慷慨激昂，放眼天下。在他们的眼中，国家大事是谈论的对象，而未必是生计大业。在他们的思想中，更关注的是作为个体的自身在社会生活中要怎样奔波、如何抵抗。而这种关注从古至今一直就有，一直就是绝大多数的、群体性的，它已经是一种成熟的、特殊的人文精神。但令人遗憾的是在此前的中国传统文学中，从来就没有人为这种精神在文学的殿堂中营造一个家园，让它有所依托。

晚清的社会动荡并未带给能让广大民众对巨大的社会变化进行思考，否则维新派也没有启蒙民众的必要了，而且人们也没有因为社会的巨变而使生活多了机会并借机尝试改变。到1905年以后，和思想精英们各自思潮、主义热情泛滥相反，民众的政治热情逐渐退潮，他们并不希望本已动荡的社会中再出现什么大的变革来干扰他们一直努力维持的平静生活。从这点上讲，他们往往是被动地卷入生活的大潮的，所以他们也只能无可奈何地适应社会。他们不是维系社会健康的中坚力量，只有社会大环境的动荡和他们力图确保个人生活的稳妥之间构成矛盾，影响了他们的生计，他们才会产生精神焦虑和惶恐。这种惶恐和有良知的知识分子考虑国家危难、民族大业并拯救国运的焦虑一样，也要有宣泄的渠道。他们也需要找到一个精神领地，在那里有对他们现有生活状态的肯定；有对都市平民日常生活世俗性和平庸性的描述；有可以平衡生活中的不平、不公的支点，这些可以让他们消除现实的惶恐和不安定的状况。翻译文学中相对较轻松的各种文学题材、可以轻易得到的出版物和参与写作的无法登科的文人为他们提供了这个精神领地，通俗小说对市场的占领填补了市民阶层精神空白。虽然在"大义面前"市民阶层比知识界精英显得滞后、保守，其审美要求更多的体现在逃脱生活焦虑方面，但这也反映出民间生态中娱乐精神的顽强性和强大的自我调适性，而且这种娱乐精神也并不缺乏人的良心和善意，我们从 1905 年后的具有娱乐倾向的作品中可以看到很多符合人类共通的伦理道德、微言大义的情节。社会政治变动所造成的社会大环境的动荡起起伏伏，有时甚至是恐怖和令人窒息的，但人们从生活里寻找娱乐的愿望却反弹甚深。所以，晚清俗文学的发展表明了文学创作对读者在文学世界里期待的关注。虽然这种关注中有对个体市民不高审美情趣的迁就，但很多优秀的作品包括发展成后来的鸳鸯蝴蝶派的文学作品，将创作的视角首次投向市民百姓的琐屑生活状况方面，模拟出他们日常生活的具体形态，表现出了文学首次对普通人的精神世界的关怀，这也是中国文学传统的有益突破。在一个没有个性意识，没有主体见解的时代，这种文学也是具有先锋色彩的。翻译文学在无心插柳的社会功用中，开天辟地地将为中国百姓首次构筑一个文学殿堂，这个功绩更应引起研究者的关注。小说界在题材上的俗话倾向带来了审美上的娱乐体验，坦言讲，这一派文人并没有自觉地将文学翻译和创作主题向普遍与真实的人性方向发展，将大量的通俗题材的西洋小说进行翻译并将都市生活原生态移植进文学作品也许有利益的趋势因素，这也是它常被忽视与质疑的原因之一。可问题是商业机制的运作虽然容易意味着向市民趣味的屈服，但如果没有反映都市日常生活倾向的文学作品先行出版并符合市民的期待视野，如果没有读者接受和需求的推动，就不会形成通俗小说的接受高潮，晚清的这种娱乐化创作倾向是无论如何也无法形成并固定下来的，更谈不上文学对平民精神生活的群体性关注的开始。康有为希望小说能："庶俾四万万国民，茶余睡醒用戏谑"。他的教化启蒙的目的没有达到，但小说的娱乐功能却正打歪着发挥作用了。

晚清时期，虽然封建帝国的大厦已经摇摇欲坠，但依旧是临死而不僵。民众的封建意识还很深。在新型媒体的促进下，他们对域外人伦风俗的阅览更多地是出于猎奇和览胜。虽然知识精英认为翻译小说"与吾国政教风俗绝不相关",不能"动吾之感情①",所以译者"凡删者删之,益者益之,务使合于我国民之思想习惯,大致则仍其旧"②,但其结果却如周作人所言:"原希望纠正若干旧来的谬想,岂知反被旧思想同化去了。所以译了《迦茵小传》,当泰西《非烟传》《红楼梦》看;译了《鬼山狼侠传》,当泰西《虬髯客传》《七侠五义》看"③。这种俗化带来了更多的侦探小说、伦理小说和科幻小说的输入并产生了日后的狎邪、言情和传奇等小说题材。梁启超后来也对这种裂差有所警觉,"壬寅癸卯间,译述之业特盛;定期出版之杂志不下数十种,日本每一新书出,译者动数十家;新思想之输入,如火如荼矣。然皆所谓'梁启超式'的输入,无组织,无选择,本末不具,派别不明,为一多为贵。而社会亦欢迎之;盖如久处灾区之民,草根木皮,冻雀腐鼠,罔不甘之,朵颐大嚼;其能消化与否不问,能无召病与否更不问也"④ 翻译主张与翻译实践没有达成一致,翻译事与愿违地背离了他曾经预想的道路。这种俗化倾向也促使译者再没必要对西方小说打动裁剪,翻译策略也从内容的增增减减开始讲求照本全译。虽然这种情况在当时还属个案,不能说晚清译者的翻译策略自此有了根本性的转变,但毕竟在种种大环境的影响下有了这样的苗头出现。

　　在晚清,中国小说观念的现代化演进中充满着变革热情。有了异域文学所提供的丰富参照和异域小说中新思维的带动,本土小说的创作势头强劲,其创作传统也出现了巨大的革新。在域外和本土小说的共同作用下,小说从边缘化状态在不长的时间内就上升为文学的主流,扩大了发展的空间。更为重要的是,译者和作者的交错身份带来了译本和原创文本的多重审美体验,"中国大多数现代作家(不仅仅是革命作家)都不是为艺术而艺术的纯文学家,不少作家都同时兼有革命家、思想家和作家,或者学者和作家,或者革命家、学者、作家三者合一的品格,他们的政治活动、学术活动、文学活动往往纠结为一体,哲学、

---

① 单正平.晚清民族主义与文学转型.北京:人民出版社,2006:226.
② 胡翠娥.文学翻译与文化参与——晚清小说翻译的文化研究.上海:上海外语教育出版社,2007:99.
③ 单正平.晚清民族主义与文学转型.北京:人民出版社,2006:226.
④ 夏晓虹.误译误读与正解正果——批茶女士与斯托夫人//孟华.中国文学中西方人形象.合肥:安徽教育出版社,2006:42.

政治学、伦理学、历史学，对于文学的渗透是一个普遍的现象。"① 这些人多角度的审美感知通过译作或创作，借助于传媒的力量向中国的广大读者进行传递，改变了国人的审美传统，丰富了他们的审美体验，在阅读中逐步摆脱教化的政治导言的影响，趋向多元、多角度地进行艺术感知。

第三节　再论晚清文学"俗化"的价值

人们在论述通俗文学时，往往将目光首先投射于民初的通俗文学创作上。这和"鸳鸯蝴蝶派"在民初形成创作高潮有关。但晚清文学翻译和文学创作中所体现出的"俗化"倾向也是非常有研究价值的，因为在这种"俗化"中，反映出了一种人文关怀——中国文学第一次群体性地对市井百态进行打量，第一次在文学的殿堂为俗众百姓开辟了一个寄托心灵的场所。这和中国古代文学的人文关怀不同，这种关怀没有了文人的居高临下，也不仅仅是悲天悯人。而是在犬马声色中真实描摹普通人的生活百态。从这个意义上讲，晚清文学中的"俗化"倾向也是具有开拓意义的。

从强调"政治审美"到出现"艺术审美"再到"俗化审美"，这种转变不仅仅是由创作共同体的思想范式发生转变而直接确定审美体验的转向，也不仅仅是叙事方法变革所带来的审美更替。晚清各种审美体验的纠结前行和发生的意识转变也是事出有因的，他们有着共同的转换基础。这种变革应该归因于域外文学的引进，二者有着割舍不断的联系。由域外文学所引发的文学经验的改变，潜移默化隐藏了很长一段时间，这段时间文人的创作理念和心态均发生了现代转型，他们在意识到西方别样的叙述方式后，西洋经验就迅速在本土演变为创作经验模式和文本叙事模式，乃至最后形成了具有现代色彩的思想范式。政治小说确定了现代小说的基本叙事方式，之后的各类题材的小说创作在西方模式的借鉴下，不管是出于艺术的、还是出于世俗的，叙事套路日趋圆熟。到了"鸳蝴派"时期，文

---

① 钱理群，等. 中国现代文学三十年. 上海：上海文艺出版社，1987：14.

本中所酝酿的迷醉高潮里，叙述方式已经比较老道了，而晚清俗化文学的意义就在于和其他文学形态一样是同构共生的中国现代文学的发生。本节的讨论就是要在晚清纷乱的，"俗化"小说和其他形态的文学的复杂关系中抓住世俗文学也切合了历史需要的线头，并将它引导入中国文学现代转型的建构中。

一、各种文学关系中的"俗化"文学

晚清中国社会发生巨大变化让翻译文学成为文学转型的推动力。它给中国文学所带来的最深刻方晦的表现是审美主体和审美情感态度有了转变。中国文学的审美感受主体从小范围的个体（社会知识阶层或士大夫阶层）转向大规模的群体（都市百姓为主）；中国文学的创造关注则从社会的、集体（社会伦理政治为主要表现内容）的转向个人的、个体的（开始关注小人物的阅读趣味和生存状况）。1898—1908年的文学实践不仅仅是形式的变更，更是对人们的情感变动所做出的最尖锐和及时的文化反应。艺术形式本身凝聚着现代转型的象征意义，而且它所涉及和拓展的主题变化、所描写的从政治伦理的转向都市生活的内容，直接包含了晚清社会思想转型中的种种痛楚、矛盾、混乱、复杂和探索。

文学创作的俗化倾向是这种审美主体变化的最主要建构者，此类作品中表达了一系列的市井人生，普通人的心灵苦难，时运际遇，愿望寄托，价值取向等，比中国传统文学更灵动地表达了晚清社会的市井生活。有相当一部分作品因为俗化得过头儿变成伦理道德无法控制的怪胎，不过这并没有让晚清和民初时期此类题材全部变得无法克制规范、缺乏文学应有的体面，而且其极广的社会接受面却从反面例证了俗化文学的社会价值。"俗化"的限度在哪里，伦理道德在社会权利失控的时期由谁来制约呢？对这些问题的追问和回答无法绕开俗化文学和晚清其他文学在此时段的相伴而生现象，而且这种文学还成为大量都市普通民众自然而然流露的日常愿望，具有极强的蛊惑人心的力量。

所以，晚清的俗化文学实际上是以知识分子为主体的"思想启蒙"运动的环节中最贴近民众的一环。晚清的思想启蒙引发了中国现代社会的思想意识的深刻变化。这种变化之所以能全方位地发生，除它塑造了一代非同凡响的知识分子的精神气质外，还在某种程度上唤醒了一代民众。所谓"唤醒民众"也就是让更多的百姓认同晚清知识分子所推行的价值观念，产生认同的途径有呼吁和号召，有激进媒体和流行期刊的引导和指点，更有翻译文学的潜移默化的影响。后者将现代性体验默默植入民众生活中并带动他们进行自发而强大的创造性模仿，最终衍变成新的生活方式和文学上的审美体验。

从这个意义上讲晚清的翻译文学、启蒙文学和俗化文学实际上在中国文学现代转型中是同构共生的，在柴米油盐中进行传统的、历史的或革命的、启蒙的思索没有人理睬，域外文学所提供的迥异于中国传统伦理道德的内容助长了人们对背离封建伦理道德禁区的兴趣。读者文化心态的改变并非突然而至，域外小说让中国传统禁忌在遭受冲击后，禁忌的解除也愈来愈不可抗拒并变成一种巨大的文学上的诱惑和怂恿。在俗化文学中，新的笔法和新的主题使突破禁忌的色彩变得越来越强烈。这在一定程度上正反映了思想启蒙和转型的结果，如果没有俗众的思想变化，何来社会的整体转型？也可以这样讲，域外文学所具有的那种对道德和伦理等文化意识形态的冲击力，切合了千年文明压抑下的中国人的逆反心理，这才使俗文学在晚清得以大行其道。

在整个文学系统中，大众文学是亚系统，也有人愿意将其称为俗文学或平民文学。相对于另一文学亚系统精英文学而言，它从来就没有占据过主要地位，而且还往往称为众矢之的。顾名思义，"大众"二字也表明了两个事实：一是它的受众是普通市民百姓；二是它的受众范围十分广泛。在晚清的这十年中，大众与精英、粗与文、俗与雅处于一种既相互对峙又互动互融的状态。大众文学中的优秀文学品格在历史的发展中也可能转化为精英文学。与先锋、精英和立意创新的走向不同，它的价值和审美取向是世俗化、平民化的。反映市井生活，抒发平民情感使他经常能在意想不到的时候深受大众喜爱。不能否认，清末民初的大众文学的取向是世俗为主的，但它的世俗中既有历史、人文的积淀，又与整个时代的审美取向有着相当的一致性。

晚清时期，在文化领域虽然还看不到有革命性的变化发生，但精英人士所引领的思想意识、文学审美和文化生活领域内的变革已经发生。热闹归热闹，不管是新型知识分子想要用文学作为社会变革，改造国民的工具，还是追求文学对立审美价值的追求，似乎在此时还和芸芸大众无关，通俗文学才是受众最多的文学形式。它的热闹登场。同时还引发了对它的持久的论争和批判。不管怎么说，在民众阅读体验中，通俗文学真正得势已是不争的事实。

二、新兴传媒："俗化文学"的催化剂

在清末民初，科举制度的取消，文言古诗威风不再，主流文体变成了小说。报业的发展带来了文学副刊及文学刊物的涌现，这是俗化文学可以传播的物质基础，民众可以很方便地获取通俗文学读物。①

偏高的售价的负面影响是很严重的。清中期以前，文学的传播途径是两条：其一是直接购买或租赁读本。第二是通过听书、看戏等曲艺形式。购买读本的读者必须具备相当的识字能力，其社会身份当然也主要为商贾官宦和其子弟及部分知识分子等。曲艺传播的对象，则以"村哥里妇""儿童妇女"为主，他们一般都没有能力直接阅读通俗小说文本。所以直接的后果是，首先，通俗文学不可能具有现代意义的大规模传播。其次，通俗文学不可能象清末民初那样形成规模和气候，平民阶层承受不起这样的消费。

到了晚清和民初时期，这一状况大为改观。报业的发展除了让政论文体得以推广，还让娱乐文体获得了大繁荣。"为了使他们的事业得到更大的普及，这

---

① 资料显示清代中前期，阅读通俗小说的所花费的成本还是很高的。清吕抚《廿四史通俗演义》第四十二回记载：其历经十个寒暑才得以编成长达二百四十二卷、六百五十回的《廿四史通俗演义》。"早欲将是书问世，以工价繁重，未能也。藏之筒筐者几三十年"，为了节约成本，吕抚改雕板印刷为自制泥活字印刷。可成本还是很高。"计其刷印纸张之费，非二金不能成一部"。这引来了他的无限感叹："此富人书也，非通俗也"。川毛庆臻《一亭考古杂记》也有类似记载"乾隆八百旬盛典后，京板《红楼梦》流行江浙，每部数十金。至翻印日多，低者不及二两"。朝鲜李圭景《五洲衍文长笺散稿》卷七"小说辩证说"中记载：乾隆四十年时，朝鲜永城副尉申绥委托来华的"首释"李湛购买《金瓶梅》小说，全套售价高达银二十两。"一册直银一两，凡二十册"。这种高代价的阅读成本持续的时间也是相当长的，整个明清时期通俗小说的购买力都不是特别强。读者身份也因此受到了限制。商贾、官宦包括其子弟和具备一定经济能力的知识分子成为主要读者群体。这些读者也多集中于经济发达的如吴中、徽州、山西、广东等地。民国著名书商孙殿起《琉璃厂小志》引张涵锐《北京琉璃厂书肆逸乘》云"山西各县，为小说戏曲书籍之出品地，盖清时各县贾人多业银号，豪于财，购书亦多精品及其家落，子弟不知重视，廉值出卖，故厂肆书贾多往求之。民国十年左右，有张修德者曾购得《金瓶梅词话》，介文友堂以现金八百元售与北京图书馆"，这也是一证。

些报刊在经营过程中大都发表一些笔锋犀利的新闻条目，同时还发表诗歌和有娱乐性质的文章，这些内容后来移到一个专门的"副刊"中去。由于对这些附属性内容的社会需要不断增长，于是这一内容得到扩充，并且作为独立的杂志单独出版。这样一来，文学刊物就应运而生了。由于出自报界人士兼文学家——这些人具备一些西方文学和外文的知识，但中国传统文学的根基更为深厚——这样一个五花八门的团体之手，这些出版物便以发表大量的伪称翻译的作品、诗歌、散文和连载小说为特点，这些小说尽管意在唤醒民众的社会觉悟和政治觉悟，但也为民众的娱乐服务。"① 社会精英们也意识到了传媒在启蒙方面的重要性，因此也"利用学会和报纸来推进'开民智'的工作，这一努力是近代中国社会和文化发展的里程碑。"② 作为改革的工具，在维新运动年头里出现的报纸和杂志的发展速度十分惊人。在 1895 年至 1898 年期间，出现了约 60 种报纸。《时务报》的规模最大，最大销量曾达到万余份。它几乎遍及中国本部的所有省份。③ 从 1815 年至 1915 年中国出版了近两千种中文报刊。1906 年，仅上海一地出版的报纸就达到 66 家之多，这个时期出版的报刊总数达到 239 种。

报刊业的大发展促进了思想的交流，成为传播新的政治文化思想意识形态的有力工具，但在启蒙的同时它也推动了大众文学的发展，而后者的发展并没有完全符合精英思想的本意，这也是日后批判的原因。在中国，《诗经》一直被尊为儒家经典，并最终转化成了"不学诗，无以言"的极端观念。以文言为代表的中国传统文体因此而带有贵族特征并长期被少数人所用。持续了 1300 多年科举制度"以诗取仕"，使诗文成为民众走向高贵的工具。同时中国传统诗文因格外强调"诗家语"和"诗的格律"，强调作诗技法的严谨和诗作品的精致，

---

① 李欧梵. 追求现代性（1895—1927）//费正清，章建刚. 剑桥中华民国史：第一部. 上海：上海人民出版社，1991：484.

② 张灏. 思想的变化与维新运动 1890—1898 年//费正清，刘广京，等. 剑桥中国晚清史 1800—1911 年下卷. 中国社会科学院历史研究所编译室译. 北京：中国社会科学出版社，1993：343.

③ 张灏. 思想的变化与维新运动 1890—1898 年//费正清，刘广京，等. 剑桥中国晚清史 1800—1911 年下卷. 中国社会科学院历史研究所编译室译. 北京：中国社会科学出版社，1993：387.

特别是对诗的表达形式高度重视是让普通大众对其只能敬而远之。这一切的改观均得益于近代新兴传媒的快速发展。

三、首次的平民关怀

晚清"俗化文学"所代表的是不可忽视的民众力量。中国晚清的俗化文学潜滋暗长，并渐渐成功地形成了下里巴人与阳春白雪的对抗之势。虽然在最开始时，社会精英为了更好地宣传政治改革和开启民智，还比较注重民众的接受阅读问题，并因此还应运而生了一种新的文学体裁"政治文学"。但毕竟它和大众的生活现实还有一定的距离，难以产生共鸣，所以很快就不知所终了。倒是随着人们通过前几年的社会舆论和西方思想潜移默化的影响，一种更贴近生活，更具有娱乐精神的俗文学得以借鸡下蛋并形成了一定的气候，这就是本书所指的"俗化文学"。它一方面淡化了中国传统文学的"贵族性"，内容兼具审美和自娱功能。同时还催生了五四以后的口语化、俗语化、通俗化的文体产生。

在社会改良人士那里，使用小说文体的本意是有用的宣传改革的工具，但小说刊物受到欢迎的原因可并非如此单一。上海文学刊物中影响最大的是梁启超创办的《新小说》（1902）、李宝嘉主编《绣像小说》（1903）、吴沃尧、周桂笙编辑的《月月小说》（1906），黄摩西编辑的《小说林》（1907）。这些刊物基本可以表现改良的愿望。但有些消遣性文体在娱乐功能上走过了头，甚至有毒害社会之作。特别是民国初年，小说更是泥沙俱下。如1915年10月28日教育部张总长在通俗教育研究会上说："近时上海出版者颇多，恶劣大率一般。无赖文人无事可为，乃作一二新编小说，名为著作而实为诱害良家子弟，遗害社会习俗者不知凡几。印刷局又多惟利是图，与之印刷。一旦发行各埠，四方之人取而读之，势必使青年子弟入于邪途，流毒无穷，良可痛恨。"① 这样的批评是适当的。但也有因为呼唤社会改良、催人奋起救国的命题，即使是揭示社会黑暗的小说，也受到希望小说催人上进的人的指责。如1916年12月27日，蔡元

---

① 朱有，王献，等. 中国近代教育史资料汇编·教育行政机构及教育团体. 上海：上海教育出版社，1993：373.

培在通俗教育研究会演说中说："小说于教育上尤有密切之关系，往往有寝馈其中而得获知识者，昔时尚无人注意及此。近至西学输入，才多译彼邦小说，日渐繁多，国人始稍注意……顾西国所谓自然派之小说，笔底虽有写黑暗之状，而目光常注光明之点。我国之作者则不然，如近时所传官场现形记等书，其描写黑暗情形，可谓淋漓尽致，然不能觅得其趋向光明之径线，则几何不牵读者而使之沉溺于黑暗社会耶。"① 蔡元培此番说法自有其必要的历史语境，可也从另一个侧面说明当时文学批评和主张是非常复杂和混乱的。

如果我们能从这些复杂的表象中以发展的眼光看问题，就可以看到此时段的文学样态是环环相扣的。是当时特定历史时期文学发展的必然走向。它不是偶发的，是一步步有铺垫地发展起来的。更应该承认此时段的俗化文学也是一种半现代化的形式。它也并非只是对其时的民众起到娱乐作用。它最重要的贡献之一是"为日后从事新文学运动的人们建立起市场和读者群"。就小说而言"清末文学刊物的一个显著特点在于给'小说'以主导地位，无论是杂志的命名还是作为一种重要的文学体裁，小说都占据首先位置。"② 日渐白话化的小说能在大众中深入人心，起到很好的宣传功效，这极大地刺激了像梁启超、严复、夏曾佑等文学精英们把崭新的思想命题和政治主张灌输进小说中。虽然因过于功利的使用使他们曲高和寡，但民众通过这种崭新的样式使少有受教育机会的平民大众进入了一个接触新思想、新体验的领域。这也同样说明了为什么具有"先锋性"的诗这种文体在革命年代竟然落后于小说、戏曲，没有受到大众的追捧。俗化文学成功培养了大量的读者，这也改变了很多带有知识贵族思想的精英作者曲高和寡的做派，有意识地降低艺术姿态，使他们对民间艺术及大众文化产生浓厚兴趣。这既可以成为他们谋生的工具，又可以宣传自己的人文主张。所以，晚清的俗化文学也是推动中国文学发展的力量，多方面地参与了中国文学的重新建构。

---

① 朱有，王献，等. 中国近代教育史资料汇编·教育行政机构及教育团体. 上海：上海教育出版社，1993：377—378.

② 李欧梵. 追求现代性（1895—1927）//费正清. 剑桥中华民国史（第一部）. 章建刚，等译. 上海：上海人民出版社，1991：485.

四、翻译文学：俗化因素的成长空间

此时段的俗化文学能够产生并在以后的十几年内让人意想不到地大行其道，和翻译文学所传递的娱乐信息以及读者群的接受能力和接受心理有很大关系。在 1899—1908 这十年期间，虽然中国的内忧外患已经让新型知识分子痛心疾首，但外患在此时并未对国人的生活造成真正的冲击，内忧也基本上发生与社会精英、官僚和新型知识分子身上。广大的劳苦大众并未能真正将苦难和社会需要变革联系在一起。这种局面至五四初期也没有得到有效改观。鲁迅的《药》就很好地揭示了这一社会现实。所以，民众的觉醒在此时还仅仅是社会的需要，而不是社会的实际。梁启超等人的政治小说的命运不具有偶然性，俗化小说的后发制人也是有原因的。17 世纪 70 年代，政治小说合理登场的条件是全民讲政治；改革深入人心，改革小说才能成为大众文学；商战小说如果成为民众的阅读的首选，说明经济利润和百姓生活息息相关。而此时，表面风平浪静的中国社会和中国人特有的阿 Q 心理，让文学翻译中的娱乐成分快速发酵。中国文学传统中所没有的异域文学元素引起了普通百姓的阅读期待，翻译文学为俗化文学提供了成长空间，它使俗化文学可以在短短几年内借力而发，形成了创作和传播规模。

就此时的翻译文学而言，虽然社会改良派和精英们急切需要为中国的文学和文化注入新鲜的血液，但现实却是作为填补空白而引进的诸如侦探、科幻、言情等小说天生就具有娱乐功能更吸引人。读者选择文本进行阅读，并不一定要对其进行全面认同，对文本的接受是有所侧重和有所忽略的。读者特别看重的那些方面往往和他们的阅读兴趣和实际体验有关。能激起他们兴趣的内容会在潜意识里被强调突出，被读者进行了意义的归纳和创造。不能激发兴趣的文本则被他们有意无意地忽略删除，受到弱化处理。晚清域外小说之所以受欢迎，就是因为其中的内容和广大读者的审美趣味与理想互相契合，就转而成为读者主动性的审美创造。文学作品是自由解读与意义超越的成果，又是引发这两者的手段。作为自由解读的成果，它是作品被超越的表现和作品意义实现的见证；作为引发手段，它能引领读者以此为中介达到新的认识水平，实现自我超越。

这一切能够实现的前提是文学作品中的审美期待和审美空白。如果作品满足了读者的审美期待，读者自然会成功解读作品的含义并生成新的意义。否则，违背了期待视野的文本会得到读者的抗拒和抛弃。同时，要使读者达到超越文本进行意义创新的目的，作品必须给读者留下较大的意义再创造的空间。把道理讲透彻，把意义写清楚，这是学术报告的写法，不是艺术文本的结构，没有审美价值可言，更谈不上审美接受。所以，许多作品都具有特定的模糊性与开放性。伽达默尔所说的，能够"把许多东西不可揣测地悬置起来，看来根本地是与某些有益之虚构故事的本质相关联的，例如，这种悬置就在于一切神话中。正是由于其显然的非限定性，神话由自身的出发，才能使新的发现不断产生，在这种新的发现中，主题上的视野就不断移向其他方面。"① 所以，晚清的读者受此吸引也是正常的。这实在不能完全指责民众对国运的麻木。而且在该现象的背后也有着读者的无奈和期待，侦探小说中的法理、科幻小说中的科学色彩、言情小说中对人性的解放也是社会生活中没有但却被需要的。

在晚清，很多翻译文学文本都具有一个共性：通过艺术地设置悬念和迷局而给读者的阅读留下了模糊和空白，这种用来召唤和调动读者阅读兴趣的模糊与空白通常是由于两种现实的缺失造成的：一是形象空白，二是背景空白。所谓形象空白指的是作品所要表现的主角——人物或情感形象，在现实生活中很少却很需要，这可以很好地满足读者的期待视野，所以会受到读者的追捧。侦探小说、科幻小说不仅仅由于他们的新奇情节和异国情调才在中国受到追捧，正直的审判者的形象，科学合理的推导和普通人生活贴近的生活场景，这些因素才是其流行的真正原因。背景空白则是在作品中主要形象最具有内驱力和生发力的部分表现出来，其余的背景则予以省略，但它却调动起读者对背景的"移情"感受。虽然此刻国难和社会危机不是普通民众日思夜想的问题，但无法回避的现实在潜意识当中也是摆脱不了。阿Q精神也使人看到别国尤其是西方强国也有黑暗和困苦，民众就可以通过阅读获得相应的宣泄和部分的解脱。所以，林纾等人的翻译小说不仅仅给了有头脑的"先锋"人士以思想上的触动，

① 伽达默尔. 真理与方法. 沈阳：辽宁出版社，1987：257.

也给了普通民众以心灵上的倾诉。而侦探、科幻等翻译文学则让苦难中的国人也能有思想上娱乐的机会。

第四节 在翻译文学锋芒下被忽略的"俗化"审美体验

此时段出现的"俗化"审美体验是时代和个人对国家需求和自我的需求进行心理调和的产物，是不可忽视的民众力量的体现。启蒙文学渐渐向俗化文学延伸，这在知识精英和社会革新人士那里是一个令人困窘和无法容忍的变迁，他们很容易把这种改变看成是文学堕落的标志。他们没有看到这种变迁所涉及的与传统相左的转变，以及这种转变时植根于现实的变动和作家现实体验的传递。在以后的很多年里，文学批评对此时的评价都过于关注俗化文学中的阴暗、堕落面，而没有看到其中的先进因素，更没有看到它所携带的对普通民众的文化冲击力。因为直白的政治教化或阳春白雪式的文笔对于很多仅关注眼前人生的大众而言是隔靴搔痒。而俗化文学所呈现的市井生活拉近了文学与大众的审美距离，让他们也在文学的神殿中寻求到一个可以寄托心理的领地。在宣扬新生活、表现新思想上，俗化文学中的优秀作家可能比那些有意识教化民众的作家作用更大。

所以，与其说启蒙文学被俗化文学困扰，不如说俗化文学被启蒙文学所遮蔽。启蒙的对象是大众，大众有拒绝说教的权利，大众也有受到俗化文学诱惑的可能。其实在优秀的文学作品中，它们相互重合或者相互颠倒本是不足为奇的。俗化文学本该成为启蒙的一个来源，但在特定的历史环境中，俗化文学中出现的堕落因素成为知识分子抨击社会弊病和不良习性的深渊，俗化文学也就失去了被列入晚清思想转型来源的资格。

启蒙主义信念在晚清后期的失落是无法挽救的现实。小有现代生活体验的都市百姓在转换思想的同时也抗拒文明的虚假承诺。其实俗化小说的作者似乎更多地认识到个人与社会的冲突，以及现代转型的不可抵御性，因为这种转型是以更为具体的"生活形态"面目出现的，它毫无保留撕碎了启蒙人士心中的虚假期待，粉碎了"政治小说"或"纯文学"所想象的人性的升华。"启蒙"或"思想解放"在俗化文学那里不再是依据，不再是目的，也不再是知识精英集体的立足地。如果说文学的阵营在改变国民性的意义上还可以说是个整体，那么到此文学的整体已经破裂，分解到俗化文学所表现的生活的碎块中去或是暂时的社会结构中去。在俗化文学那里，民众的百态生活中没有来自革命或维新的激动，"域外文学"又只是一种无可逃避的而又"不存在"的现实诱惑。文学在此不过是随机而盲目的创作冲动，是原罪的渴望，是最拙劣生活的文字转化形式。与其说晚清的俗化小说（以及日后的"鸳蝴派"小说）的"俗"是晚清主流文学外的另一种表现形式，不如说是深受现代观念怂恿的"现代文学"的又一选择，它是接受现代观念的中国人对生存状态和生活形式的非极端表达方式。

其实，此时很多俗化文学作家也意识到思想现代转型的不可逆转，也愿意正视破裂的生活。这里应该引起研究者重视的是俗化文学并没有直接表现社会压抑和思想对峙的具体情境，也没有刻意去创造具有反抗意识的正面形象，但是它在作品中展示了社会转型期心灵受到压抑的结果，它把生活推到极端俗化的情境中，审视俗众生活被征服的状态。这也是俗化文学的智慧所在，生活是无论如何不可能恢复如初了，那么就用打破超越的政治教化或启蒙的幻想来抗拒主体意识形态也许是更有效的让文学走进民众的方式。在梁启超和知识精英那里"社会应该更理想"；在俗化文学家那里"生活就是如此而已。"可能后者的革命意识不强，但也不能认为承认和描摹生活的现实状态并以此为乐就是不现代的、不合理的，这种承认也是需要勇气的。

在 1908 年，光绪和慈禧的死亡加剧了百姓对封建王朝信念的彻底崩溃，资产阶级改良维新此时也出现了思想贫乏和意识疲惫，在精神的荒漠已经越走越远。整个社会的思想意识处于歇息整合状态，普泛意识还是要到五四以后才真正形成。而晚清俗化文学所呈现的"非革命性"的特质，事实上使人能更清晰地从文本中看到社会生存的实际状态，它不是虚造新中国的幻想，在这一意义上，俗化文学表示了与主流意识形态的价值观念和文化立场很不相同的态度。这是晚清政治、经济和思想文化渐进发展、整合产物。此时的文学既背负着传统，又承受着现实需求的压力，特别是经受着崭露头角的西方现代文学的诱导，所以在整合中派别林林总总而至出现分裂。传统的中国文学和快速繁荣的域外文学所能提供的经验，罕少可以在社会和思想全面发生裂变时为人们提供应变的经验准备。与剑拔弩张的教化小说和曲高和寡的纯文学小说相比，俗化文学让人们在迷惘面前起到减压和润滑的作用，俗化文学总体而言在精神、心理和感觉方式方面也表现了巨大的承受力。

当然思想的转型在很大程度上依赖精神理性的权威，但理性一旦成为权威其社会的操作就容易产生对人类心灵的额外限制。如果这种精神理性还没有取得世俗权力（比如文革时期的红色政治小说），那么一种抗拒压抑的文学就又容易诞生出来。在此背景下产生的俗文学虽然在日后为新文学运动所鞭挞，但它到底是为中国文学的现代转型提供了反抗旧文学的长矛还是为旧文学提供了抵御新思想的盾牌还是有待商榷的，本书的观点是它的正作用远大于副作用。

当翻译文学在其历史蔓延中激发出各种文学思潮时，由此引发的观念革命却产生了一系列意想不到的后果。经历过外来文化的洗礼后，晚清的知识分子在思想意识和心理素质上较其前辈更具有前驱性。那些纯粹属于文学内部的叙事形式的变革和主题的拓展，其实是晚清文人思想意识全方位变动的标志。如果我们承认文学的形式和主题的变革是现代性的元素之一的话，那么这些元素在俗文学当中也是俯拾即是的（举例子）。难道只是因为这些元素出现在俗文学作品中就全面否定其现代性或新文学的意义吗？

现代性的思想意识的特点之一就是对人性的关照。是对人类社会生存的有深度的洞察。但是晚清文学在域外文学的参照下，虽然有了现代性的转变，却一直没有真正意义上的生存苦难意识和民众文学的意识。直至五四中国文学才开始在文学理论中提出文学要表现普通人们普遍与真挚感情。但是，在"鸳蝴派"文学之前的俗文学却多少触及了大众的苦难生活现实。只不过这点"苦难"中常常被"商业利润"和"世俗买点"掺和得变味，这点和当代的"先锋文学"何其相似。愚昧社会中的凡人的生活状态、封闭狭隘的生活圈里互相妒忌猜忌、愚人并被人愚弄、假伪科学和迷信混杂一体的文学文本，在过去与现代文明的双重干预下，强行对人们的心灵感受进行支配和控制。而俗文学的世俗化文本也许更容易让底层民众亲近文学，更容易让他们对自己的生活产生心理上的共鸣和关照。其实这种文学也表现的是出于现代和古代夹层中人与文化的冲突，也很真实地揭示了处于粗陋生活状态中人们的苦难。俗文学给今人观察晚清文化提供了另一个独特的视角，同时也显示了中国市民阶层特有的对苦难的耐受力。这种耐受力我们在后来的沈从文、老舍、汪曾祺等人的作品中都能找到相应的表现。生活在隐忍和坚持中悄然流逝，而沉淀下来的是国人韧性十足的生存意志。

如果对晚清尤其是政治小说进行细细品味，会发现梁启超们的精英身姿一直是居高临下的。启蒙教化的强健锋芒掩盖了国仇家恨中百姓的真实苦难。开启民智的先验的审美观念从小说地位提升的一开始就好似提神剂一样被注入了作品中。这条路走过了头的后果是即使政治小说失去了市场，但这种先验性的目的还是自觉不自觉地在文人笔下形成关于国家和国民的宏大叙事，同时忽略了对晚清民众真实处境的把握和他们对无法摆脱苦难的绝望、沮丧的理解。但是人类的生存苦难及由此锻炼出来的其内在坚持和隐忍力量只有在被合理理解和引导的情况下才能转换成改变历史的力量，仅凭理想的夸大、虚幻的未来的许诺和居高临下的引导，再宏大的叙事也对历史无济于事。翻译文学说到底对普通民众而言是虚幻的、遥远的生活感知，他们很少自觉地通过域外小说来反观自身的生活境地。晚清的很多主题立意庄重的作品，在西方文明的影响下留有太多的文化矫饰痕迹。相反，倒是晚清俗文学当中很多"质朴""淡薄"和"世俗"的生活的展现对这种文化矫饰做了很好的遮掩和补充。

在20世纪初，晚清不但在政治、经济和日常生活中的改变难以详述，在精神方而的变化也难以被简明扼要地概括。政治道德的许诺和失信造成了世俗百姓人们对任何精神上的超越性信念不报希望。启蒙是有了，但越启蒙越明白，就越失望。除了西洋小说可以给人以兴趣外，晚清时期的国内创作作品虽然立论漫天，但精神的深度已经没有了。人们的顾盼、比较和沉思一直积累到五四以后才再次找到突破口。这也是晚清时期各种创作思潮可以无所顾忌地纷纷上阵的原因之一。

俗化小说所叙述的市井"生存状态"更加细致，叙述态度更加生活化。但不能否认的是有些作品中在不良心理和不健康思想的教唆下，叙事变成对人类生存中悖晦的残酷玩味，这是俗化小说最大的败笔，而"鸳蝴派"小说中对此也有不少的追随者步其后尘。

不管怎样，翻译文学对俗化小说的创作和普及提供了必要的滋养和引导。国人在借助域外小说对别样的生活进行精彩绝伦的想象的时候，这些处于蒙昧中的人们的生存关状态也突然开朗。"现代意识"由此从一种思想上的奢侈品转变成面对自己和整个华夏文明并发生根本改变的生存态度。对于世纪末和新世纪初的文人而言，他们对面前的文明还是一知半解，在他们的背后"文化传统"也已萎缩瓦解，这种尴尬让他们发生了分化。此时中国文学领域没有"创作主体"。"创作主体"是昔日的信念和价值里的风景，在晚清有的只是各怀心事的作者。任何时候也总会有不想去追随文化或思想纷争的人，他们更乐于玩味这个世界。不能就此说这些人是堕落文人，不管多么两耳不闻窗外事，作为身处其中的文明的"承受者"来写世俗百态就注定无法超越现代文明的左右。生活的碎片组成了生活世界的"不完整性"，构成了生活的本来状态。所以，从这个意义上讲，俗化文学、日后的"鸳蝴派"文学的发生和启蒙政治教化文学、讲求艺术性的文学一样表现的都是生活的不同方面。相同的是他们都得到了翻译文学的眷顾，不同的是前者是把玩生活碎片，后者是拼接生活碎片中的精神价值。

其实域外文学所传递的西方文化的种种思想，对于晚清的中国而言，在很大程度上仅只是理论的梦想，对实际的指导意义还不够成熟。在西方经过时间的过滤而历史地形成的文明成果，不可能象技术转让那样轻而易举地异地发展。像"域外文学"中所体现的西方现代意识，必须有足够的个体化的内心体验才能在中国社会文化提供的深厚的文化土壤里扎根。如果对新生活的设想过分注重在理论范畴和容易识别的表现形式上，就无法抓住更为本质和关键的生存态度。所以梁启超等主张的政治小说无法引起广泛的社会反响，而域外小说中自然而然所携带的俗化文学性质迎合了市井百姓生存体验和态度，并发展出独特的"鸳蝴派"文学。

准确地说，域外小说中从选材、译介策略到传播方式的俗化因素更有力地刺激了凡人对现代观念的朦胧追寻，是时代和个人对国家需求和自我的需求进行心理调和的产物。因此，它缺乏启蒙主义的理性力量，乱用了浪漫主义的感伤情调，但抓住了晚清巨变生活的某种敏感性体验。因此，单向的西学的输入随同晚清王朝信念的失落而迅速演变为各种文学派别和体系。"政治小说" 所创立的 "主流叙事" 只是作为一个理论范畴表达社会转型时期对启蒙主义信念追求所达到的高度，但同时也反映出晚清文人自觉意识所能达到的有限限度。思想高度也要为生活的实际索取所拖累。即便是林纾，他的译书的目的中也有钱的诱惑。所以理论大旗的意义在很多文人的生活中被实际消解，他们不再是拯救群体的精神先锋，承认自我就是一个无足轻重的角色。既然无力与社会现实对抗，那么就与普通百姓沟通。不能说域外文学中的世俗元素带给晚清文人的是一个没有价值观的精神漂流物，它为这些作者提供的是沉浮于信仰和娱乐之间的文化参照。只不过这些人把神圣的精神变形于 "娱乐消闲" 的局面中去，把现代转型体现于娱乐性的生活片段中。而晚清生存方式的现代性转变实际上也意味着生存状态的不稳定，这会让人出于对变动不居的恐惧之中。域外文学中的俗化内容让这种恐惧得到了暂时确定性的安慰，也让文人乞灵与域外文学，在作品中虚幻出个体与生活抗争中虚假性的、喜剧性的娱乐效果。在这样的意义上，生活状态不稳定的娱乐化是对改良维系所带来的思想上的张力的一种缓冲和消解。

晚清的文学写作意识中有极强的对域外小说的观念性模拟。从西洋引进的表现形式和主题被处理为对封建传统生活的反抗、对世俗生活的无所顾忌的临摹，中国现代文学无可逆转地在此基础上向前推进着。到了民初，文学作品中新的元素已经是生活敞开时刻的感悟，西方叙述技巧成为他们信手拈来的观念表达并粘贴了各种思想。翻译文学和中国现代文学连接的根本纽带在于知识分子先验的关于 "西洋文化是先进的" 观点和由此产生的对文学创作的积极干预。而且，由于文学文本给出的内容和生活中西洋生活方式的转变在人们的心理体验上契合一致，各种文学的、非文学的思想和体验变得无比自由而任意。西方文化也才能顺利经过本土的潜在改造，把现代性还原到国人世界的具体情境中并成为中国现代文学的根源。这个根源一旦形成便如此 "根深蒂固"，以至于到现在人们还执着于此，乐此不疲。其实晚清翻译文学、启蒙文学和俗化文学都是中国现代文学的同构共生物。西方文化是中国文学一个根本不存在的归宿，是中国文学借这个外力自己找到了她的现代归宿。而晚清的俗化文学至今还在翻译文学的光芒中被人忽视，它似乎连"鸳蝴派"的待遇都没有。后者无论是挨骂也好，受推崇也罢，至少是被人关注的。

第五节　以梁启超、徐念慈、包天笑为例

对于晚清时期译者的审美心态而言，从输入域外文学以启蒙民众为目的，到看到域外文学中所蕴含的文学价值并进行提倡借鉴，再到因期刊发展的刺激而使译作更贴近俗众生活，译者和读者的审美心态在短短十几年中纠结交错、发生很大的变化。最开始译者看中的是译本的政治教化功能，译本给人提供的是浓重的政治审美体验；随着对域外文学阅读经历的丰富，域外文学所传递的美学特质也日益受到了译者的重视。同时，很多译者均是期刊杂志的主编或主笔，随着报业的兴盛，对利润的追求也会对译者的翻译心态产生一定的影响。从翻译文学的题材、译本的语言等各个方面均出现了俗化倾向。当时，在"译什么"和"怎么译"的问题上，比较有代表性的是梁启超、徐念慈和包天笑。

梁启超对西方资产阶级学说进行过较为系统的译介。他的翻译动机中一直有"翻译强国"的理念。译书是"强国的第一要义"。翻译在他那里不再是文学的工具和附庸，而是改造中国传统文化和社会的利器。有论者已经看到梁启超的翻译的翻译理论可以传世，而他的翻译实践是觉世的[①]。所以，在"译什么"的问题上，他作为资产阶级启蒙思想家，怀着革新变法的志向，明确取政治小说为文学翻译的题材，以达到宣教启蒙之目的。当然，译政治小说在梁启超那里也是经过了思想的抉择之后才有的主张。这之前，他和其时的很多士大夫一样主张译西方的制度文化。1899 年，《清议报》刊载了他所译的德国伯伦

_____

① 夏晓虹. 觉世与传世——梁启超的文学道路. 上海：上海人民出版社，1991.

知理著的《国家论》，1902 年为广智书局印行所译《国家学纲领》。梁启超深信伯伦知理可使国家主义"大兴于世"，"使国民皆以爱国为第一之'义务'，自今以往，此义愈益为各国之原力，无可疑也"，"伯氏立于 19 世纪，而为 20 世纪之母"①。后又撰写了《蒙的斯鸿之学说》（通译"孟德斯鸿"），这是中国人第一次系统介绍孟德斯鸿学说。但经过甲午海战的失利后，很多人开始反思西方译介的问题。梁启超也看到了文学在此时所能发挥的力量，于是高调提倡译印政治小说，为开展政治小说的翻译进行了大量的舆论宣传。当然，他的目的是非文学建设的，是政学放在艺学之前，通过翻译来达到政治改良目的的。以今人的视角来反观，这无疑还是在为中国增加了新的社会资本，只不过这种增加方式中多了文学这样的工具。他在《大同译书局叙例》中有如下表述："是以愤懑，联合同志，创为此局。以东文为主，而辅以西文，以政学为先，而次以艺学；至旧译希见之本，邦人新著之书，其有精言，悉在采纳；或编为丛刻，以便购读，或分卷单行，以广流传。②"

梁启超之所以借小说以启蒙民众，是因为他深刻认识到人性启蒙之重要。拓展中国的社会资本之根本目的是为了让中国现代思想的根基得以形成，这就必然要进行现代思想的启蒙，运用文学翻译的实践来提升国人的思想意识。也正是凭借梁启超和与他有同样主张的先进知识分子的身体力行的推动，才使中国的翻译文学在几年之内就数量大增。吴沃尧在《月月小说》序中说："吾感夫饮冰子《小说与群治关系》之说出，提倡改良小说，不数年而吾国之新著新译之小说，几于汗万牛充万栋，尤复日出不已而未有穷期也。"③

梁启超在"怎么译"的问题上，基本以"意译"为主。其翻译主张主要表述于其近万言的《论译书》中。有论者认为这是"近代文坛上第一篇提倡翻译、专论翻译的专门文章""为中国的翻译理论、近代的中外文学关系做出了贡

---

① 论学术之势力左右世界. 新民丛报，1902 – 2 – 1.

② 梁启超. 新民说//饮冰室文集点校：第一集. 昆明：云南教育出版社，2001：147.

③ 吴沃尧. 月月小说序//陈平原，夏晓虹编. 二十世纪中国小说理论资料. 北京：北京大学出版社，1989：188.

献。"① 该文论证了翻译西方书籍的重要性，也论及了翻译策略并指出了翻译中存在的问题，但就影响力而言，远不如严复的"信、达、雅"主张的影响力强，在当时并未引起更多译者的重视。但梁启超所推行的大力译介西方文学的主张却得到了积极的响应。李泽厚先生在其《中国近代思想史中》认为，"1898 年至 1903 年是梁启超作为资产阶级启蒙宣传家的黄金时期，是他一生之中最有群众影响，起到最好客观作用的时期。其影响之大，足以抵消梁一生的错误和罪过而有余。②"而这个时段也正是中国译者全力译介政治小说以期以文治国、以文启民的阶段。梁启超无疑是这个时期无可替代的领袖型人物。

梁启超的政治小说的创作和译介影响持续的时间并不长，原因不外乎是文本中过浓的政治味道影响了文本的艺术表现力。在此类小说的译介中，"'直译'在晚清没有市场，小说翻译界基本上是'意译'一边倒。梁启超所引述英人的"'译意不译词'，颇为时人信奉。③"从梁启超的翻译实践来看，其实以改写或衍译居多，连意译都谈不上。在具体实践中，为方便记忆，梁启超会将西方人名、地名改成中国的人名、地名。《十五小豪杰》的名字，如武安、俄顿、莫科、杜番等，中国味道相当浓厚。而且，他还会重拟回目，改变小说体例以符合国人的阅读习惯。比如在《十五小豪杰》译文有这样的加注"森田译本共分十五回，此编因登录报中每次一回，故割裂回数，约倍原译，然按之中国说部体制，觉割裂停逗处，似更优于原文也。"④ 对于他认为"无关紧要"的闲文和"不合国情"的情节更是毫不留情地进行删节。而对于他认为没有说明白的地方也毫不客气地进行个人的增补。在《新中国未来记》中，他把拜伦诗中符合中国国情的部分嵌入其小说之中"如此好河山/也应有自由回照/我向那波斯军墓门凭眺/难道我为奴为隶，今生便了/不信我为奴为隶，今生便了!⑤"

梁启超和和他一样的译者是以思想家和改良者的眼光来打量翻译文学，其

① 徐志啸．近代中外文学关系．上海：华东师范大学出版社，2000：137.
② 李泽厚．中国近代思想史论．北京：人民出版社，1979：423、424.
③ 陈平原．20 世纪中国小说史：第一卷．北京：北京大学出版社，1989：46.
④ 梁启超．十五小豪杰∥饮冰室合集：专集九十四．北京：中华书局，1989：5.
⑤ 梁启超．新中国未来记∥饮冰室合集：专集八十九．北京：中华书局，1989：45.

结果必然是仅看中其社会功用，而不注重其文学价值。所以，这样的译者是翻译思想家，而非翻译文学家。对于梁氏的翻译缺憾，在徐念慈那里得到了部分的纠正。

梁启超的观点虽然振聋发聩，效果明显，可却偏颇不少。苏曼殊对小说有 "不可思议之力支配人道" 就率先提出了质疑："近来新学界中之小说家，每见其所以歌颂其前辈之功德者，辄曰：'有导人游于他境界之能力。'……今之痛祖国社会之腐败者，每归罪于吾国无佳小说，其果今之恶社会为劣小说之果乎，抑劣社会为恶小说之因乎?①" 这实际上是对梁启超观念中 "诲淫诲盗" 思想的纠正。他还进一步阐述了中西小说的异同："盖吾国之小说，多追溯往事；泰西之小说，多描写今人。其文野之分，乃书中材料之范围，非文学之范围也②。" 对于政治小说的创作和译介的失望，我们可以从吴研人的感慨中体会出来。"今天汗万牛充万栋之新著新译之小说，其能体关系群治之意者，吾不敢谓必无"，"于所谓群治之关系，杳乎其不相涉"③。黄摩西就对梁氏的观点也颇有微词："今之时代，文明交通之时代也，抑亦小说交通之时代乎……虽然，有一弊焉：则以昔之视小说也太轻，而今之视小说又太重也……一若国家之法典，宗教之圣经，学校之科本，家庭社会之标准方式，无一不赐予小说者。"④

徐念慈则更进一步立足于美学角度探究小说。虽然他基本没有直接将论述放置于翻译文学方面，但他对小说美学的论述却对当时的翻译文学产生了巨大的影响。他自己也翻译了大量的受欢迎的域外小说。徐念慈并不反对小说的社会功用，但反对将小说作为政治工具，认为小说的艺术价值具有独立本质，并从西方现代美学的角度让小说从政治教化的偏离中回归于艺术审美领域中，从文学本体上促进了小说的现代审美观念的萌生。同时，他也认为小说兼具娱乐性，所以非常重视读者的反应。1904 年秋，徐念慈与曾朴、丁芝孙等人在上海创办小说林社。1907 年初与曾朴、摩西一起创刊《小说林》杂志。主要从事译

---

① 苏曼殊. 小说丛话. 新小说，二年一号，光绪三十一年，1905.
② 苏曼殊. 小说丛话. 新小说，一年十一号，光绪三十年九月十五日，1904.
③ 吴趼人. 月月小说序. 月月小说，一年一号，光绪三十二年九月，1906.
④ 摩西. 小说林发刊词. 小说林第一期，光绪三十三年正月，1907.

文征集等工作。他和各位同仁一起努力，使小说的美学价值得到了大力的提倡。摩西在《小说林发刊词》中明确指出了该杂志的办刊方向："小说者，文学之倾向于美的方面之一种也！"① 徐念慈在其《小说林缘起》一文中提出："所谓小说者，殆合理想美学、感情美学而居其上乘者乎？②"他在这里借鉴西方美学理论，论述了小说的美学特征，实际上也强调了小说的审美属性。他在"译什么"上注意选取那些故事性强、情节生动曲折的作品。在翻译语言上多使用纯粹的白话或浅近的文言文。这也是为什么他的译本在当时颇受欢迎的原因。

在"怎么译"的问题上，徐念慈主张进行"直译"。他在译作中有意保留了域外小说的原有体裁，不对原文进行大幅度的删减或增加，这和同时期的很多译者的翻译作风不同，也表明了他的西文功底的深厚。

在翻译小说的审美体验上，他从文类的角度对人的审美心态进行分析："小说之趋向，亦人心趋向之南针也。"也就是说翻译小说的种类和人们素养、兴趣爱好有关，译品的题材受限于读者的阅读兴趣。但同时他又用侦探小说为例，从社会制度和人文素质上论述了翻译小说对人的审美心态的引导作用："夫侦探诸书，恒与法律有密切关系，我国公民之资格未完备，法律之思想未普及，其乐于观侦探各书也，巧诈机械，浸淫心目间，余知其欲得善果，是必不能。"③这里，徐念慈直接点明了侦探小说对国人审美心态引导的负面效应。"侦探小说，为我国向所未有。故书一出，小说界呈异彩，欢迎之者，甲于他种。虽然，近二三年来，屡见不一见矣。夺产、争风、党会、私贩、密探，其原动力也；杀人、失金、窃物，其现象也。侦探小说数十种，无有抉此范围者。然其擅长处，在布局之曲折，探事之离奇；而其缺点，譬之构屋者，若堂、若室、若楼、若阁，非不构思巧绝，布置并然，至于室内之陈设，堂中之藻绘，敷佐之帘模屏榻、金木书画杂器，则一物无有，遑论雕镂之精粗，设色之美恶耶！故观者每一览无余，弃之不顾。质言之，即侦探小说者，于章法上占长，非于句法上

---

① 摩西．小说林发刊词：创刊号，1907．
② 徐念慈．小说林缘起：创刊号，1907．
③ 徐念慈．余之小说观．

占长；于形式上见优，非于精神上见优者也。"① 且不论他的观点是否合理，但能从侦探小说的美学特点上进行分析，徐念慈就比梁启超等人只注重小说的社会教化功能，而忽视其审美品性更先进、更深刻了许多。

在对待翻译小说的态度上，徐念慈也比梁启超更客观、更冷静。"吾人僻居远东，而欲砚外域旧社会状况。穷形尽相，恶人、善人、伪人、贫人、富人……为之铸鼎象物，使魁魅烟惬，不得有遁形。风行一世，有裨于社会处不少。"他这里并不否定翻译小说可以刻画世态的一面，但也没有像梁启超那样过于极端地提倡。而是以冷静客观的态度，反对"搜索诸东西籍以迎合风俗"，以及"籍不律以为米盐日用计"②。这种认识脱离了片面，增加了辩证理性。所以，他对域外文学的认识"比两、三年前周桂笙的有关论述要深刻多了"③。徐念慈在理论和实践上都对小说本身的艺术价值予以了充分重视，这无疑有力地促进了对晚清翻译小说的审美体验的转换。而在政治审美到文学审美的转换中，出于萌芽期的中国现代审美观念得以在徐念慈等人的审美主张中被保留并被延续，也让国人对小说的美学特质有了更明确、更深刻的认识。

在翻译小说和本土小说创作开始重视其文学审美特质的同时，文本中的雅俗共赏性质开始出现，文学审美中出现了俗化倾向。这种俗化并不是所谓的庸俗、媚俗，而是在注重读者反映的基础上出现的为普通民众进行书写而带来的审美转向。其代表人物是包天笑。

包天笑是晚清较早从事翻译事业的翻译家，也是一位高产翻译家。"晚清译界老资格的健将，从 1901 年与人合译《迦因小传》起，到 1916 年止，大约出版翻译小说三十六、七种（包括与人合译），除了林琴南，译作数量无出其右者"④。包天笑在文学翻译主张中有着明显的照顾俗众、贴近百姓阅读的审美取向。在"译什么"问题上，包天笑的本意是为社会政治服务的。比如译侦探小

---

① 小说林：第一期—第一百十三案的"赘语". 1907.

② 徐念慈. 小说管窥录//颜廷亮. 晚清小说理论. 北京：中华书局，1996：185.

③ 陈福康. 中国译学理论史稿. 上海：上海外语教育出版社，2000.

④ 陈平原. 二十世纪中国小说史. 北京：北京大学出版社，1989：61—62.

说，是因为"输入文明思想最为敏捷"①，这无疑有开启民智的目的。但较之于梁启超所谓的政治小说，包氏的译本更贴近广大读者的阅读爱好，他所选用的题材往往也是民众所喜闻乐见的。其译本类型涉及了科学小说、教育小说、侦探小说、历史小说、言情小说、社会小说等诸多形式，而国别涉及日本、英国、法国、俄国、美国、意大利等多个国家。对那些因标榜消遣、娱乐的滑稽小说、言情小说等，往往为很多社会改良派和新文人所不齿，但包天笑也看中了其中所蕴含的社会讽刺意义及因题材对俗众的吸引力而携带的思想教育意义。在《动物之同盟罢工》的序言中，他交代了小说的主题："这部书是美国人道教育会的一种悬赏小说。他的宗旨是说一个人对于动物也不能过于酷虐，何况对于世界上一般劳动社会呢。如今各国都有设立动物防止虐待会的，也是这个主意。你做了金钱的奴隶，把许多动物虐待至死，揆之天理人情，也有未合。看官们，别当是一部滑稽小说，看其中却含有至理呢。②"该小说文笔浅白，类似童话故事。农场中的家畜："议长"的老马，头脑简单、性情暴烈的马驹，倡议"文明抵制"的骡子等个性鲜明，表述生动，在讽刺中传递民主，在浅白中教育民众。

在"怎么译"方面，包天笑依旧从启蒙教化的社会功利出发，选择"意译"策略。同样，他的策略也转向了为读者服务的轨道上来。比如为了顾及读者的阅读习惯，包天笑会在译本中将译语向中国传统小说靠拢并因袭传统模式。在其译本中会出现"却说""且说""你道是谁？""你道是什么事？"。这些均是街巷邻里中的说书人套语，本身就具有下里巴人的特点。包天笑并没有因此对其弃之不用，而是为了读者的广泛接受而大幅使用。如在《百万镑》中就用中国的章回小说的方法开头："看官们啊，你们别艳羡我拥着个千娇百媚的夫人，枷馆剧场到处都有我们的足迹，可知道我们有一段极新奇有趣味的历史吗？诸位请坐，听我们道来。③"为了让读者理解起来更加容易，包天笑也并没有将译本语言运用的诘屈聱牙，而是接近于口语。如在《结核菌物语》中，为了让普通读者可以感同身受，他将文本中的名字改成了一系列中国读者所熟知认可的

---

① 包天笑. 铁世界译余赘言//铁世界. 上海：上海文明书局，1903.

② 吴门天笑生. 动物之同盟罢工. 小说时报，第 12 号，宣统元年.

③ 包天笑. 百万镑. 小说时报，第 17 号，民国元年十二月一日.

名字:"古来名士美人,为了我们牺牲了他的性命者也不少,像候汉的诸葛亮,唐朝的李长吉,还有《红楼梦》里的林黛玉,都是我们作祟因此丧命。①"这种该法令今天的人哑然失笑,但也表明了译者的良苦用心。在书中,包天笑曾经说要通过《苏州白话报》把"世界新闻、中国新闻、本地新闻都演成白话,真是麻雀虽小,五脏俱全。关于社会的内容特别注意戒烟、放脚、破除迷信、讲求卫生等。有时还编一点有趣的使人猛醒的故事,或编几支山歌,令妇女孩童们都喜欢看"②。这种启蒙教化观点对百姓而言要比梁启超的政治小说实用得多。

当然,包天笑也并未因为估计审美的俗化而将译本失于媚俗,失去品位。相反,由于晚清时期士大夫对小说的追捧,以及包天笑等文人在创作上的努力,使文学译本在俗化倾向中并未失去雅和美的品格。"从近代到民初,我们翻译域外小说近 800 部,但是,这里世界第一流作家,如伏尔泰、托尔斯泰、雨果、莫泊桑、契诃夫等人的作品,只有 20 部左右③"但包天笑却为中国的读者译了大量的西方名著:如雨果的《侠奴血》(1905)、《铁窗红泪记》(1907),凡尔纳的《铁世界》(1903)、《秘密党魁》(1910),契诃夫的《六号室》(1910),欧·亨利的《百万英镑》(1912)等。在晚清这样一个中西思想激烈碰撞、新旧杂然相陈的特殊阶段,包天笑身体力行,通过翻译域外文学,不仅帮助国人提升了审美层次,更将审美引领到雅俗共赏的境界,而这一点即使是在今天也是译者和作者共同的追求。

梁启超是晚清文学运动的发起者与鼓吹者,他提倡的文学革命结合中国的时局,让国人产生了政治审美趋向;徐念慈的文学审美主张则对前者的偏颇作出了一定的纠正,提醒并希望以文治国的译者注重文学的独立艺术品格,将读者的审美视域又扩展至文学本体上;包天笑的俗化审美接受的努力则在培养国人审美品位的同时,将纯文学和俗文学的界线悄然模糊,让更多的人在翻译文学的领域中感受到了独特的审美体验。

---

① 包天笑. 结核菌物语. 小说时报,第 14 号,宣统元年.
② 包天笑. 钏影楼回忆录·木刻杂志. 香港:香港大华出版社,1971.
③ 陈伯海,袁进. 上海近代文学发展史. 上海:上海人民出版社,1993:23.

第六章

翻译文学的归属

——以晚清文学翻译实践为例

　　在进行资料整理时，以"翻译文学的归属"为主题，对中国知网数据库中相关论述进行模糊检索时，所显示的论文书目甚少，而且基本上每篇的论述中都会用清末民初的文学翻译作为自己论述的佐证。这是一种很有意思的现象，因为晚清的翻译实践在研究翻译活动和翻译理论的论者那里似乎已经成了万金油，包治百病，所有的观点和看法均可以从中找到合适的例子。这也从一个侧面反映出晚清翻译活动的复杂性、难以归纳性和包容性。

　　本文也将根据在研究晚清文学翻译活动中得出的结论和产生的见解，对"翻译文学的归属"问题进行探讨。因为晚清的翻译活动，尤其是1898—1908年间的语言转向的发生，除了代表着国人思维方式的转换外，还在文学翻译的样态上展现出了特殊的文本形式。此时的译者通过所谓的归化、异化、杂合等手段将文本并不很忠实地展现出来。而译者在序言、跋记中增加的导读式的见解，或人名、地名和情节作出的中国式的改写，已经将创作融入到译介当中。从这个意义上讲，晚清的翻译文学和中国文学靠的更近。但在当代的文学翻译实践中，这种情况再无发生的可能。虽然在进行翻译时，译者的措辞造句依旧受其世界观和价值观的影响，但无论怎样摆弄中国文字，他所译的东西是基本忠实于原文的，和晚清的启蒙目的不同，这也是对读者负责任的态度，价值评判留给读者自己去完成。所以，对于翻译文学的归属问题是不应当根据译本的表现形态来进行划分，那会产生标准不一致的矛盾出现。而要解决到底将翻译文学定位于何处的问题，就应当先把翻译文学的概念搞清楚，然后再谈定位问题。

第一节   翻译文学的归属问题的争论

对于翻译文学的归属问题，论战最猛的时期是在 20 世纪 90 年代末至 21 世纪前五年。但在论战没有定论的情况下，各方各派就纷纷偃旗息鼓了。究其原因，并非是因为这个问题不重要，不值得再去研究。因为翻译文学的定位涉及到文学翻译在中国文学发展中如何起作用、起到什么作用和怎样起作用的问题。定位不明，也就没办法将有关问题进行后续研究，更没有办法在全球化的时代让文学翻译活动对中国文学产生更大的帮助，文学翻译活动和本土文学创作活动之间的良性互动也会受到影响。所以，这个问题的研究是有必要和有意义的。而此前研究争论渐渐淡化，和这个问题的难以定论有关。山头林立，没有谁能真正说服谁。

一、翻译文学等同于外国文学

这个观点在谢天振提出翻译文学属于民族文学之前是被人们先入为主地认定的并延续多年。对此最直接的证明就是"……此种前提所造成的体制犹存，即中文系开设的翻译文学课程依然叫作外国文学"①②。而晚清的文学翻译在文革后十几年的时间里一直无人重视，除了受五四对它的评价影响外，也和这种认识有关。既然翻译文学被放置于外国文学系列中，那么它的主子就是外国原著。不忠实于主子的翻译当然要受到批评。这种划分仅仅考虑了翻译文学的来源问题。外国文学和中国翻译文学之间确实密切关系，但经过译者再创造的译作也不是原著本身。传递出原著的基本信息仅仅是文学翻译的第一步，而真正让译者呕心沥血的是对原著的诗性表达和原著诗性的表达。翻译的两个过程理解和再现仅仅是翻译实践的基础。如果再加上译者的意图等文化因素，那么译作就更不可能与原著完全一样。译本虽然没有完全脱离源语的语境和相应的文化背景，但在融入了译者的文化背景和意识形态后，语言本身就会给译本带来变形的压力，翻译文学就不再是纯粹的外国文学了。从译者的角度而言，不同译者翻译的同一部作品也会出现巨大差别，当译者面对同一部原著时，即使意识形态相同，也会产生具有语言差异的翻译文本，这和译者的文学修养、艺术品位等有关。比如对下面英诗的汉译，不同的译者体现出了不同的风格：

The curfew tolls the knell of parting day,

The lowing herd wind slowly o'er the lea,

The plowman homeward plods his weary way,

---

① 别说是翻译文学独立，对翻译是否能成为独立的学科还有人持怀疑态度。1991 年，南木为谭载喜的《西方翻译简史》作序，他就认为还有必要认真斟酌翻译学科的独立性，而他的观点在当时是一种普遍性认识："浅见以为，翻译这门事业是否已成为一门独立的科学，看来还有进一步探讨和商榷之余地。理由简述如次。翻译同语言和数学近似，它既不隶属于经济基础，也不隶属于上层建筑，既非自然科学，也非社会科学，而是人类用以交流思想、传递信息的工具。把一些学科中研究翻译的各个边缘交叉部分统统都加起来，也并不足以成为认定这门学问就是一门独立科学的充足理由。"但 "在 2005 年，中国第一个独立的翻译学学位点（外国语言文学一级学科下的二级学科）上海外国语大学高级翻译学院开始招生，标志着国内翻译研究在体制上的重大突破。2006 年广东外语外贸大学又获得 "翻译学" 学位点。2007 年初，国务院学位办批准设立翻译专业硕士学位（Master of Translation and Interpretation，简称 MTI），首批 15 个院校得到授权。此外，全国有 7 所院校得到本科翻译专业的试办权（北外、上外、广外、西外、复旦、河北师大和浙江师大）；全国已成立翻译学院 7 个，翻译系 5 个，翻译研究中心超过 40 个，全国性翻译研究资料中心 2 个（北京外交学院和广东外语外贸大学）。"

② 刘耘华. 翻译文学体系化：一种可能的趋向. 湘潭大学学报（社科版），1996：38.

And leaves the world to darkness and to me.

郭沫若译：

暮钟鸣，昼已暝，

牛羊相呼，迂回草径，

农人荷锄归，蹒跚而行，

把全盘世界剩给我与黄昏。

卞之琳译：

晚钟响起来一阵阵给白昼报丧，

牛群在草原上迂回，吼声起落。

耕地人累了，回家走脚步踉跄，

把整个世界给了黄昏与我。

丰华瞻译：

晚钟殷殷响，夕阳已西沉，

群牛呼叫归，迂回走草径，

农人荷锄犁，倦倦回家门，

惟我立旷野，独自对黄昏。

同一的原本，不同的译本。译者对原作认知和理解上的差异会造成译本的多种形态。原著只能给译者和读者提供一个可供参考和翻译实践的依托框架，译者和读者在认知过程中，需用调动自己的知识储备和想象力，填充文化差距中的"空白"。填充行动因人而异，所以具体化后的译本也会面貌各异。既然如此，自然不能将翻译文学等同于外国文学。

那么，是否就此将翻译文学顺势归于民族文学或中国文学之列呢？似乎仍有不妥。因为任谁也无法否认翻译文学和外国文学的承继关系，没有外国文学，何来翻译文学？到目前为止，对于此问题的争论除了认为翻译文学属于外国文学的观点之外，主要还有以下几种划分：

二、模棱两可

葛中俊主张把翻译文学与外国文学、国别文学并列，但同时他又把翻译文学纳入本国文学，认为是目的语文学的次范畴①。这种划分实在不应该，因为按照国别进行划分，本国文学与外国文学是并行的，翻译文学一旦被纳入本国文学就没有办法再和外国文学并列。佘协斌②承认翻译文学不属于外国文学，"翻译文学与外国文学有着密不可分的关系，具体说来，后者是前者的依据，前者是后者的变体，二者均具有独立存在的文学价值。原作与译作不仅在语言文字形式方面存在根本差异，就是在思想内容、表达方式上，也因为中外语言与文化的固有差异而有所变异。"但在做总结时却又给出了自相矛盾的表述："据此分析，翻译文学与外国文学的关系，实际上是译作与原作的关系：原作属于外国文学，译作属于翻译文学。说得具体一点，翻译文学作品乃是基于已有作品（即原著）而产生的一种演绎作品，或曰派生作品，是从属于原著而又不同于原著的一种新作品。"既然"从属于原著"，它就没有办法具备独立性。

三、翻译文学是中国文学的组成部分

代表人物是谢天振。他认为认为翻译文学是国别文学的一部分。"判断一部作品的国籍的依据就是该作品作者的国籍"。他还特别强调是作者的国籍而非作者所属民族③。这种论述有一种越想说明白却越说越糊涂的味道。很多论者对此此保留意见，张友谊通过《高老头》和《战争与和平》反证了谢先生的表述缺陷："谢教授论述翻译文学属于民族文学的理由时指出，我们判断一部作品国籍的依据就是该作品作者的国籍，《高老头》的中文本的作者理应是译者傅雷，而不是法国作家巴尔扎克。他认为，中国人翻译的外国文学作品就属于中国文学，因而翻译文学属于民族文学。但在我们看来，作者的国籍虽然是作为其作品国籍的依据，翻译文学作品却不同于别的文学作品，不能套用这一结论。不能由于外国文学作品经过另一国人的翻译再创作、加工，以该国文字形式出现，就成为该人的作品、该国民族文学的一部分。托尔斯泰的《战争与和平》被世界各国翻译成多种文字，如果说翻译文学属于民族文学的话，这些不同版本的

---

① 葛中俊. 翻译文学：目的语文学的次范畴. 中国比较文学，1997：75.
② 佘协斌. 澄清文学翻译和翻译文学中的几个概念. 外语与外语教学，2001：52—54.
③ 谢天振. 译介学. 上海：上海教育出版社，1999：229.

《战争与和平》就属于不同国家的民族文学，可我们知道，世界上只有一部《战争与和平》，属于俄苏文学，当我们一说到《战争与和平》指的就是俄国的托尔斯泰的这部作品，而不是其他任何译者的译作。①"可以说是抓住了以国籍划分翻译文学的要害。译者毕竟不是作者，译者所代表的译本的文学特质和原文本的文学特质差别中更有同一。如果沿着谢先生的思路，被翻译成英文的《红楼梦》该算哪国文学呢？

四、不等边三角形论

这是张友谊提出的带有折中性质的划分观点。他认为，翻译文学和中国文学、外国文学是一个不等边三角形关系。之所以不等边，是因为在表示翻译文学、外国文学和民族文学的独特品质和任何两者间的亲疏关系时，如果是等边三角形就会表示均等关系，是"鼎足三分"。但"翻译文学与外国文学之间同翻译文学与民族文学之间的关系远近是不尽相同的。如果我们将翻译文学、外国文学和民族文学看成三个独立的点，将三点相互连线，应该是不等边三角形（如图所示），而不是等边三角形（三足鼎立），三条边的长短也就是三者之间的距离会由于相互间的关系不同而不完全等同。其中，民族文学与外国文学之间的这条边最长，翻译文学与外国文学之间的这条边最短。可见，翻译文学不仅不应划归为民族文学，反而离它的距离比离外国文学的距离相对更远。作为中介的翻译文学与外国文学比较贴近，主要原因在于前者的根是后者。没有外国文学，无所谓翻译文学。"在翻译文学的归属上，这种划分方式似乎更考虑得周全一些。张南峰②则提出淡化国籍概念，或者给予翻译文学"双重国籍"的观点，其实和这种观点有很多重合之处。但这种划分将翻译文学的定位限制于一个较为死板的框架中，因为翻译文学和外国文学、本土文学的关系也不是久居不变的。

---

① 张友谊. 试论翻译文学的归属问题. 天津外国语学院学报，2007：22.
② 张南峰. 从多元系统论的观点看翻译文学的国籍. 四川教育学院学报，2005（3）.

五、翻译文学是完全独立的文学形式

刘耘华认为，翻译文学是相对独立的部分，既不属于外国文学，不属于民族文学。原因有四：首先，译作本身所表现的思想内容、美学品格、价值取向、情感依归等均未被全然民族化。其次，外国文学和翻译文学中的某些部分被移植到民族文学肌体之中，成为民族文学整体中的有机成分，但不再维持原有的本性了。第三，这种观点也不能妥善安顿翻译家的位置。第四，从理论上说，这种观点是对翻译文学的民族性特征的片面放大①。这种解释注重了翻译文学本身所具有的、表达上的自由性。但翻译实践中，这种自由性是有限的，不是随性发挥的。所以，这种解释是对原著和译著的文化属性、译者的意识形态和审美心理等限制因素的视而不见，仅存在着有限的合理性。

第二节　翻译文学的非独立性和滑动形式

一、翻译文学的本质是什么

对于翻译文学的归属问题的讨论，还是应该从其本质属性开始。只有对其本质属性有了正确的把握，才有可能科学地将其定位。如果在进行定位时，对翻译文学的本质特征认识还仍旧处于模糊状态，偏差就会不可避免地出现。重翻译技巧轻文本文化形态或者重语言轻艺术的倾向不但容易将翻译实践引向随意，更容易将翻译批评极端化、绝对化。就翻译文学实践而言，语言和译者是翻译活动中最重要的参与元素，对其本质的把握也理当以这两个元素作为切入点。这就又回到了本章的讨论主题：晚清文学翻译中的语言形式之辩这是对翻译文学本质的探讨，这其中涉及到了源语言、目的语、译者动机、语言与思维

---

① 刘耘华. 文化视域中的翻译文学研究. 外国语（上海外国语大学学报），1997（2）：47—48.

的关系等诸多问题。本书的观点是，翻译文学有两大不可忽略的本质：

（一）翻译文学的本质之一：审美创造上的局限性

翻译文学和文学在审美创造上的最大区别在于它的受限制。文学翻译实践在艺术创造上的局限性，是翻译文学的审美特质的组成部分。原作对译者的活动产生制约。译者不能自作主张，在翻译中自行其事。译本的形态不能喧宾夺主，掩盖原著的艺术本质。文学创作所展现的是社会现实，而翻译文学则展现反映社会现实的文学作品。所以有人说翻译是土耳其挂毯的反面或是煮过的草莓。也有人认为文学是一幅画，文学翻译是把画中物临摹下来。而临摹是算不上艺术的。再逼真的临摹作品也是二流艺术。虽然这种说法对翻译家的心血而言有失公允，但说明了翻译文学从原作那里所受到的限制。译者艺术创造的自由度明显不能像文学作家那样可以天马行空、自由出入驰骋于广阔的艺术空间。相比之下，译者的创造必须以忠实于原作为前提，不管喜欢与否，他的翻译都不能和原作的艺术价值背离。这种有限度地发挥创造就好似戴着锁链去追求表现的自由①。

同时，语言的魅力体现于它的灵性，语言中孕育的诗意和作者灵动的思维往往也使译本具有抗译性。克罗齐在著名的《美学原理》中指出："语言凭直觉产生，言语行为受潜在的思维支配，并对思维加以扩展和修正，所以每一个语言行为都是创新的、不可重复的。"目的语和原语所表现的不同思维模式将译者于原著的背叛和束缚都变得非常困难。如果这两种语言所代表的跨文化差异非常巨大，那么就更需要译者在译本中作变通处理。以晚清和八十年代的翻译高潮为例，晚清时期的译者在翻译实践中，更常见的做法是照顾中国读者的口味，尽量把原作的形式化为适合于本土接受的形式，这也是译者在有限的空间争取自由的表现。得其意但背其言，离其形而得其似。

---

① 英国 17 世纪著名作家德莱登把依附于原作的翻译比做"戴着镣铐走钢丝"。当代法国诗人瓦勒利也坦白承认，他在翻译桓吉尔的《牧歌》时，往往心痒痒地想修改原作。当然译者一般对这种限制并不完全反感，会产生"痛并快乐着"的心态。就好似闻一多论诗词格律时所说："越有魄力的作家，越是要戴着脚镣才能跳得痛快。只有不会跳舞的人才怪脚镣碍事。"

比如本世纪初期对拜伦的《哀希腊》的译介，各个译本中变通的方式均不相同，但变通一律是围绕原著进行的。

原诗：

The isles of Greece，the isles of Greece！

Where burning Sappho loved and sung．

Where grew the arts of war and peace，

Where Delos rose，and Phoebus sprung！

Eternal summer gilds them yet，

But all，except their sun，is set．

梁启超译①（1902）：

[沉醉东风] 咳！希腊啊，希腊啊！你本是和平年代的爱娇，你本是战争时代的天骄。"撒藏波"歌声高，女诗人热情好，更有那"德罗士""菲波士"荣光常照。此地是艺文旧垒，技术中潮。即今在否，算除却太阳光线，万般没了。

这是《新中国未来记》第四章的开头。因是政治小说中的部分，当然该诗的翻译也要考虑到启迪民众的作用，所以尽管是中国古诗的曲体形式，但在措辞上基本是俗化的。

马君武译②（1905）：

希腊岛，希腊岛，诗人沙孚安在哉？爱国之诗传最早。

战争平和万千术，其术皆自希腊出。德娄飞布两英雄，渊源皆是希腊族。

吁嗟乎！漫说年年夏日长，万般消歇剩斜阳。

马君武以中国古诗中的七言歌行体译诗。于梁启超相比，他的译文节奏更加舒缓深沉，"其术皆自希腊出"和"渊源皆是希腊族"也明显是为了读者而进行变通的翻译策略。

苏曼殊译③（1908）：

———————

①　王锦厚．五四新文学与外国文学．成都：四川大学出版社，1996：371．

②　王宏印．英诗经典名译评析．济南：山东大学出版社，2004：25．

③　王宏印．英诗经典名译评析．济南：山东大学出版社，2004：19．

巍巍西腊都，生长萨福好。情文何斐亹，荼辐思灵保。

征伐和亲策，陵夷不自葆。长夏尚滔滔，颓阳照空岛。

苏译《哀希腊》采用了五言古体，他的译文也比前两位译者有更浓重的传统文学的影子。苏曼殊借着拜伦的声音哀悼中华文明，所以译文中也可以感受到译者的愤懑情绪。

胡适译①（1914）：

嗟汝希腊之群岛兮，

实文教武术之所肇始。

诗媛沙浮尝咏歌于斯兮，

亦羲和素娥之故里。

今惟长夏之骄阳兮，

纷灿烂其如初。

我徘徊以忧伤兮，

哀旧烈之无余！

胡适用《离骚》体译诗，是因为他认为："梁译仅全诗十六章之二"，马译"多讹误""有全章尽失原意"，而苏译虽然"大谬之处尚少"，但"词旨幽晦，读者不能了然"。胡适的译文与苏曼殊相比，少了愤懑，多了一份豪情。

查良铮译：

希腊群岛呵，美丽的希腊群岛！

火热的萨弗在这里唱过恋歌；

在这里，战争与和平的艺术并兴，

狄洛斯崛起，阿波罗跃出海面！

永恒的夏天还把海岛镀成金，

可是除了太阳，一切已经消沉。

查良铮的译文完全脱离了中国古代的诗歌体系，以现代形式进行翻译。该

----

① 黄杲炘. 从柔巴依到坎特伯雷——英语诗汉译研究. 武汉：湖北教育出版社，1999：351.

译本的读者群体无疑也是当代的。

从几位译者的译文对比中，我们可以看到：同样的原文本在翻译成目的语时，译本的风格、形式体例可以有几多的不同。但不同之中共同的限制却也存在，原文本的基本信息和审美特质是各位译者无法背离的。

再比如林纾和孙毓修所译的《伊索寓言》，前者的译文文雅有致，满足的是"出于旧学界"的读书人的口味，而后者是我国第一位童话大王，他的译文就偏于纯朴生动，目的是为"蒙学"服务①。但不管是林纾的文言还是孙毓修的白话，寓言中所阐释的思想断无被忽视的道理。变通也只能是有限地进行。

如果译者能在进行文学翻译时注重言与意、形与神的和谐统一，最大限度地贴近原作的风貌和精神，那么有限的艺术空间中也可以尽现原文的美和二次创作的成功。原文"镣铐"的约束会刺激译者寻找合适的途径进行翻译，文学翻译也就是在"忠实"与"审美"、束缚与自由的矛盾和统一中再现存在的价值。这种矛盾和统一成就了翻译文学存在的意义。虽然因为原著的束缚让译者无法像原作者那样可以享受到创作的自由，同时还要尽量做到不露声色，把自我融化于译语的创造中；译者个性在译本中也必须深藏不露，有我和无我的融合。

所以，尽管翻译文学与一般意义上的文学相通，但差异造成了其根本特质，是具有局限性和束缚性的特殊艺术形式。译者永远也不能个性鲜明地显露自己的艺术创造力。从这个角度来讲，文学翻译活动就好似在为文学创作化妆。一张面孔通过不同的化妆方式可以体现出不同的风格。

（二）翻译文学的本质之二："译无定本"是译者创造力的表现

首先、读者变动不居的阅读需求决定了"译无定本"现象的频频出现。

"译无定本"现象在晚清时期是非常常见的，鲁迅曾尖刻地讽刺过个别译者，因为他们欲独占文学名著的翻译并登报宣告"已在开译，请万勿重译为

---

① 孙毓修在《伊索寓言演义》中曾经做出过下列评价："以文字论，林译高古，拙译浅近，林译如黄钟大吕，拙译如瓦缶污尊，贵贵贱贱不同而亦各当其用焉"。

幸"。这就好像结婚，有人结过了，第二个便不该来碰一下①。而鲁迅先生是主张名著重译的，因为这样做的好处是可以击退乱译。茅盾则从读者的角度论述了重译的必要性。在解放后，矛盾看到翻译界出现了对外国名著进行争先抢译之风气，而且文学翻译也进行得无组织无计划，这导致了严重人力、物力的资源浪费现象。矛盾对此提出了批评，但同时他也指出了文学名著重译的意义："一种名著有几种译本可以使读者参照比较，作进一步理解与欣赏这样的复译是允许的。或者，原有的译本质量不高，因而进行有意识的复译；这样的复译更是必要的②"。

　　从读者对翻译文学作品的阅读实际来看，翻译文本对于读者而言不是纯客观、永恒存在的。因为译本只有在读者的阅读之中才能成为审美对象。也就是说只有当译本将原作的意义信息和审美信息传递到读者那里并和读者的审美潜能共同发生作用，使原著被读者感知产生审美体验时，译本才能体现出其现实的存在意义。所以说译本是读者主观接受的关联物，而不是纯粹客观的存在物。这就将读者的审美不确定性转嫁到了译本意义的不确定性上，使译本不能成为永远的自足存，而成为一个多层面的、有意义空白的和未完成的图式结构，它的具体意义的实现要依靠读者将其具化后所形成的文学形象、含义、价值和社会影响，这一切不可能也不应该是静止的、超越时间永恒不变的。随着时间、地域和接受意识变化，同一部作品的不同版本的译著会层出不穷。美国翻译家卡特福德在《翻译的语言学理论》一书中也明确指出，"任何语言行为都是在特定的生物、社会、物质环境里，在特定的时间、地点以及特定的参加者之间发生的"③。任何言语行为都是在特定的社会历史条件下发生的。所以文学翻译活动显然是一个历史的过程，译者对于原著的理解必然具有历史性。而在德国哲学家伽达默尔那里历史性成为人类生存的基本事实。"人是历史的存在，因而有

----

① 鲁迅. 非有复译不可//《翻译通讯》编辑部编. 翻译研究论文集：1894—1948. 北京：外语教学与研究出版社，1984：242.

② 茅盾. 为发展文学翻译事业和提高翻译质量而奋斗//《翻译通讯》编辑部编. 翻译研究论文集：1949—1983. 北京：外语教学与研究出版社，1984：6—7.

③ J. C. 卡特福德. 翻译的语言学理论. 北京：旅游教育出版社，1991：61.

其无法消除的历史特殊性和历史局限性。无论是认识主体或对象，都内在地嵌于历史性之中。真正的理解不是去克服历史的局限，而是去正确地评价和适应它。①"理解的历史性作为伽达默尔哲学解释学的著名原则之一，它包含三方面因素："其一，是理解之前已存在的社会历史因素；其二，理解对象的构成；其三，由社会实践决定的价值观。一方面，理解的历史性构成了我们的"偏见"。所谓"偏见"即在理解过程中，人无法根据某种特殊的客观立场、超越历史时空的现实境遇去对文本加以"客观"理解。"偏见"作为一种积极的因素，它是在历史和传统下形成的，是解释者对理解世界意义的一种选择。理解者在理解文本时总带有偏见，没有偏见，理解就不可能发生。另一方面，"偏见"构成了理解者的特殊"视界"，即理解的起点、角度和可能的前景"②。"理解者的偏见"实际上涵盖了译者和读者的阅读心理、审美定势和意识形态等因素，这也就是鲁迅先生所言的："《红楼梦》是中国许多人所知道，至少，是知道这名目的书……单是命意，就因读者的眼光而有种种：经学家看见《易》，道学家看见淫，才子看见缠绵，革命家看见排满，流言家看见宫闱秘事……③"。

其次，作为第一读者的译者决定了翻译文学"译无定本"。

《周易》中在论述阴阳之道时就已经出现了"仁者见之谓之仁，知者见之谓之知"观点。梁启超又在《自由书·惟心》中对此作了更直观的描述："'月上柳梢头，人约黄昏后'"，与'杜宇声声不忍闻，欲黄昏，雨打梨花深闭门'，同一黄昏也，而一为欢憨，一为愁惨，其境绝异。'桃花流水杳然去，别有天地非人间'，与'人面不知何处去，桃花依旧笑春风'，同一桃花也，而一为清净，一为爱恋，其境绝异。'舳舻千里，旌旗蔽空，酾酒临江，横槊赋诗'，与'浔阳江头夜送客，枫叶荻花秋瑟瑟。主人下马客在船，举酒欲饮无管弦'，同一江也，同一舟也，同一酒也，而一为雄壮，一为冷落，其境绝异。然则天下岂有物境哉，但有心境而已！戴绿眼镜者，所见物一切皆绿；戴黄眼镜者，所见物一切皆黄；口含黄连者，所食物一切皆苦；口含蜜饴者，所食物一切皆甜。

① 王岳川. 现象学与解释学文论. 济南：山东教育出版社，1999：208—210.
② 王岳川. 现象学与解释学文论. 济南：山东教育出版社，1999：208—210.
③ 鲁迅. 绛花洞主小引//鲁迅全集：第8卷. 北京：人民文学出版社，2005：179.

......

仁者见之谓之仁，智者见之谓之智，忧者见之谓之忧，乐者见之谓之乐，吾之所见者，即吾所受之境之真实相也。"① 这虽然是对原创者心境的分析，但推而广之，对译者也同样适用。因为"一部文学作品并不是一个孤立的、对每一个时代的每一位读者都现出同样面孔的客体。它并不是一个纪念碑，能够通过独白揭示超越时代的本质②"。在历史发展中译者会带着各自的理解"偏见"对原著进行不同的解读并译出不同的版本，而这些版本也能体现出不同的时代特征。以美国斯托夫人所著的《汤姆叔叔的小屋》为例，在中国它已经出过至少55个版本，发行量达几百万册。从作者的创作目的而言，该书的原意是通过对基督教精神的宣扬，通过秉持人道主义的理念来控诉当时美国罪恶的奴隶制度。斯托夫人没有和其他的废奴文学作品那样声声血、字字泪地抨击、控诉和诅咒奴隶制，而是将奴隶主的血腥、残忍和黑奴家庭妻离子散的痛苦隐含在浓重的说教氛围和含泪的微笑之中，感染力极强。利用宗教思想和善恶两类奴隶主的复杂人性的对照将读者深深吸引。此书创造了美国史无前例的一年30万册的销售量，几年后便被译成23种文字，被多次改编成戏剧和电影。然而，这本书在中国100多年的接受过程中，中国社会历史、政治、时代的巨变使得它在不同时期的译本呈现出不同的政治性和时代色彩。译本在传播中既有顺应政治需求的社会功能，也有追求文学价值的努力。尤其在中国社会处于转型期的历史时期，政治、文化对译本影响就更加明显。

1901年林纾、魏易合译该书，其时正处在中国社会全方位的思想转型初期。1898年资产阶级维新变法的失败和此前甲午战争的失利让国人再也不能以天朝大国自居，危机感成为全民性的同感。同时，国人对西方文化的认识上升至新的层次，希望能接西方文明的输入来解决中国的内忧外患。译者已经意识到了西方科技、社会科学著述和文学的价值。对于列强肆意的侵略，当时的中国国力衰弱，政府当局腐败无能。面对民族危亡的险境，先进的爱国知识分子心境

---

① 梁启超. 自由书·惟心//梁启超全集第3卷. 北京：北京出版社，1999：361.
② 拉曼·塞尔登，彼得·威德森，彼得·布鲁克. 当代文学理论导读. 刘象愚，译. 北京：北京大学出版社，2006：62.

之郁闷可想而知①。在这样的文化背景下林纾、魏易以促进民族觉醒、振奋民心为目的，译出了《汤姆叔叔的小屋》的第一个中文版本《黑奴吁天录》，"余与魏君同译是书，非巧于叙悲以博阅者无端之眼泪，特为奴之势逼及吾种，不能不为大众一号。吾书虽俚浅，亦足为振作志气，爱国保种之一助。②"为了达到这个译书目的，林纾大量删减了原本中宗教色彩浓厚的宣传成分，尤其有关人物从宗教信仰中获得慰藉或《圣经》的引文和颂歌等，一律删节。"是书言教门事孔多，悉经魏君节去其原文稍烦琐者。③"这也是为了照顾国内读者的宗教传统心理而作的适应性处理。对于书中的人道主义成分的删节就基本上是为配合突出突现黑奴的惨状和奴隶制的罪恶而采取的策略。译本出版后反响热烈，发行量之大在当时罕见。有一读者述评到："我愿书场、茶肆、渲小说以谋生者，亦捧此《吁天录》，竭其平生之长，以摹绘酸楚之情状，残酷之手段，以唤醒我国民。④"还有读者在《新民丛报》讲："依微黄种前途事，岂独伤心在黑奴！"《国民日报》的读者回应是："黑奴可作前车鉴，特为黄人一哭来。⑤"

　　林译本出版后大受欢迎，译本的影响深入人心。经过适应性改造的译本迎合了当时国人的心境，所以译本也找到了它合理生存的土壤，译本和读者可谓一拍即合。

　　1907 年，留学日本的曾孝谷、李叔同等组织的"春柳社"在东京成功演出了林译本改编的《黑奴吁天录》。"两天的公演预计有 3000 观众，但是第二天公演时走廊上也挤满了人，实际人数远远超过了预计人数⑥"。"春柳社"在东京演出的译本已经无从查找了，但欧阳予倩、田汉、中村忠行等人对此曾经有过

---

① 这其中也有华工在美国的惨状的刺激作用。1882 年美国国会通过《排华法案》，歧视、虐待和逮捕关押在美华工，至 19 世纪末虐待华工的情况更加严重，但清政府对此却束手无策。

② 斯土活.黑奴吁天录.林纾，魏易，译.北京：商务印书馆，1981：206.

③ 斯土活.黑奴吁天录.林纾，魏易，译.北京：商务印书馆，1981：2.

④ 灵石.读黑奴吁天录//阿英.晚清文学丛钞：小说戏曲研究卷，中华书局，1960.

⑤ 施咸荣."岂独伤心在黑奴！"——汤姆叔叔早期在中国的影响.外国史知识，1983：33.

⑥ 中村忠行.春柳社逸史稿（一）——献给欧阳予倩先生.陈凌虹，译.戏剧，2004：32.

相关的讲述。根据他们的言论可以看出，译本变动更大、情节更加集中和简单了。两条叙事主线中的一条：克莱尔及小伊娃的情节也被删去，五幕话剧中仅仅保留了罪恶的奴隶制的迫害和被压迫民族的惨状。同样是为了适应中国读者的传统阅读心理，该译本将汤姆的悲剧改成以乔治·哈里斯和汤姆等一起的胜利大逃亡喜剧。沈林在论及中国为何要演外国戏的时候说 "'春柳社'演《黑奴吁天录》真是字字血，声声泪，台上涕泗滂沱，台下唏嘘一片，剧终时欧阳予倩振臂向台下一声高呼：黄种人，觉醒啊，不要落到黑奴一样的下场！……演外国戏常常是借他人杯中物浇自己胸中块垒①。"

　　20 世纪 50 年代，同样还是欧阳予倩，同样还是这部小说改编的话剧，译本又出现了新的适应性改动。《汤姆叔叔的小屋》成为当时唯一一部源自美国题材的戏剧。林纾刺激民族觉醒的用意在此时变成了对亚非拉的民族解放运动的支持，要让世界人民感受到来自泱泱大国对同为第三世界的兄弟民族与殖民主义者斗争的声援。剧目名称改为《黑奴恨》。"1907 年 '春柳社'的演出强调被压迫民族的觉醒，演到高潮处，演员带领大家一起高呼口号，号召大家起来为自己的解放和强盛而斗争。1961 年的演出轰动一时，其意义：一是为批判美国民主、自由和平等的欺骗性及其殖民帝国主义的侵略行径；二是声援当时如火如荼的亚非拉民族解放运动②"。"现今，在美国，黑人还是受到严重的歧视和压迫。黑人的生命财产、基本人权都无保障。殖民主义者蹂躏非洲惨无天日，可是非洲的劳动人民也和其他殖民地的人民一样，已经觉醒，掀起了蓬蓬勃勃的民族解放运动，使帝国主义者手忙脚乱，浑身发抖。我以对被压迫者深切的同情，对殖民主义者极端的愤慨写了这个戏。③" 这里我们不用怀疑老人家的真诚，这是哪个年代的人普遍具有的情怀。所以也就不难理解该译本中更加大胆的、爱憎分明的、二元对立式的改动：不但删除了小伊娃和圣·克莱尔等善良的奴隶主及其子女的情节，而且将原书中本是慈善的汤姆的第一主人谢尔培夫

---

①　沈林．我们为什么要演外国戏？．中国戏剧，1999：59—60.

②　欧阳予倩．欧阳予倩谈《黑奴恨》——在中央实验话剧院《黑奴恨》剧组的两次谈话．戏剧艺术论丛，1979：98—99.

③　欧阳予倩．黑奴恨后记．剧本，1959：38.

妇处理成披着羊皮的狼。汤姆也不再是逆来顺受和安分守己的黑奴大叔了，在第四幕中他成了具有觉醒意识的英雄。"在最后一场戏里，观众看到的汤姆已经是一个站起来的、觉醒了的汤姆。在利格里的鞭子和拳头面前，汤姆忍着伤痛雄狮般挺立起来，义正辞严地痛斥了残暴的压迫者。他怒斥利格里的一段台词，说得强烈有力，气势磅礴，热情饱满，精神十足，把积蓄的精力充分地迸发出来。"① 而在剧终，译者居然还加了这样的表述："我们决不会忘掉非洲有千千万万的黑人同胞，这是一个很大的力量，我想沉睡的非洲总有一天会觉醒过来，黑人也和其他民族一样，一定会站起来，觉醒了站起来的人，才不受人欺侮，我们要创造出真正民主、自由、平等的世界。"同样的原著在不同译者的美好愿望下，衍变得几近面目全非了。风子曾经对《黑奴恨》写过读后感，其中的言辞有着冷战时期政治解读的味道："《黑奴恨》有力地证实了美帝国主义严重地歧视、迫害黑人，正如同资产阶级对劳动人民无情地压榨剥削一样，是在自掘死亡的坟墓。"② 不知风子读过原著没有，他的评论应该只能是针对《黑奴恨》的，而原著是无论如何也产生不出这样的解读结果的。

原著在历史的跨越穿梭中，也会因为译者兼读者的理解上的介入而样态多变。多元价值的形成让中国社会更加具有包容力，而译者也在翻译心理、翻译视角和翻译接受上更加成熟。译本的种类和形式明显多样化了。林纾所进行的文化适应性改写是为了配合当时中国的文化政治诉求，激发国民爱国忧民的热情。同时，由于译者本人根深蒂固的传统文学趣味和思维模式的影响，林译本中到处可以感觉得到中国传统小说的痕迹，文言文的传统样式满足与迎合中国读者的阅读习惯。为了读者能更好地理解自己的翻译目的，译者还在译本中加进自己的叙述。比如在第十三章，林纾这样评述雷洁儿夫妇"此妇人盖名雷洁儿，其夫名西门，慈爱好善之心，与雷洁儿称为良匹，此二人已20年侨寓于

---

① 赵健．"汤姆"的觉醒——略谈田成仁在话剧《黑奴恨》中的表演．戏剧报，1961：48.
② 风子．殖民主义者自取灭亡的火山——欧阳予倩同志的新作《黑奴恨》读后感．剧本，1959：91—92.

此，所为之事，咸主活人。①"而英文原著中是没有此类论述的。林、魏译本的改造让原著中的宗教意识有所流失，"春柳社"的剧本则流失了更多的人道主义成分和悲剧色彩。真正原汁原味的译本是在改革开放以后才出现的。

改革开放以后，译者的价值观和文化心理再次发生巨大的变化。《汤姆叔叔的小屋》在译介接受中也不再仅仅是政治宣传的接受形态了。支离破碎的翻译现象得到了纠正，原著原貌可以完整地呈现出来，宗教思想、人物的复杂性、人权的表现和人道主义等文化和历史价值判断通过原汁原味的翻译留给读者自己去进行。张培均在为该书的第一个全译本写序时，重视的是人性和人权的批评。"现在，国际法和许多国家的国内立法都明文禁止蓄奴、贩卖人口，禁止种族歧视，人权的国际保护已经成为现代国际法上的一个突出的重大问题。然而，种族歧视与种族压迫在一些国家和地区，迄未消除。②"黄继忠在 1982 年的译本序中则探讨的是该书的文学价值。从小说的故事描写、情节结构的构思、人物塑造等方面阐释了这部小说巨大的艺术感染力。这篇序言的价值在于对原著的评论上不再从政治关怀的角度，而是从文学和历史批评的角度来纠正人们对该书是抒发政治情怀的宣传品的错误认识，恢复了该书的文学价值③。

"文变染乎世情，兴废系乎时序"，从《汤姆叔叔的小屋》的重译现象上看，"译无定本"实际是译者借用不同的文本理解和形式反映时代的诉求，后者规定了译者进行翻译时进入原著的角度和心态。伽达默尔认为，"任何时代都必须以自己的方式理解流传下来的文本……一件文本的意义并不是偶然超越它的作者，而是不断超越它的作者的意向。因此，理解并不是一种复制的过程，而总是一种创造的过程……完全可以说，只要人在理解，那么总是会产生不同的理解"④。译者对原著的理解是见仁见智，不是对原著文本意义简单的"复制"，这是"译无定本"之所以能出现的根本原因。译者必然会创造出各种不同的译本。在黄继忠的译本之后，1998 年人民文学出版社出版了王家湘的译本；2005

---

① 斯土活. 黑奴吁天录. 林纾，魏易，译. 北京：商务印书馆，1981：63.
② 斯托夫人. 黑奴吁天录序. 张培均，译. 桂林：漓江出版社，1981.
③ 斯托夫人. 汤姆大伯的小屋序. 黄继忠，译. 上海：上海译文出版社，1982.
④ 伽达默尔. 真理与方法. 上海：译文出版社，2006：280.

年，南京译林出版社出版了林玉鹏的新译本。这两个新的版本中突出了小说的文化鉴赏和文学批评的因素。林玉鹏在其译著序言中写到："每个时代的人对文学作品都有自己的阅读、理解和阐释。随着语言和翻译理论研究的深入，必然有新理论指导下的新翻译实践。因此，文学名著的翻译是没有止境的，它需要许多译者共同劳动，一个译本就是一个视角、一种阐释方式……后译者站在前译者的肩上，借鉴前译的成果，进行改进提高。"① 他还对该书进行了文学批评方面的阐述："由于作者受到时代、视野等方面的局限，小说不可避免地存在着缺陷。首先是小说的宗教说教气氛太浓，主要表现在作者的思想观点和人物塑造上……其次，小说中有不少伤感的因素。诚然，由于这部小说特定的题材，哀婉的情绪往往更能打动读者（如汤姆之死），激起人们对奴隶制的义愤，但过度的伤感会影响小说的艺术性，削弱其批判力量，如伊娃去世的场景就是一例。②"随着时代的变迁，还会有从其他视角进行译介的新译本出现。鲁迅强调，"即使已有好译本，复译也还是必要的……取旧译的长处，再加上自己的新心得，这才会成功一种近于完全的定本。但因言语跟着时代的变化，将来还可以有新的复译本的……③"翻译文学和文学原创最大的区别就是前者不可能有定本或范本存在。历史文化语境的变迁让译者有条件为原著进行意义上的多元解释"一件艺术品的全部意义，是不能仅仅以其作者和作者的同时代人的看法来界定的。它是一个累积过程的结果，亦即历代的无数读者对此作品批评过程的结果。④"所以，"译无定本"不仅是翻译文学的本质属性，也是翻译文学的正常表现形态。翻译活动中理解的主体译者和理解的客体原著在意义阐述上的差距就是通过"译无定本"来解决的。

二、无法独立和没有归属的翻译文学

从翻译文学的"译无定本"特质来看，它的归属明显不属于外国文学。翻

---

① 斯托夫人. 汤姆叔叔的小屋：序言. 林玉鹏，译. 上海：译林出版社，2005.
② 斯托夫人. 汤姆叔叔的小屋：序言. 林玉鹏，译. 上海：译林出版社，2005.
③ 鲁迅. 非有复译不可//《翻译通讯》编辑部编. 翻译研究论文集（1894—1948）. 北京：外语教学与研究出版社，1984：242.
④ 雷·韦勒克，奥·沃伦. 文学理论. 刘象愚，译. 南京：江苏教育出版社，2005：36.

译文学的源头是外国文学，但译本毕竟不是原文本。英伽登指出："作品绝不等于纸张与墨迹，它首先是供阅读理解的句子，句子是依无形的原则而生效的井然有序的结构，这种结构不能还原为物，它与抽象的观念有关。然而作品又不是观念客体……是一种'意向性客体'，它存在于具体个人（作者和读者）的意向性活动之中。①"如果把翻译文学等同于外国文学就要求译作和原作具有高度的同一性。但稍微具有翻译常识的人都知道，具有高度同一性的翻译文本在文学翻译实践中几乎是不可能实现的。更不用说但"依无形的原则而生效的井然有序的结构"的"供阅读理解的句子"，和"译者眼中"的"意向性客体"发生矛盾时，后者通常不会照顾前者的客观性。晚清大量的翻译实践非常清楚地证明了这一点。比如晚清的译者会为了便于阅读记忆，将外国地名、人名进行中国式改造。还有译者会保留原著的故事信息，但讲述形式上则照顾了中国人传统的阅读习惯，换用中国传统小说的言说方式，如用中国章回小说体例和叙事方式，自编回目等。同时，为了不和中国的国情和人伦道德相悖，译本中也要删减不符合中国纲常伦理、政教国情内容。也是为了这些原因，译者也会在文本的序和跋中增添诱导读者的文字，议论时政、抨击时弊、寄托改良社会理想。而借题发挥性的演义、议论、讽喻等在译本中更是比比皆是，这造成了译著并行的局面，甚至还有伪译和伪著现象②。

　　如果我们对晚清的这些翻译实践忽略不顾，仅仅承认翻译文学与外国文学共同渊源这一点，实际上是将文学翻译和非文学翻译混为一谈。如前所述，非文学翻译是以准确的信息传递为目的，它的文本是可以有固定形式的，比如公式的翻译。而文学翻译的"译无定本"则让译本的存在价值有可能随时间的流逝而有所损失。试想，现在又有几个人会去读深涩的文言译本呢？晚清译者在翻译时的种种努力如改译、删译、有意识地误译等策略在科技翻译中是不容允许的罪行，但在文学翻译中可能就是"创造性叛逆"。在对原文本的叛逆中体现出了对译者内心价值观的忠诚。不同的时期，读者只能从不同的译本中体会原

---

① 张旭曙. 英伽登的文学作品存在论与现象学之关系新探. 中国现象学网.
② 胡翠娥. 文学翻译与文化参与——晚清小说翻译的文化研究. 上海：上海外语教育出版社，2007.

文本这个"意向性客体"的存在。从这个意义上讲，原文本的存在对于读者而言仅仅是词语的另一种语序的存在，而这种语序又不具备可译性。在复杂的文学关系网络中，原文本一旦被转换成译本，原著的信息就会结合新的新语境中形成新的文学关系网络并产生新的信息。原文学体系中的关系也就不复存在了。"译无定本"决定了不同译者的不同言说方式，种种言说方式所构成的文学关系网络是在中国的语境中建成的。所以，翻译文学归属于外国文学是比较荒谬的。

将翻译文学归属于中国文学是谢天振提出的观点。早在 1989 年，谢天振就发表了《为"弃儿"找归宿——翻译在文学史中的地位》一文，他认为"文学翻译中不可避免的创造性叛逆，决定了翻译文学不可能等同于外国文学"，并提出"恢复翻译文学在中国现代文学史上的地位"的主张①。他还在《翻译文学史：挑战与前景》和《翻译文学——争取承认的文学》两篇文章中进一步为这种观点增加力度"翻译文学在国别（民族）文学中的重要地位，并且把它作为一个相对独立的文学事实予以叙述，这是值得肯定的②"。同时指出："在 20 世纪这个人们公认的翻译的世纪行将结束的时机，也许该是到了我们对文学翻译和翻译文学作出正确的评价并从理论上给予承认的时候了③。"但这种观点从一开始出来就备受争议。《书城杂志》1995 年第 4 期同时登载了施志元：《汉译外国作品与中国文学——不敢苟同谢天振先生高见》和施蛰存：《我来"商榷"》的文章，发表了不同的看法。但谢先生始终是坚持这种观点的，在《21 世纪中国文学大系·2001 年中国最佳翻译文学》的序言中，他认为"外国文学实际上只是存在于翻译文学之中的一个虚幻的概念，而翻译文学才是他们实实在在接触到的文学实体""文学翻译的创造性叛逆的性质决定了翻译文学不是外国文学"④。而和谢先生一样秉持这种观点的人有很多，查明建、张德明、王向远等

① 谢天振．为"弃儿"找归宿——翻译在文学史中的地位．上海文论，1989（6）．
② 谢天振．译介学．上海：上海外语教育出版社，2000：227．
③ 谢天振．翻译文学——争取承认的文学．中国翻译，1992（1）．
④ 陈思和．21 世纪中国文学大系·2001 年中国最佳翻译文学．春风文艺出版社，2002：10．

知名学者纷纷表示过支持①。

　　但反对将翻译文学列入中国文学范围的也大有人在。翻译文学在审美创造上毕竟是受限的，不是无边无际的发挥的。如果不考虑原文本对译本的制约作用，就好像将原产品换个标签一样，理不直气不壮。20 世纪初苏曼珠与陈独秀均采用了章回小说的笔法翻译的《惨世界》，每节多以"却说"、开头，以"欲知后事如何，且听下回分解"结尾。但"话说"的内容，"欲知"的后事均出自于原文本。为了迎合读者的审美期待并避免译作有违中国文化图式而引起读者的审美抵触，译者才会进行形式上的改动。也有增译、减译，但原著的基本信息还是被保留的。翻译是个能动的过程，译者可以按照他个人的认知结构去解释原作并表现出他的审美个性，但译者的主观发挥并不是脱离原作随意发挥。虽然译作不是原作的复制品，它是一种再创造的产物，但它是对原作的改写而非随心所欲的篡改，翻译家 EvanKing 编改的大团圆喜剧曾引起原作者老舍先生的强烈不满。原著是主客观为一体的存在物，能够支撑起原著成为一部文学作品的主要信息是在翻译中应当被重点保留的。严复的译事三原则中，"信"排在第一位。不同的译者只能在准确理解的基础之上发挥其文化信息的转换智慧，而不是随心所欲地背离原作的客观性。译者自己的风格和特色体现于在翻译过程中进行艺术再创造中，但更体现于原著客观的、确定性的信息的艺术体现中，否则世界上就没有所谓的翻译文学一说。这也就是"带着脚镣跳舞"的快乐和痛苦。即便是晚清有诸多译者对原著进行了大刀阔斧式的改译，但保留原著中

---

　①　查明建认为："我们说翻译文学是译语文学的一个组成部分，并不仅仅是因为外国文学作品经过了翻译，在语言形态上有了改变，更主要的是，文学翻译受制于译语文化主体性的需求，无论是翻译选材、翻译过程还是译作的文学效应，都受到译语意识形态和诗学的操纵和影响。这样，译作已不是原来意义上的外国文学作品，而是融入进了译语文学系统中的具有独立文学品格的新的文学作品"；张德明认为："翻译文学对中国现代文学现代性的生成与发展起到了巨大的推动作用，应该给它以一定的文学史地位"，并对"作为'弃儿'的翻译文学仍然继续着流浪生涯"表示不解；王向远说："总之，只要承认文学翻译是一个创造性的活动，承认与原作绝对不走样的忠实是不可能的、甚至是不必要的……那么，'翻译文学'不等于'外国文学'，就不需多费烦词了"；"有必要在'翻译文学是中国文学的组成部分'的基础上，进一步说明翻译文学是中国文学的'一个特殊的重要组成部分'的论断，最后结论是："翻译文学是中国文学的特殊组成部分"。

的重要客观信息也是他们翻译时的自觉。虽然"译意"和"达旨"在当时大行其道，虽然梁启超为快速启蒙的效果而宣扬"豪杰译"，但这些晚清译者也没有完全背离"忠实于原文"的轨道。梁启超就很自信他翻译的《十五小豪杰》"不负森田①"。苏曼殊认为"友人君武译摆轮《哀希腊》诗，亦宛转不离原意"②。林纾在对茶花女的描述上与原文做了较大的改动，"小仲马采取了一种独特的方式，即让读者去想象描绘这张面孔的过程，一点点勾勒马克的五官，但在林译本中，不但这种叙事方式消失了，而且茶花女的形象被模糊化了，套话化了……在林译本中，呈现在读者面前的却是一位'仙仙然描绘不能肖，虽欲故状其丑，亦莫之为辞'③"。但尽管林纾将女主人公的相貌没有忠实译出，但该书的主要文学价值还是得以保留，否则就不会有如此认识："林琴南的《茶花女遗事》问世以后，轰动一时。有人谓外国人亦有用情之专如此的吗？以为外国人都是薄情的，于是乃有人称之为外国《红楼梦》④"林纾在碰到有文化距离的语汇时，还经常用括号作注加以解释，如在《黑人吁天录》中"天主保佑主母（此西人自明心迹之辞）"；"彼夫妇在蜜月期内，两情析合无间（蜜月者，西人娶妇时，既挟其妇游历而归）⑤。来自于异邦的原文在译者眼中是信息传递的障碍，这些必须进行相应的处理。本土化改造让读者产生似曾相识的感觉，缩短了文化心理距离，帮助读者产生往下读的兴趣和耐心。而译者的努力并非要摆脱原文，而是要让原文中译者所要传递的信息真实地到达读者那里。所要，即使是晚清译者将文学原著进行了古今少有的改动，其目的也是为了让读者"信"，也是为了在某种程度上"信"于原著。这是翻译文学天生的带给译者

---

① 梁启超. 十五小豪杰（译后语）//陈平原，夏晓虹. 二十世纪中国小说理论资料：第一卷，（1957—1916），北京：北京大学出版社，1997：64.

② 苏曼殊. 拜轮诗选自序//苏曼殊全集：第一卷，柳亚子编. 北京：中国书店，1985：123.

③ 马晓东. 似曾相识的姑娘——晚清译者笔下"茶花女"形象//孟华. 中国文学中西方人形象. 合肥：安徽教育出版社，2006：183.

④ 马晓东. 似曾相识的姑娘——晚清译者笔下"茶花女"形象//孟华. 中国文学中西方人形象. 合肥：安徽教育出版社，2006：204.

⑤ 陈燕. 从《黑人吁天录》看林纾翻译的文化改写. 海南师范学院学报人文版，2002：136、140.

的、贯穿于整个翻译实践的"镣铐"。这种无法脱离原著的特点让翻译文学没有办法归属于民族文学①。

在外国文学和民族文学归属的争论中，张南峰的观点打破了二元对立。虽然他并没有将翻译文学作出明确归属，但破除二元对立能将翻译文学的定位问题引向更广阔的探讨空间："国别文学史不单应该或者可以研究外国文学对本国文学的影响，而且也应该或者可以研究本国文学对外国文学的影响。假如我们认为，不研究前者，国别文学史就不完整，那么我们同样可以认为，完整的国别文学史还必须研究后者。②"这使得翻译文学具有了国籍的双重性。

在这种认识的基础上有论者提出让翻译文学独立，这个观点也不是很成立。原著和译者的翻译语境对文学翻译实践的影响是显而易见而且无法避免的。因为译本中所体现初等作者的文化信息诸如民族心理、审美情趣、宗教信仰及本民族社会风俗等元素是具有主体意识的译者无法回避的另一种主体性。所以译本本身也是作者主体性和译者主体性的统一体，而后在在实际操作中还必须照顾前者的主体性。同时译著中译者个人特点的展示又明确表示出文学翻译无法脱离出译者的文化视域。这种现实面前又何来翻译文学的独立性呢？所以刘耘华所言的"翻译文学"和"外国文学"并不对等是有道理的，但"翻译文学"是一门独立学科③"就不成立了。张友谊提出的"不等边三角形"理论将翻译文学又推向了外国文学，他认为："作为中介的翻译文学与外国文学比较贴近，主要原因在于前者的根是后者。有如一棵大树不管长得多高、多茂盛，总也离不了根，没有根，一切无从谈起。同样，没有外国文学，无所谓翻译文学。又如海外华人，无论身处世界的哪一个角落，无论变化有多大，只要谈起自己的

---

① 张友谊在其论文《翻译文学归属之研究——"不等边三角形"论》中反驳道："托尔斯泰的《战争与和平》被世界各国翻译成多种文字，如果说翻译文学属于民族文学的话，这些不同版本的《战争与和平》属于不同国家的民族文学，可我们知道，世界上只有一部《战争与和平》，属于俄苏文学，而且，当我们一说到《战争与和平》，指的就是俄国托尔斯泰的这部作品，而不是其他任何译者的译作。"如果进一步反问，那么翻译成外国文字的中国四大古典名著又该归属何处？这种分法明显有不合情理之处。

② 张南峰. 从多元系统论的观点看翻译文学的"国籍". 外国语, 2005（5）.

③ 刘耘华. "翻译文学"体系化：一种可能的趋向. 湘潭大学学报（哲学社会科学版），1996（2）.

祖国——中国，就无比激动，心与祖国的距离是无限接近的，因为他是从中国走出去的，他的根在中国。所以，相对而言，翻译文学是与自己的根——外国文学距离更近，即使它经过译者的加工再创作，或多或少已经有了变化。"不知道张友谊的这种关系的判断是从什么层面上进行的，其实就关系的亲疏远近而言，翻译文学和外国文学、民族文学孰近孰远不是一眼就能定夺的。如果以译本的表现形式来看，翻译文学有时偏靠于外国文学，有时又偏靠于中国文学。

　　以我国的晚清时期和改革开放以来的翻译高潮为例。鸦片战争、甲午中日战争的惨败使中国的知识分子决心借助于西学以启迪民智。清末中国内忧外患中，社会主导思想是救亡图存，翻译文学基本服务于这样的政治吁求。乱世下的大规模西方文学的输入，使翻译和创作的界限模糊，这非常有利于翻译文学在中国拓展其生存空间，所以，译本以中式面孔出现。其主要表现就是译作没有原书和原作者信息，如：叶启标 1903 译的《二金台》、关葆麟 1904 译的《西亚谈奇》等都没有标明是译作。而《绣像小说》72 期所刊翻译小说也是既无作者信息，也无译者署名。而不少自称译作的文本其实是创作①。很多译者被称为是创作家，如林纾就被人誉为"小说界泰斗"，与李伯元、吴趼人并列为三大小说家。而语言和情节的改动也是基本遵从中国人的审美阅读习惯。有论者曾经将《华生包探案》的译文进行过对比研究，在《孀妇匿女案》中有这样一段译文："巷中松柏数十本，风景幽绝，余尝盘桓其中，徘徊俯仰，取人树相宜意也。茅庐向无人居，楼仅一级，廊庑古旧，下有花草，虽不轩敞，而别具风韵，诚高人逸士之居也。"这一段的现代译本中"别墅"变成"茅庐"，"两层楼房"变成"一级"，"苏格兰枞树"更是没了踪影。晚清的译者明显是为了展现文章的神韵而不追求形式。这种译本从表现上将是和中国传统文风更加接近的，和中国文学的渊源也是无法回避的。

　　但在 20 世纪 80 年代，我国的文学翻译则体现了和晚清不同的翻译主张。此时的翻译更多地是要保持文学的原有风貌，更多地传递原汁原味的西方文学的风貌。这也是为什么文学名著在此时得到相当多的重译的原因。外国文学已

---

① 郭延礼. 中国近代翻译文学概论. 武汉：湖北教育出版社，1997：39—40.

经不再是启蒙意义上的译介，而是作为一种客体的文学和文化参照来进行的，有取长补短的意味。文学作品的更加细致的译介可以让国人清楚认识到不同国家之间的人文思想、价值观念之间的差异，并在尊重这些差异的基础上加强与其他国家的合作与交流，并在异域文化的参照下能更清楚地形成自我文化的认识和修正。翻译文学不再仅仅是为政治服务，它可以在更多的社会领域里提供新的见解、思路和主张。所以，这时的翻译文学才更靠近外国文学的原貌，和外国文学的关系才更直接，更密切。

如果将前面论者的观点一一否定的话，翻译文学似乎又进入到了"妾身未明"的尴尬境地中。其实，这个争论本身就将"翻译文学"学科范畴的界定和翻译文学的国别属性相混淆了。对其学科范畴进行界定具有一定的学术价值，作为一种文学类型、文学形态学或是一种文本形态，它提醒研究者将翻译文学的研究和其他样态如非文学翻译研究、翻译技能性研究或翻译语言学研究相区分并确立出新的翻译诗学、文化和意识形态等研究领域。"翻译文学"是文学翻译活动的结晶，在异域文化特质的传递与重塑的过程中，翻译文学的学科性日趋明显，而且翻译艺术、译学理论（如等值、等效论）、翻译史、翻译语言等研究内容也越来越具有跨学科特点。它可以和"翻译学"或"译介学"发生关联，也可以和民族文学史进行比照研究。同时，它的翻译行为还可以成为人类学、政治学、社会学、哲学等多个学科的研究范例。

从国别划分的角度而言，现代"翻译文学"研究天生具有从跨国界、跨文化的本性。它没有完全的"本土（中国）文学"色彩，也不会仅具有"外国文学"色彩。翻译文学是文学的一种特殊形态，一种不同于创作和批评的形态。文学翻译与文学创作在译本中出现关联和交融，具有一体性，决定了翻译活动并非简单的语际符号转换，而是译者主体意识和原著重要信息共同支配下的再创造活动。译者可以将本土文化嫁接到译作之中，以满足本民族读者的阅读习惯；原著也可以将域外文学的特质渗入到译本当中，为读者提供新鲜感并满足其好奇心理。所以翻译文学的先天两面派特质才可以让她能在承载异域文化精神的同时又可以拓展本土接受空间，它也因此具有了超越地域和民族的人类普遍价值和审美魅力。

　　从国别属性看，翻译文学是没有办法让它独立的。既然如此，就大方地接受这个现实好了。翻译文学就是一个特殊的文学形态，是一个永远无法独立的、受目的语和原语的影响并在二者之间滑动的特殊的文学表现形式。翻译或翻译文学可以成为独立的学科以方便研究，但翻译文学却永远无法有真正的归属。我们可以把这个"洋媳妇"看成自家人，但夫家毕竟不是娘家。这是个随着需要在父母（译者和作者）间滑动的孩子。有时靠近本土文学，有时又靠近外国文学。从这个意义上讲，它不应该是一个"流浪的弃儿"（谢天振语），而是一个自得其乐的混血儿，能否独立，不会影响对它的研究和它自身的成长。

第七章

后殖民理论在晚清翻译文学研究中的误用

在 20 世纪 80 年代和 90 年代初期，很多翻译文学研究的关注层面主要还是集中于国内社会文化环境、思想意识形态等对翻译的影响，相对于源语国的政治、人文和意识形态对译入国的翻译选择会产生什么影响，研究的还不够深入。而西方学者们自 20 世纪以来对有关翻译活动的研究除了从翻译本体即翻译自身的实践行为扩展至政治、文化、历史、哲学等层面外，后殖民理论更让研究人员的研究领域和研究视角均得到了开拓。在这种情状的影响下，我国研究翻译的学者们也将目光投向了翻译文本之外，在关注文本功能对等和语言之间转换的同时，即关注政治、社会文化等外部因素对翻译的影响，也开始从原语国的意识形态角度研究翻译的种种现象。在参阅有关后殖民理论对中国文学翻译的研究的资料时，有三个问题比较突出：首先，后殖民理论研究重点基本集中于当代，对晚清的文学翻译涉猎甚少。其次，有极少量的论述或专著涉及了晚清的文学翻译，但多作为旁证来说明中国当代翻译研究中的问题。第三，这些涉及晚清文学翻译的旁证或论述多以反面例证的形式出现，对此时段的认识出现了一边倒的趋势。① 可问题是此类例证并不适用于后殖民理论的论述。本书就此面临着至少两个方面的探讨：一方面，后殖民理论研究视域是否适合于晚清的文学翻译研究。另一方面，晚清的文学翻译实践是否真如某些人所认为的是"落入了狼的怀抱。"这两个问题的探讨要从后殖民理论的研究重点开始。所以虽然后殖民理论对于晚清的文学翻译而言并没有太大的理论适用性，但本书依旧借用这种理论来进行晚清的翻译研究，这样可以多引入几个研究的切入点，对文学翻译的本质看得更清楚点。本章内容主要针对这种误用进行分析，从后殖民理论在晚清文学翻译的误用上进一步论争此时段文学翻译的价值。

第一节　后殖民理论和它对晚清文学翻译研究的适用性问题

一、概念的梳理

后殖民主义（postcolonialism）又叫后殖民批判主义（postcolonial criticism）。后殖民理论（post colonial theory）兴起于 20 世纪 70 年代，最初以文学、文化研究为关注起点，然后逐渐将其他人文社会科学理论纳入自己的研究基础中。在时间上后殖民主义这个概念是指继殖民主义解体之后的历史时期，同时这个概念超越了殖民主义实践所携带的概念，带有隐形殖民主义的含义。在当前的时

---

① "近代中国遭受西方列强的政治、经济、军事侵略之时，中国知识分子如绝地羔羊，急于寻求逃生之路，却被困于牢笼之中，在文化上诉诸西方，竟一下子跌入"狼"的怀抱而不自知"。"从翻译策略角度来看，纵观中国近代翻译史，不难发现这样一个奇怪现象：近代中国曾长期遭受殖民主义者的侵略，按照一般规律，在欧洲强势文化的压力之下，中国知识分子本应要么采取抵制态度，拒斥强势文化影响，要么以一种弱势文化拥有者的姿态，顺应、接受强势文化的侵袭。然而当时中国知识分子却以一种强势文化代表的姿态对待欧美文化，在翻译策略上以归化为主，全然不顾异域文化的固有特征。究其原因有二：一是中国知识分子对自身所处的后殖民处境毫无意识；二是有些中国知识分子怀有盲目自大的民族文化心理"。

摘自：黄新征. 后殖民语境下的中国翻译史和翻译策略. 辽宁工程技术大学学报（社会科学版），2006，8（1）.

代生存境况中,后殖民主义理论更多的是研究非殖民统治时期强势国与弱势国之间的不平衡性、不平等性关系以及由此产生的诸多文化现象的本质是什么。它结合多种文化政治理论和批评方法于一体,是一种具有强烈的政治性和文化批判色彩的集合性批评话语。它还从意识形态性的视角出发"考察欧洲帝国主义列强的殖民统治对其旧有殖民地文化、政治上的影响,以及这些殖民地又是如何应对这些影响的"。

　　后殖民主义兴起的时间是在 19 世纪后半叶,最初的意识和声音发端于 1947 年的印度独立。法侬(F. Fanon)于 1951 年发表的《黑皮肤,白面具》和 1961 年发表的《地球上受苦的人们》是后殖民批评的发轫之标志,而赛义德的《东方主义》(1978 年)的出版代表了该批评学派理论意识的自觉和成熟。"文学研究在当代的重要转向,即向文化研究的转向,是后殖民主义出现的重大理论背景。1964 年,在英国的伯明翰大学成立了"当代文化研究中心"(Centre for Contemporary Cultural, CCCS),以及随之出现的"伯明翰学派",标志着文化研究的正式出现"①。这使强势国和弱势国的文化关系成为后殖民理论的研究中心。

　　现在普遍认为后殖民研究包含三个方面:"一是研究欧洲殖民统治结束之后,在 20 世纪下半叶殖民地怎样适应、抵制和超越殖民主义的文化残余;二是研究欧洲殖民统治开始之后,从 16 世纪起到现在殖民地怎样适应、抵抗和超越殖民主义文化;三是研究 20 世纪末期所有的国家、社会和民族之间的文化权力关系,主要指弱势文化对强势文化的反应、冲突和抵抗。因此,后殖民研究包含殖民主义结束以后的文化状态、殖民主义开始之后的文化状态,也包含当代的政治和文化的权利关系。②"后殖民理论中,最主要的研究是围绕以下几点进行的:

　　1. 殖民霸权思想

　　这是后殖民主义理论中最重要的理论之一。它所要研究的不是经济上的控

---

① 汪民安. 文化研究关键词. 南京:江苏人民出版社,2007.

② Douglas R.:Translation and Empire:Postcolonial The ories Explained[M]. Manchester:St. Jerome Publish – ing,1997,13—14

制、政治上的强权，而是文化上的霸权性输入以及以此来配合政治、经济统治。这是一种隐形的文化统治，目的是使被殖民者在潜移默化中自觉自愿地被教化成为殖民者所希望的样子。这一理论来源可以直接追溯到葛兰西的"国家权利"思想。萨义德借鉴了这一理论，在《东方学》中将此表述为两层含义：第一层含义指的是一种基于对想象的东方与西方的本体论与认识论之差异的思维方式。第二层含义则指处于强势地位的西方与处于弱势地位的东方的长期以来的主宰、重构和权力压迫方式。这样一来，西方与东方的关系往往表现为纯粹的影响与被影响、制约与受制约、施予与接受的关系。基于这种不平等关系，所谓东方主义便成了西方人出于对东方人或第三世界的无知、偏见和猎奇而虚构出来的某种东方神话①。萨义德在本书中提醒人们注意西方所谓的东方学或东方形象，实际上隐含着深刻的霸权意识。在萨义德看来东方学只不过是西方君临东方的方法论，是西方用来控制东方和重建霸权的一种方式。欧洲的东方观念不断重申欧洲比东方优越，比东方先进。这是一种霸权性的西方对东方的现象，在西方人对东方进行重构的希望中，东方只能成为陪衬性的他者。这就是政治、文化、思想意识的霸权体现。

2. 话语权利

萨义德的《东方学》还揭示了一个霸权事实：东方为西方而存在，是西方人创造了东方②。这种霸权思想不仅表现于文化和思想意识方面，更体现在文本所传递的话语中。萨义德认为"是关于东方人或臣属民族的知识使他们的管理轻松而有效；知识带来权力，更多的权力要求更多的知识，于是在知识信息与权力控制之间形成了一种良性循环"，"殖民话语的理论家们将有必要追溯帝国主义物质侵略与知识暴力之间的联系，揭露它对殖民世界的意识形态的表达与宗主国强国的帝国主义文化之间的关系"③。作为被殖民者，接受和倾听才是他们的权利方式，言说者掌控着话语权利。但作为言说者的殖民者在进行言说之前已经订好了他的言说内容和取舍尺度，他只对被殖民者言说他想要说的，

①　萨义德．东方学．北京：生活·读书·新知三联书店，1999.
②　萨义德．东方学．北京：生活·读书·新知三联书店，1999.
③　萨义德．东方学．北京：生活·读书·新知三联书店，1999.

而后者仅仅只是强势国家的陪衬性"他者"。殖民地上的被殖民者是一个权利话语的失语者。强势国家对知识的掌控使他们不用通过暴力就可以再次充当话语霸权的角色。

3. 文化身份

在殖民到后殖民阶段，殖民者对被殖民者外在的强迫渐渐通过文化入侵变成了被殖民者的内在自觉。由于长期的文化渗透，被殖民者不得不用殖民者的话语来言说自己的文化传统并表述自己的文化身份。殖民时期的对立关系到后殖民时期变成了文化渗透与认同的关系。种异质文化的杂交所带来的问题是：怎样在这种渗透杂交中保持弱势文化的合法性存在。在抵抗和消解殖民霸权的过程中，弱势文化将怎样保存自身的文化身份。而作为后殖民"三剑客"之一的霍米·巴巴（Homi K. Bhabha）所研究的正是被殖民者文化身份的定位问题。他不赞成把东方/西方、殖民/被殖民当做清晰可辨的对立两极，而是"含混矛盾的杂糅[①]"。

4. 抵抗与消解

Robinson 在《翻译与帝国：后殖民理论的解释》一书中对后殖民理论作了系统的归类，他认为后殖民研究包括"殖民地怎样适应、抵抗和超越殖民主义文化以及 20 世纪末期所有的国家、社会和民族之间的文化权力关系，主要指弱势文化对强势文化的反应、冲突和抵抗"[②]。所以，抵抗和消解是殖民规划和霸权的另一个侧面，被殖民地国家反霸权、反渗透的过程。在历史意识、主体性和距离感容易丧失的当代，掌握着文化输出主导权的所谓第一世界国家也同时面临着民族意识和民族文化的觉醒和对抗问题。当然，对于隐形入侵而言，被殖民者往往容易被动或无意识接受，这就有可能使本土文化特质面临丧失的风险。因此后殖民理论不仅要批判和消解来自西方宗主国的文化霸权，更希望创造一种能与所谓强势文化进行有效交流和对话的空间，以保持弱势本土文化的异质性元素。

---

① Homi K. Bhabha The Location of Culture.
② DouglasRobinson. Translation and Empire：Postcolonial TheoriesExplained，外语教学与研究出版社，2007.

二、理论适用性问题

对晚清翻译文学进行研究，很多人借用了上述四个研究视野。比如用权力话语理论来论述中国译者的话语权问题；以抵抗和消解来论述晚清的翻译策略问题；以文化身份理论来讨论晚清译者的文化交流中间人的作用；以殖民霸权理论来论述晚清弱势文化的反映等。很多论述带给人新的启发。但问题也很多，比较集中的问题出现在文化霸权问题上，本节将对此进行研究讨论。

随着后殖民主义理论的文化转向逐步深入和各种人文社会科学的互相渗透，翻译实践也进入了后殖民研究视角，在将翻译置于动态的社会文化、政治权力、意识形态和文化入侵以及抵抗等具体历史环境中进行研究，对难以为人们所洞察的翻译背后的现象进行剖析。这其中尤其给人以启发的是后殖民理论打破学科界限，用灵活批判的眼光审视着作为文化帝国有力而隐蔽的工具，翻译是如何体现各种文化关系的。这样，该理论以历史事实和现代各理论批判的研究成果为基础，彻底推翻了长期为人们认可的观点：翻译是一个纯粹客观的文字实践过程，它不涉及价值判断和权力关系，是派生的、从属的。在后殖民理论那里，翻译过程不再是文本的独白，而是"从独白走向对话，是一种对话参与。①"因此，作为一种广义的、批判性的、解构性的和对抗性的文化批判理论，后殖民主义在19世纪90年代成为最有影响力的一种跨学科、跨文化、跨文明的文化理论思潮。

用什么方式或从什么角度分析此刻的文学翻译现象，必须要先考虑理论的适用性，因为这将影响到分析结果是否科学、是否合理的问题。很多论者之所以借用"后殖民主义"理论是因为它是一种多元文化理论，它借用了人类学、心理学、政治学、哲学和社会学等多种学科理论来进行跨学科的研究和综合考察。而文学翻译研究在经过了"文化转向"后，越来愈多的研究成果表明，晚清的文学翻译现象之所以复杂、难以进行简单的价值判断，就是因为其所涉及的问题是跨学科的、非单领域的，如果不进行全面的综合考察，研究结论只能

---

① 吕俊. 哲学的语言论转向对翻译研究的启示. 外国语，2000：51.

是盲人摸象。这种后殖民理论不约而同的契合使用该理论进行晚清文学翻译现象的深层次的分析具有了表面的合理性。

后殖民主义理论中的有些主张也确实有可以用于晚清翻译文学批评中。但并不是所有的都适用。在文学翻译研究中，它将关注对象进行了二分。一方是作为边缘的殖民地，另一方是出于中心地位的宗主国。同时，它的研究带用明显的解构目的：消解第一世界对第三世界的压制；消解强势文化对弱势文化的入侵；消解宗主国对殖民地的看不见的控制等。可以说该理论的这种目的目前在世界上弱势文化群体那里是否得以实现还很难说，但在 100 多年前的晚清却有着对该目的的明显回应。晚清时期文学翻译几乎占据当时中国文学半壁江山，但中国文学却并未因此而失去自己根基，反倒因此获得了新的动力，这不是 "落入了狼的怀抱"，而是中国译者智慧运用翻译策略的结果。但是，在很多中国的论者那里，晚清文学偏偏不是解构的主力，而成了文化入侵的证据。在本书的资料整理过程中，曾经对 2008—2010 年间的 60 多篇相关论文进行过统计，越 70% 以上的论文中将晚清的文学翻译活动列为西方强势文化对弱势文化进行文化霸权移植的佐证。而本书的研究观点认为，晚清的文学翻译活动绝不是被动的弱势文化的顺应接受。

后殖民主义理论所具有的最大吸引力在于它在内容和形式上打破了学术界限，将文学翻译的研究从画地为牢中解脱出来，成为一个多种文化政治理论和批评方法的集合性理论，其借鉴的解构主义、女权主义、后现代主义的方法，在揭示文化霸权的实质，消解 "中心" 和 "权威"，并提倡多元文化，发展由对抗到对话的新型关系等方面不无裨益。这种理论中的 "后殖民" 一词出现于 70 年代前期的政治理论中，本意是用来表述第二次世界大战后摆脱了欧洲帝国主义束缚的国家的尴尬局面。后来是比尔·阿什克罗夫特（Bill Ashcroft）、加雷斯·格里菲斯（Gareth Griffiths）和海伦·蒂芬（Helen Tiffin）将该词引入到文化研究领域中并作出了如下描述："从殖民化时期到现阶段（欧洲）帝国统治过程对文化的所有影响"①。也就是说它重点研究的是殖民统治开始之后的文化现象和文化发展问题。后殖民主义理论对从殖民开始的、对文化的所有影响进行研究，就让我们有了理由去利用这种理论对文学翻译进行研究。而晚清时期乃至中国整个近现代历史发展时期，没有真正完全的殖民，顶多是半殖民色彩。这种特殊性决定了晚清时期的文学翻译实际上和当代后殖民理论的研究视域有着重合的地方。同时"后殖民主义"理论："研究作为征服者的文化如何随意歪曲被征服者的文化；被征服者的文化如何回应、适应、抵抗或克服殖民文化的高压统治。在这里，"后殖民"指的是我们在 20 世纪末期对政治和文化权利关系的看法。它所涉及的是整个人类历史。②"这种论调透露出的是对第一世界话语霸权和西方文化统治的挑战。虽然说该理论所借鉴的解构主义、女权主义、后现代主义的方法均来源于西方，但到了后殖民主义那里又解构了西方的文化霸权，有"以己之矛攻己之盾"的味道，但却并不矛盾。它让西方学术界再也不可能自以为是，对殖民地文化熟视无睹。同时，它的研究成果也可以成为被文化殖民国家的行动借鉴，因为："尽管后殖民主义属于西方思想界内部的一种思想派别，但与我们过去接触的各色各样的西方理论却有着根本的不同，这就是它所关注的基本问题，西方国家与第三世界的文化关系，是超越西方的，与第三世界国家，尤其是第三世界知识分子有着密切的关系。因此，假如说我们对前一时期西方关于后现代主义的种种论争还能采取一种较为超然的隔岸观火的态度，那么今天后殖民主义所讨论的种种问题，对于我们这个曾经在历史上遭受过帝国主义列强的侵略和占领，有着屈辱的半殖民地经验的民族来说，确实有着切肤之痛的，是不能袖手旁观的。③"晚清译者对来自西方文本的创造性叛逆很好地反映了后殖民理论所指的那种"超越西方的"，对西方文化"回应、适应、抵抗或克服殖民文化的高压统治。"也让在对这段翻译历史的回顾中反思一下晚清时期，到底有没有西方文化的殖民？同时，晚清的文学翻译现象中，

① 帝国反击：后殖民主义文学的理论与实践. 转引自：王岳川. 后殖民主义的历史语境与当代问题. www. aisixiang. com.

② DouglasRobinson Translation and Empire Manchester：St. Jerome. 1997. pp. 14—15.

③ 罗钢，刘象愚. 后殖民主义文化理论. 北京：中国社会科学出版社，1999：7—8.

存在着很多时至今日依然能够经常被看到、被发现的问题。这至少说明晚清的很多文学翻译现象中隐含着能穿越时空的、具有普遍性的问题。对这些问题进行研究不仅能让我们更加看清楚晚清文学翻译实践的本质，也能让我们今天在进行西方文化输入时产生更多的理性。

第二节　后殖民理论的误用和晚清文学翻译的真实本质

后殖民理论对晚清文学翻译研究的误用最常见的是文化霸权问题。论者往往将西方文化的输入解读成弱势文化的被动接受并在后殖民理论那里寻求理论依据。这是先引水后挖渠的做法，是没有对晚清翻译文学本质有正确的认识造成的。

一、选择源语国的自主性

晚清时期对文本国别的选择基本是根据自己的意志进行的。这从翻译国别的变化中可以明显体会出来。这说明晚清的译者有明确的翻译目的，这和弱势文化中的麻痹式文化输入有着根本性的不同。如果希望能深入研究晚清文学翻译的实质，就有必要考察各主要源语国的文本是如何进入中国译者的视域的。因为成为晚清主要文学译本的原语国即使是在当代也是应该被列入文化霸权国家范围内的。在 1898—1908 年间，主要源语国有：英国、美国、法国、俄国、和日本。

（一）1898—1908 年间文学翻译国别情况

1. 英国文学在本时段的译介

英国文学能够在此时段成一定规模地得到译介，和西方传教士不无关系。英国文学也同样是在 19 世纪末引进西方思想文化的过程中传入中国的。传教士在当时的中国社会中拥有特殊地位和影响，同时他们也在传教过程中呈现出了明显的本土化特色。西方这些传教士在传教的同时，也将他们认为有价值的内容译入中国，领域涉及宗教、政治、经济、文化、科学技术、出版媒介等众多领域。他们对文学翻译的贡献并不能和国内的译者比肩，但首译之功也还是有的。1851 年，英国来华的伦敦会传教士慕维廉将 17 世纪英国小说家约翰·班扬的《天路历程》节译为中文的《行客经历传》，这 13 页的文本迄今未见流传下来的译本。1853 年，英国来华的长老会教士宾威廉与一位佚名的"中国士子"合作，采用较为浅显的文言再次将《天路历程》译为中文，篇幅超过《行客经历传》十数倍。翻译《天路历程》开启了在中国翻译英国文学的序幕。

传教士对中国的文学翻译尚谈不上有多大的贡献，欧洲和美洲来华传教士对外国文学的选材也同样存在着国别、民族以及作品的内容与体裁等诸多偏好，而且他们的选择是以宗教使命为纲的，但他们在传教的同时，还是有意无意地将异域的文学因素带入中国。不能否认，这种开拓性的举动不仅输入了异邦文学，而且还为后来的清末民初的文学翻译起到了推波助澜的作用。

最早涉及英国文学的文字出现于林则徐主持翻译的《世界地理大全》。也就是《四洲志》，文中提到了对英国文人的介绍："沙士比阿、弥尔顿、士达萨特、弥顿四人，工诗文，富著述"1872 年，《申报》从 4 月 15 日至 18 日连载了《谈瀛小录》，原文是斯威夫特的《格列佛游记》中小人国的故事。译者已无从可考。次年，署名"蠡勺居士"所译的《绮夕闲谈》成为中国近代文学翻译史上第一部比较完整的外国小说译作。

英国文学在我国的翻译并非均匀发展的。第一部完整的小说译作就此又没有了下文。在以后的十几年中，其他英国文学作品竟然无人触碰。至 1896 年起，才在上海的《时务报》上出现了张坤德翻译的《英包探勘盗密约案》和其他几篇福尔摩斯探案小说。这又开了中国侦探小说的先河。1898 年，严复的《天演论》中，节译了英国诗人蒲伯的《人道篇》和丹尼生的《尤利西斯》，这是中国最早的由中国人自己翻译的英国汉译诗歌。此后，英国文学翻译在中国就不算新鲜事物了。译本的题材也是多方面涉及。这其中既有文学性、艺术性很高的作品，也有极具娱乐性的作品。尤其是柯南道尔的探案小说，有 96 种译作出版，哈葛德的冒险小说也是另一个翻译热点，译作有 34 种。所以，英国的文学翻译能在清末民初的译介中稳居榜首，这两类小说的引进功不可没。

2. 美国文学在本时段的译介

美国文学在中国的译介和英国文学在中国的遭遇类似，也有过一段时间的冷冻期。在美国诗人朗费罗（H. W. Longfellow，1807—1882）的《人生颂》于1865年前碰巧成为第一首被译成汉语的英语诗歌后，除了华盛顿·欧文的《一睡十七年》和《回头看记略》外，直至20世纪初才有了可圈可点的文学翻译作品。

华盛顿·欧文（Washington Irving，1783—1859）的《瑞普·凡·温克尔》于1872年在《申报》刊出。这是中国最早的美国短篇小说，但当时却被人们视为海外的逸闻趣事。欧文是美国文学史上第一位享有国际声誉的作家，他创作的主要精力集中于北美早期移民的传说故事，对于美国短篇小说而言《见闻札记》有首创之功。该作品的内容主要是游记、随笔和传奇故事集。因欧文笔下传递出的内容非常奇异，幽默风趣中不乏善意的揶揄和淡淡的讽刺。虽然欧文自己在《旅行故事》中说，"我常常疑惑不解，不知道我到底多大程度上相信我自己的故事。"但读者却被书中的内容深深吸引。国内的读者干脆直接将其认定为海外的逸闻趣事。欧文在此书中的措辞笔调对国人产生的新奇影响也是明显的。叶圣陶自己认为他走上文学的道路是直接受到欧文的影响。1907年叶圣陶开始就读于苏州公立第一中学堂，这使他有机会接触外国文学作品。同年林纾翻译的《拊掌录》出版。欧文平淡隽永的笔调深深吸引了叶圣陶，"那富于诗趣的描写，那看似平淡而实有深味的叙述，当时以为都不是读过的一些书中所有，爱赏不已……""华盛顿欧文的文趣（现在想起来就是"风格"了）很打动我。我曾经这样想，若用这种文趣写文字那么多么好呢！"。

19世纪美国小说家爱德华·贝拉米（Edward Bellamy）的长篇小说《回顾：2000—1887》（Looking Backward，2000—1887）。小说的笔法是虚构的，描述了2000年资本主义的社会制度在美国消亡，社会主义意识形态及其相应的社会体制如何取而代之。这是托马斯·莫尔的《乌托邦》和培根的《新大西岛》等作品的传统沿袭。小说于1888年面世，旋即风靡美国，并在欧洲诸国引起轰动。这部乌托邦小说所给出的社会思考和西方当时的社会语境相当吻合，19世纪末叶深受经济危机之苦的人们企盼社会变革，小说为美国社会提供了变革的思路。

三年后，英国来华传教士李提摩太（Timothy Richard，1845—1919）将其译为《回头看记略》。有人认为这是翻译为中文的第一部西方现代小说。这种说法尚无定论，但该小说开创了中译美国小说的先河却是不争的事实。

《回头看记略》在动荡不安的晚清社会同样得到了读者的共鸣。此书虽然也是传教士所译，但在急于寻找救国出路的中国文人那里，这部书是真正的启蒙。受其恩泽的很多是影响晚清社会变革走向的核心人物，如：谭嗣同、康有为、梁启超等。译者后来的翻译选材和文学创作也能看到该书的影响。

此后美国文学偃旗息鼓，一直到1901年，中国翻译文学史上的一件大事发生了（谢天振语）：林纾和魏易合作翻译的《黑奴吁天录》出版，林纾希望它能成为"叫旦之鸡"。此书暗合当时悲国情怀，一时间影响甚广。读者通过黑奴悲惨遭遇，对中国旅美劳工的境遇感同身受，民族认同感喷薄而出。其时资产阶级改良派所倡导的"政治小说"热闹的时间并不长，但《黑奴吁天录》确实弥补了"政治小说"无人喝彩的局面。《百年一觉》的影响尚且局限在少数文化精英人物身上，《黑奴吁天录》的影响则更广泛、更平民化。这是中国人从自己的立场出发，选择接受《黑奴吁天录》的。该书于1907年被春柳社改编成话剧，成为中国话剧史的开端。

3. 日本文学此时的译介情况

20世纪以前，中国的翻译对象集中于英文、法文、德文等西方典籍或文学作品，而1900年以后，转由日本进入我国的西学数量成倍数增长，日本留学生成为翻译的主力军，日本也成为翻译的主要通道。"以1902年至1904年为例，三年全国共译西书533种，其中英文书89种，占总数16%；德文书24种，占4%；法文书17种，占3%；日文321种，占总数60%。""在大量的翻译小说中，若以译者所据底本语种统计，译自日文的小说应是第一位。"汉译日语文学的题材涉猎非常广泛，政治性题材（包括政治小说和外交小说等）、社会性题材（包括科学小说和侦探小说等）与故事性题材（包括科幻小说、冒险小说、侦探小说、言情小说等）都有大量的译著。最后一种在提倡新诗学形态方面起到了很大的作用。

源于日本的文学翻译在短短几年就形成独领风骚之势，和中国社会现代转型期的政治层面的需求有很大关系。辛亥革命以前，救亡图存是全社会的重任。政治活动家的梁启超在寻求经邦济世的工具时，选中了小说为利器救国救民。日语文学中政治性题材在留学生的推波助澜中顺应时代潮流被翻译过来。梁启超也身体力行介绍了明治维新初期的日本政治小说。政治小说源于英国，明治时期被引进到日本。这主要与日本当时的自由民权运动有直接的联系。那时日本民权运动的政治家、政论家借小说的形式，表达以自由平等这种天赋人权论为基础的政治理想，日本文坛一度出现了翻译与创作政治小说的繁荣局面并带动了中国政治小说的翻译。从 1880 年至 1890 年自由民权终止的十年间，日本本土就共有 200 余部政治小说发表。

4. 俄国文学在中国的传译

俄国是中国最大的邻邦，但俄国的文学在中国的传译却远远晚于其他邻国。上海学者陈建华先生通过考证，认为俄罗斯文学进入中国的时间是 1872 年 8 月。最早的汉译俄国文学作品是由美国传教士丁韪良翻译的《俄人寓言》，载于《中西闻见录》创刊号。这篇孤零零的译文并没有为俄罗斯文学在中国造成什么声势。直至 1903 年才由上海大宣书局出版了一个单行本《俄国情史，斯密士玛利传，一名花心蝶梦录》，也就是普希金的名著《上尉的女儿》。中国对俄罗斯文学才开始正式接受。至此以后，俄国文学后来居上，翻译作品的数量和作品的社会影响急剧上升。在《俄国情史》出版后短短 10 年时间里，虽然作品大多是从日文和英文转译的，译文也多为文言文，但俄罗斯文学的整体风貌已基本呈现于中国读者面前。普希金、托尔斯泰、屠格涅夫、契诃夫、高尔基等人的作品就相继被译成中文。

5. 法国文学在本时段的译介

1898 年林纾和王寿昌合作翻译的小仲马《茶花女》由素隐书屋出版，从此拉开了法国文学在中国译介的序幕。其实最先被译介入中国的是法国启蒙运动作家卢梭、孟德斯鸠，虽然不是小说的译介，但因其著作中的国民意识、民主意识契合了中国资产阶级改良人士"兴邦""救国""启蒙宣教"的文化取向，所以成为"名贤先哲"。在他们的著作的影响下，译者自然会将关注的目光转向法国文学。1903 年，鲁迅从日文转译了儒勒·凡尔纳的科幻小说《月界旅行》

（即《从地球到月球》）和《地底旅行》（即《海底两万里》）。同年还是从日文转译了雨果《悲惨世界》中的片段《哀尘》。其翻译目的是"改良思想，补助文明"。1904 年陈独秀和苏曼殊合作，出版了雨果的《惨世界》（《悲惨世界》的一部分）。陈独秀在后来的《现代欧洲文艺史谭》（1915 年）中讲到："予爱卢梭巴士特之法兰西，予尤爱虞哥左喇之法兰西。吾国文学界豪杰之士，有自负为中国之虞哥左喇者乎……予愿拖四十二生的大炮，为之前驱。"号召中国的作者向法国学习，能成就中国的左拉、雨果。

法国文学在中国晚清时期的译介并不以量而是以类型取胜，其中比较有影响的除小说外，还有诗歌和戏剧。1907 年 2 月，"春柳社"在日本公演法国的《茶花女》，这是中国人最早演出的法国戏剧。而雨果最早的戏剧译本是 1901 包天笑和徐卓呆合译的《牺牲》。但影响不如前者大。诗歌方面，《马赛曲》也具有很重要的历史意义，除了它本身蕴含的意义以外，还因为这首诗歌是中国人首次自己直接从原文译介过来的，而且"文笔流畅，音韵整齐，铿锵有力，很有文学性。①"

（二）自主而非被动的翻译实践

原语国的变化说明，晚清文学翻译实践有很强的自主性，并不代表强势文化对中国文化的霸权输入。从上面的简要梳理中我们可以明显看到，各国文学在中国的译介不是匀速前进的。1898 至 1904 年间，正是梁启超倡导政治小说的高潮时段，日本小说在此期间占据了译介量的榜首。而 1904 年以后的文学翻译情况是万马齐喑，英国文学能位居翻译量的榜首也和侦探小说的反复译介有关。

晚清的这种现象不应只是作为史实摆放于文史资料中，应当对它有更深层的解释。任何一种文化现象的产生，其背后都有复杂的因素掺杂其中。为什么日本文学的翻译会形成翻译高潮？为什么高潮仅仅持续了三年就发生了转向？除了政治小说的因素以外我们还可以进行什么追问？不能仅从翻译的技术层面进行如文本的翻译策略、文本的对等功能等进行文学翻译的研究，但从文化视

---

① 谢天振. 中国现代翻译文学史（1898—1949）. 上海：上海外语教育出版社，2004：30.

角进行研究，也容易将蕴含于文本中的所有复杂的内容一笔购销，将问题简单化于文化分析的无所不包的虚无中。自翻译的研究有了文化转向以后，翻译文学的研究先是被放入多元系统理论中进行分析，然后又进入了后殖民理论的研究阶段。而这两个理论在运用中也是矛盾重重。同时，这两个理论的运用中有一个很有意思的现象，尽管多元系统理论自身有很大的不完善性，但该理论还是被广泛运用于清末民初非文学翻译研究中；而后殖民理论则更多地运用于当代翻译研究中，少数不多的有关五四时期的翻译论述还招来了轩然大波，论争不止。①

　　后殖民理论中有相当多的论述是关于强势文化对弱势文化的霸权性输入问题的。"后殖民主义关心的是文化地位的差异以及文化与文化之间的权力斗争"②。文化霸权主要是指在现代西方国家通过思想、文化等非暴力形式潜移默化地向弱小国家进行定向灌输以达到意识形态的控制目的，使这些弱小民众能够自觉自愿地接受其奴役与统治。20 世纪末，随着全球化的发展，后殖民理论中的"文化霸权"的分析让各国开始了对自身民族文化与外来文明的思考。本书借后殖民理论对晚清译本生成时的外部制约条件，以及译本生成后对中国文化的作用进行分析考察。在晚清对域外文学的引进过程中，译本无疑是殖民文

---

① 该论争产生于张颐武的言论："五·四"陷入了"西方中心"的盲视之中，"五·四"先驱接受了一种西方的视点，以"现代性"的知识话语将中国他者化，进而排斥中国的本土文化传统，在这一点上胡适、鲁迅等人都难逃其咎。1949 年后中国文化一如既往，如将西方史中特定历史阶段出现的现实主义变成了文学阐释的唯一准则，将李白、汉乐府与莎士比亚一同指为现实主义，这就不可避免地忽视了中国文学自身的独特性。新时期文学愈演愈烈，反思文学对于封建主义的批判属于证明中国滞后的"时间寓言"，寻根文学则是表现中国特异的"东方性"的"空间寓言"，而"实验小说"对语言和叙事的激进实验，正是一种对本土语言/生存时间滞后性的焦虑的结果，是一种冲刺式地"赶超"西方文学的最新发展的努力。"作者此番大胆的言论一出便引来众说纷纭，有赞同者又言："近代中国遭受西方列强的政治、经济、军事侵略之时，中国知识分子如绝地羔羊，急于寻求逃生之路，却被困于牢笼之中，在文化上诉诸西方，竟一下子跌入"狼"的怀抱而不自知。"但大多数学者对此很不满意，赵稀方认为张颐武曲解了后殖民主义理论的实际，将其和民族主义混为一谈。"这里我们不能不说作者神经敏感，陷入了严重的误区。在张颐武眼里，似乎能有一个不借助于任何他者文化而独立存在的纯粹民族性。"

② 王东风．翻译研究的后殖民视角．中国翻译，2003（4）．

化的产物之一，它也是西方列强思想对外进行霸权扩张的工具。但我们是否能就此可以认为晚清的翻译文学就是强势文化（以西方文学为代表）和弱势文化（中国文学）在有权利差异的语境中，通过不对等文化交流而产生的呢？"100多年来，中国接受西方的文化很多，而中国文化流到西方则少得可怜。对西方人来说，是西化还是中化，根本不是一个问题，但这个问题却一直困扰着中国人"①。本应平等的中西交流早已变为一场"瀑布式"的灌输："上面和下面尽管也是在交流，但地位不平等。上面可以毫无顾忌，下面则时时有被淹没的感觉"②。还有论者似乎就更有些悲观，"自从我们克服了对传统的无条件尊奉以来，我们一直在埋葬几千年的自己的文化，这种慢性文化自杀在一个世纪以后已显出它的恶果，在21世纪更将暴露出它带给我们的灾难，在遗忘了自己的文化，又不理解世界文化的中国诗人中很难出一个有21世纪代表性的大诗人③"。

其实，晚清时期原语国别的转变就很有力地反驳了这种观点。在晚清，肯定有强势文化对弱势文化的侵略。但出于较量中弱势一方的中国文化从没有放弃过抗争，而且在这种抗争中还产生了新的活力。译本原语国的转换说明中国的译者在进行文化输入时并非被动的、无知觉的，而是主动的有明确翻译目的的。比如在翻译的选目上，从最开始的器物格致之学到后来的社会政治、哲学之书再到文学翻译，无不具有明确的翻译目的。也就是在这种明确目的的指导下，对西学的引进才有针对性，才能屏蔽掉于己无益的东西。否则，西方宗教文本的输入就会畅通无阻。西方传教士传教时要让"中华归主"。他们为此也付出了很大的努力：创办各种慈善机构和医院、在各阶层宣扬西方世界的风俗习惯和生活方式、印刷出版大量西方科学成果、介绍西方国家的发展历史等。这一切均围绕传播基督教教义之一目的进行。西方强势文化就是通过教会的相关活动来销售其意识形态的。"在1843—1860年间，教会在广州、福州、厦门、

---

① 陈平原. 文化思维中的"落后情结" // 陈平原. 大书小书. 广州：广东旅游出版社，1992：269.

② 陈平原. 文化思维中的"落后情结" // 陈平原. 大书小书. 广州：广东旅游出版社，1992：269.

③ 郑敏. 我们的诗遇到了什么问题. 诗探索，1994（1）.

宁波、上海五处出版的书刊计 361 种，其中进行宗教传播的书刊就占据了 77%，而属于西学的才 83 种，只占总数的 23%。①"

　　后殖民理论认为，翻译的确有助于本土文学话语的建构，特别是本土语言和文化的发展。然而这种建构常常发生在强势文化的基础之上。而对于弱势文化，它起的往往是破坏颠覆的作用，导致弱势文化传统和文学理论的失语症的产生。如果按照这个思路往下推演，中国文学在其最无力的时候应该是失语的。冯骥才也在文章里说，"鲁迅在他那个时代并没有看到西方人的国民性分析里所潜伏着的西方霸权话语？他那些非常出色的小说却不自觉地把国民性话语中所包藏的西方中心主义严严实实地掩盖了。②"这还是在评述五四以后鲁迅等人的文化失语问题，晚清就更不用提了，在这种观点中不仅是失语，可能连自身的存在都成问题了。可是，这和原语国的转换有着明显相悖的一面。当需要取法日本时，翻译文学之门就向日本敞开。尽管有甲午海战的失利，尽管日本依旧虎视眈眈。能在此时勇敢地取法日本，不能不佩服译者的勇气和所持有的文化自信。文学翻译的目的中有借力改造的意图。梁启超从自己的政治斗争中体会到了翻译的重要性，他认为欧洲诸国、俄国、日本的强盛都和翻译密不可分。所以宣称："处今日之天下，则必然以译书为强国第一义"。翻译俨然成为一种抵御西方侵略的手段之一了。而当政治小说不再是最急之需时，中国的译者就断然调转枪口，让翻译文学之门向更多的国家敞开，在有明确翻译目的的驱动下，对强势文化的输入依旧是有选择性的，主动权并没有拱手相让。这才使各国的文学翻译在 1904 年以后出现齐头并进的局面。"例如当时中国文学翻译的倾向是选择翻译苏俄、欧美进步作家的作品，如俄国作家有屠格涅夫、托尔斯泰、契诃夫，苏联的高尔基，英国的莎士比亚、狄更斯、萧伯纳，法国的雨果、巴尔扎克、罗曼·罗兰，德国的歌德、海涅、雷马克，美国的杰克·伦敦、惠特曼、德莱塞，以及大量的'被损害民族'的文学作品。尤其典型的是，中国译者对充满革命激情的雪莱、拜伦情有独钟，而冷落了在英国文学史上享有崇

---

　　① 马祖毅. 中国翻译史. 武汉：湖北教育出版社，1998：528.
　　② 冯骥才. 鲁迅的功与"过". 收获，2000：123、126.

高地位的桂冠诗人华兹华斯。译者们还从英文、日文翻译俄苏文学作品，使得当时俄苏文学作品的数量远远超过了英国、法国和美国等国家翻译作品的数量。"① 所以，晚清的译者在将西方文学进行引入时，并没有失去自我的认识和心灵深处中国文化的核心本质，也没有因此造成中国文学的集体"失语"②。相反，倒是在当代，中国文学理论研究和创造中容易跟西方之风，对西方理论和创作手法生吞活剥地应用。比如强用"浪漫主义""现实主义"来分野李、杜、诗、骚，而根本不考虑后者不同于西方的文学生存环境和生长经验。因为缺乏西方文论体系中的"哲学""悲剧"的术语，中国文学似乎就没有了自己文化体系中早已存在的"哲学"和"悲剧"所能指的成果。而晚清的文学翻译却体现出了极强的能动性。中国文学（文化）的现代转型和对西方思想的吸收是通过翻译实现的。1898—1908 年取法日本的文学翻译高潮，以及三年后翻译原语国的转向，此种表现既是西方文化殖民的作用，也是中国知识分子反殖民的抗争，是主动大于被动，最后的结果是中国的文学翻译在清末、民初和以后的五四时期最终成功消解了西方殖民中的文化颠覆力量，并将西方典籍的精神滋养转化成抗击自身文化之不足的利器，在丰富了中国文化、为其注入新的活力的同时，成功地保留了中国传统文化的传承能力。

（三）权利话语的合理解释

如果后殖民的霸权理论不适合进行晚清原语国现象的研究，是否还有其他理论能合理分析这一现象呢？本书的观点是"权利话语"理论可以很好地分析晚清这种特殊的现象。（权利话语理论恰巧也是后殖民理论的源泉之一。）20 世纪西方哲学发生了重要的语言转向，文学不再仅仅是认识论当中的主体，而文本中的语言也不再是传统意义上的被动媒介和语言工具。语言在这种理论转向中成了能动的、可以阐释文本多重意义的东西。伽达默尔（Hans – Georg Gadam-

---

① 谢天振. 译介学. 上海：上海外语出版社，1998：87.
② 1996 年曹顺庆和李思屈在《重建中国文论话语的基本路径及其方法》中首次提出并定义了这个概念。它是指"并不是我们的学者都不会讲汉语了，而是说我们失去了自己特有的思维和言说方式，失去了我们自己的基本理论范畴和基本运思方式，因而难以完成建构本民族生存意义的文化任务。"

er）的哲学解释学为日后的权利话语学说提供了可能。他使主客体的二元对立关系消解，变成主体与主体间的对话关系。在文学和文化研究范围内，这种消解的好处是让人认识到了文本意义的多元性、解释和理解的多元化、译入语和原语话语的对话性，这表示原语独白话语时代的结束，原语和译入语的对话时代的来临，将文学翻译的研究推进到一个新的层次。

但如果仅仅用伽达默尔的理论来观照文学翻译双方的关系，未免对二者而言都过于乐观。法国后结构主义思想家和哲学家福柯（MichelFoucault）提出了权力话语理论又提醒了人们，其实多元对话是有可能的，但多元对话并不代表着平等。其主要内容有：（1）权力是社会理论的重要课题，是社会实践的日常部分。权力是指广义的支配力和控制力，是一种网络关系，弥漫于人类存在的全部领域。（2）话语是权力的表现形式。福柯的话语理论实际上就是话语实践理论。所有权力都是通过话语来实现的，权力实质上就是说话的权力。话语是知识传播和权力控制的工具。（3）权力与话语不可分割。权力如果争夺不到话语，便不再是权力。语言或话语并不是一个透明的中性媒介，并非是中立的。相反，任何话语总是受到一定权力的制约，是某一权力结构得以形成、维护和再现的一种手段。（4）权力创造了反权力。有权力必有反抗存在，权力和反抗是一对辩证的范畴。因此，无所不在、无孔不入的权力既是压抑的力量，又是建设的力量。中心权力话语和边缘权力话语不是单纯的对抗关系，而是认同、利用、化解、破坏等一系列交错演化关系。（5）个体在权力网络系统中，一方面是社会权力控制的对象，是权力传播和扩展的载体；另一方面，个体权力有可能反叛并颠覆社会权力话语①。在福柯的论述中，我们应该关注这样的词汇："话语是权力的表现形式"。这就为文学翻译的平等对话蒙上了阴影。因为在"知识传播"的同时还有"权利控制"相伴相生。没有话语的权利是空权。所以，文学翻译中处处体现出译者有意无意的"抗译性"。所谓"认同、利用、化解、破坏等一系列交错演化关系"实质上就是"归化"和"异化"的翻译策略的运用。所以，有理由相信："把社会历史世界看作又一个强权领域，一个'意

---

① 米歇尔·福柯. 必须保卫社会. 上海：上海人民出版社，1999.

义'在其中不过是用作掩饰压抑的面具的、充满冲突和高压的王国的方式①"。翻译文本的"意义"传递着权利的意志和控制的欲望。

在福柯看来，人类社会在某个时期都会有权利控制的产物，这就是人文科学和社会科学，而他们并不是纯粹的、不含意志的客观知识。这种见解在今天已经被广为接受。现今的学术知识生产，不光是人文科学和社会科学，包括自然科学在内，其应用也已和各种社会权力、利益体制纠缠不清。福柯的权力话语理论"由于他的著作的跨学科性质，每一种学术性学科……都能从他那里得到某种启发。②"它也的确为文学翻译研究走出纯技术层面的讨论和纯理论的思辨，进入到更广大的文化语境和翻译活动实践中去提供了思路。从福柯那里，我们学到：语言之间透明地、对等地进行互译几无可能。进而可以推断文化以语言为媒介来进行透明的交流的可能性也几乎没有。翻译没有办法做到纯粹的、或中性的。远离政治及意识形态斗争和其它社会、经济因素制约的文学翻译只能是译者的一厢情愿。在话语权被争夺得非常激烈的时候，翻译的政治性也会表现得十分强烈。这也就是说翻译活动和其他权利争夺活动一样，其中隐含的不仅是知识的传递，也包括了权力关系。有绝对话语权的一方可以将译本中需要认知的信息权威化，同时对其它认知方式进行压抑。通过翻译引进目的语一方的新思想和知识，可以起到支持目的语文化的社会秩序及意识形态或成为改造社会、更新意识形态、重建社会秩序的工具。所以，从权利的角度而言，科技、文学等的翻译，既能加强、也能破坏甚至颠覆译入语文化中现行的权力架构及意识形态，在政治、社会、文化等方面造成全方面的冲击，并建立新的权力关系。晚清政府的衰亡命运印证了这个观点。因此，文学翻译表现出了很大的复杂性，它不仅仅体现在对话性上。用权力话语理论进行翻译研究，也应该关注文本外的权利话语：首先译入语文化可以通过它的权力网络对文学翻译进行选择和操控，源语文化的异质因素往往改性，并在新的语境中生成新的意义，翻译的这种再创造可以在产生能动性并瓦解本土外文化的入侵压力。其次，目

---

① 丹尼斯·K·姆贝. 组织中的传播和权力：话语、意识形态和统治. 北京：中国社会科学出版社，2000：109.

② 徐贲. 走向后现代与后殖民. 北京：中国社会科学出版社，1996：156.

的语文化可以通过翻译这一中介改变译入语文化传统，从而产生出利己的、新的认知和权力关系并影响目的语自身的文化建构。

按照福柯的理论，翻译不可能是纯粹的文本之间的对等语言转化，至少现在看来是受译入语文化的权力系统的操控的。"翻译实际上是受一系列外部社会力量控制和支配的话语提纯活动，它的选择、组织、传播等过程无不受到来自社会、文化、历史、思想、意识形态等多种有形与无形的势力所左右和制约。①" 1898—1908 年晚清原语国的变化也体现出了多元权力操控想象。但目前的研究基本关注的是本土语境中的权利操控问题。其实，现在更应该最问权利操控的多元是否真的仅仅体现在目的语国家，源语国的权利操控现实是什么。如果我们对 1898—1908 年文学翻译的源语国进行研究就会发现：原语国的变化表明文学翻译活动承受着本土内话语权和本土外话语权的合力作用，并非仅有本土因素的影响。

首先，文学翻译活动无法回避本土特定的历史语境和译者的实践目的。社会历史语境中存在着各种的社会文化关系和权力结构，决定了"知识从本源语言进入译体语言时，不可避免地要在译体语言的历史环境中发生新的意义。译文与原文之间的关系往往只剩下隐喻层面的对应，其余的意义则服从于译体语言使用者的实践需要②"。"文学翻译只能成为一种受历史制约的、面向译入语的活动，因而译者的实践目的、价值取向、选择原作和翻译策略均不得不考虑译入语文化的权力话语系统。③"

仔细看前面对此时段文学翻译的梳理，我们可以发现此时各国在本土的文学发展从数量到质量均不平衡。欧美文学从传教士开始，数量不多地、缓慢地将文学译本引进中国。1898 年之前，可以说是出在一个非常低潮的阶段，赴美留学高潮并没有带回英美文学翻译的高潮。1898 年到 1904 年期间，虽然欧美文学翻译的影响甚大，但除了林纾和严复等数的出来的译本外，其影响力在文学

---

① 吕俊. 翻译研究：从文本理论到权力话语//顾嘉祖. 新世纪外国语言文学与文化论集. 南京：东南大学出版社，2001：96—97.
② 刘禾. 语际书写：现代思想史写作批判纲要. 上海：上海三联书店，1999：81.
③ 王克非. 翻译文化史论. 上海：上海外语教育出版社，1997：117.

和娱乐上要大过思想和意识形态领域，在数量上更无法和日本抗衡。这首先说明了严复译《天演论》使国人在思想认识上开了眼界，林纾译《茶花女》使国人接受了西方文学，《黑奴吁天录》让国人感受到了西方的政治诉求。但欧美文学翻译在数量上并无建树。日本文学翻译的大量增长表明本土权利系统中有一方（未必是执政方）在制约着译者的翻译实践。严复翻译《天演论》"它无论在引进西学还是在翻译实践上都有重要意义，它是严复在特殊历史条件下本着特殊目的以特殊方法译出来的。①"这个特定的历史环境是指 19 世纪末甲午战争失败、列强猖獗瓜分中国，人人自危、救国保种的时候。特殊目的指严复用"物竞天择、适者生存"的进化论观点鼓励国人自强奋进并认识到国难当头、不强则亡的紧迫感和危机感。此时严复还是利用翻译来维系现行权利体系。梁启超也没有想打破权利系统旧有关系的想法，他希望的还是改良。并且梁启超掌握的日文汉读的技能和日本社会的成功发展模式使他以及以后几年的译者均把翻译的重心放在日本文学上。德国学者汉斯·弗米尔的功能学派翻译理论认为："翻译是一种行动，而行动皆有目的，所以翻译要受目的的制约；译文好不好，视乎能否达到预定的目的"。如果按照这个观点来看，梁启超的翻译目的确实达到了。他和其他的译者用翻译这种方法为本土引入了新的思想元素，译本成为本土的一种话语表现，追求的是本土独立富强的一系列权利。但这仅仅是本土因素。对本土外的源语国的社会权利关系进行考察，就会发现译者的选择权实际上也受到了源语国的权利体系的影响。

在 1898—1908 期间，中国处于文化转型开始时期，但本土提供不出更多的思想资源来解决国内迫切需要解决的问题时。外来的意识形态、文化主张和政治思想就很容易通过文学翻译成为译入语社会中的中心话语。而在文化稳定时期，外来文化或思想、意识形态的影响势力则很难和本土文化的权力话语进行争夺，于是处于边缘位置。晚清的中国在经济上、军事上已经毫无可夸口的东西了，但五千年的文明大国也还是不争的事实。虽然这五千年的文化为国人提供思想滋养的出口似乎已经被堵死了，可千百年来形成的文化自豪心理还是让

---

① 王克非．翻译文化史论．上海：上海外语教育出版社，1997：117.

很多中国人并不看好西方文化。但日本可以在短期内得以成为强国的事实又使国人不得不放下姿态，在矛盾心理中取道日本。虽然我们仍可以说本土文化、意识形态、思想的传统权力话语在此时还是决定着文学翻译的选择，但选择的背后是一种 "没有选择" 的结果。环顾世界，没有其他国家的发展历程比日本更能为中国提供参照，也没有那个国家是在最相近的时间段里由弱变强。日本的明治维新后对西欧文化的接受让中国人认为找到了富国强民的捷径，这是一个类似于 "快速致富" 的心理。于是，日本从其他权利体系中吸收来的东西也会适合我们的吸收，大量日本引自欧洲的文学文本也被我们选中进入中国了。从这个意义上讲，源语国日本的权利体系至少已经在和他国争夺进入中国权利体系中胜出了。

二、译者的主体地位的体现：文白之争

晚清的文白之争标志着文化输入过程中，译者具有主体性意识，是在认识到本土文化的不足后的主动追求。现如今，翻译早已不在是文化交流重点障碍和陷阱，而是跨文化交际和国际社会沟通的重要方式。文学翻译的研究也已经成为人类学、社会学和哲学等学科共同关注的内容之一。因为研究者已经发现翻译具有的两面性：只要有殖民问题存在，翻译就相伴相生，它已经成为殖民征服中不可或缺的工具，同时它也成为反殖民的有力武器。翻译助纣为虐的现实在艾里克·切菲兹的代表作《帝国主义诗学：从 < 暴风雨 > 到 < 人猿泰山 > 的翻译》① 中可见一斑：欧洲人漂洋过海来到了美洲新大陆。他们和当地的土著人不期而遇。但欧洲人发现，这些土著人身上找不到他们所谓的文明的印记；土著人的语言和他们在欧洲大陆听到的任何语言都不一样，因而也就被后者想当然地认为是胡言乱语和毫无意义。以自己文明为中心的欧洲人于是很坦然地将语言进行等级的划分，殖民者的语言是高级的、优质的，而被殖民者的语音则是低劣的、低等级的。翻译成为殖民者教化被殖民者的工具，后者在教化过

---

① The Poetics of Imperialism：Translation and Colonization from The Tempest to Tarzan ，New York ：Oxford University Press，1991.

程中将土著语言"被销声匿迹"（Silenced）。翻译作为殖民政策的执行者已经成为文化—政治教化工具，帮助殖民者在殖民地建立了自己的帝国，翻译也由此成为帝国建立的基础和功臣。翻译文本在研究中不再是简单的语言转化，而成了历史文献，体现的是翻译过程中流露出的历史、法律、心理和政治的各种意念。

有趣的是，当本书试图寻找另一个例证来展示翻译两面性中的另一面：抵抗和消解作用时，却发现并不太容易。后殖民主义理论研究关注的是殖民后的种种问题。但殖民后的文学翻译环境和实际殖民期的文学环境很不一样。前者的文学环境相对平和而且稳定。首先，殖民统治结束后，本民族文化没有尖锐的矛盾和危机相胁迫，"自己的声音"不但不会销声而且掌握着主要发言权。他们主要警惕的是文化暗中殖民问题。其次，新的殖民还在继续，领域由疆土沦陷变成一系列无法对等的政治、经济和文化的入境。大众传媒等种种渗透对于弱国的入侵更加隐蔽。之所以能出现这种"后殖民"性质，也从一个侧面说明翻译的消解和抵抗此时表现得并不十分典型。但同样的问题在实际殖民统治中也很难找到典型个案。纵观殖民历史，在强烈的民族矛盾面前，翻译的抵抗似乎是微不足道的。比如印第安文化，只能在保留地里守着旧梦传承。再比如印度文化，它似乎境遇要好于印第安文化。但印度对西方文明从语言、民俗到社会体制的全方位移植更说明不了翻译的"解构"性质。于是晚清的文学翻译再次体现了文化输入中弱势文化的抵抗和消解作用。因为此时的文学翻译是最"随心所欲"① 的。其"文白之争"体现出了晚清文学翻译实践所具有的主动意识，并非很多论者认为的是弱势文化的被迫屈服。

中国本土没有经历过全殖民时期，"半殖民地、半封建"的社会现实使文学翻译呈现出一个特殊的本质：既有殖民地的沦丧特点，又有很多弱小国家现在才出现的后殖民色彩。而且后殖民理论所关注的很多现象在晚清就已经是屡见不鲜的文学事实。比如用翻译语言对殖民的抵抗和解构就是如此。"中国自鸦片

---

① 所谓"随心所欲"是指译者并不以译本为中心，而是将自己的意志置于原文本之上，以传递译者的主张为目的。

战争以来，许多——如果不说全部的话——行动都是对西方的回应。""面对急剧的社会转型，有良知的当代知识分子一定会对自身的文化处境产生深刻的焦虑①。"所以，有士大夫对古文念念不忘的留恋和林纾对文言的执着。当然，随着时间的推移，白话最终战胜了古文。可这并非强势文化带来的被动转变，而是中国文学语言自己到了变革转型的关口，是体系内部的自我诉求。翻译的确有助于本土文学话语的建构，并且这种建构常常是发生在强势文化基础之上的。在建构的同时也对弱势文化的文学话语起到破坏颠覆的作用。目前世界上很多弱小民众的语言就已经在流行语言的冲击下渐渐消失。很多国家为保护民族文化，首先采取的就是拯救民族语言的行动。"第二次世界大战结束后，以色列为了建国，决定恢复宗教仪式中才使用的希伯来文作为日常通行的语言。这就好像要把天主教徒举行隆重弥撒大典时才使用的古拉丁文起死回生，使其成为今天在意大利人人都可说、可写、可读、可看的活语言。经过一、两代专家学者配合政府国策的努力，这个艰巨的文化事业确是成绩斐然；希伯来语不仅已成为耶路撒冷的大街小巷中互相交谈的生活工具，而且也逐渐成为纽约犹太人追寻文化根源不可或缺的凭借。新兴的马来西亚共和国为了强调文化的统一性，坚持以马来文为国语，这种本来并无书写文字的口头语不仅应运而生，而且大有成为东南亚通行语文之一的趋势。同样的现象在世界各地都可以找到例证。这种在近二三十年才有目共睹的怪现象，当然不是五四时代的西化知识分子所能理解。②"五四和晚清时代的西化知识分子可能理解不了的是，语言是文化的标志、历史的延续和语言背后的民族凝聚力，但可以肯定他们西化的目的并不是表面所表现的要和中国文化传统进行决裂。在对中国传统语言表现能力的缺失上有了清醒的认识之后，才开始了文学翻译实践中的主动变革。和源语国的转换一样，这也是中国文学自身的内部诉求。

曾国藩曾指出："古文之道，无施不可，但不宜说理尔。"③ 也就是说中国古代语言不善"说理"，因逻辑缺席而缺乏理性的文体建构，体现不出线性的时

---

① 张京媛．后殖民主义理论与文化批判．北京：北京大学出版社，1999：8—9.
② 朱汉民，肖永明．文明的冲突与对话．长沙：湖南大学出版社，2001：130—131.
③ 曾国藩．致吴南屏书．

间意识。所以晚清的译者希望能借语言的欧化对此加以弥补。鲁迅认为"中国的文与话，法子实在太不精密了①"。因此主张"一面尽量的输入，一面尽量的消化，吸收?"这种"拿来主义"目的在于"从别国里窃得火来，本意却在煮自己的肉。②"这是非常有理性的改造，而且历史也证明了这种改造的成功性。人们一般是"学然后知不足"，而晚清的译者则是在内忧外患的刺激和教训中主动发现了自身文学语言的不足然后进行修正。这种修正也将中国传统文学的精髓成功保留了下来。即使在今天，从西方引进的文艺理论和文学作品让中国文人的创作语言及形式还在发生改变，但我们依然可以时常在现代诗歌中感受到古典诗词中那种因整齐的对偶、押韵等而获得的"整齐的美""抑扬的美""回环的美"。即便是欧化白话，现代汉语也并没有丧失其古汉语中的凝练结构。所以，以晚清的文白之争为中国文学挖开了堵塞的活力之渠，让新鲜的文学之泉得以注入其中。

三、是根植，而不是颠覆

域外文学是根植于博大沃泽的中国文化的土壤之中的。"在本世纪初的头几年，由于维新思潮正处于鼎盛时期，国民的政治热情空前高涨，故译介政治小说更为炽烈，侦探小说尚未风靡整个社会。1908 年左右随着改良主义运动日趋没落，启蒙思潮急剧贬值，人们对那种'开口见喉咙'的政治小说日见生厌，纷纷转向趣味较强的侦探、言情类作品③"。而后殖民理论在中国的运用中，对这种现象的分析很有些怪异："霸权文化为这些民族国家所选择的待译文本往往是像传奇或惊险小说这样的通俗体裁的作品。这些作品可以在想象的认同中引发愉悦，却不能生成由高雅审美引发的那种超然的批评。而这些译本所引入的

---

① 鲁迅. 二心集关于翻译的通信//鲁迅. 鲁迅全集：第 4 卷. 北京：人民文学出版社，1957.
② 鲁迅. 二心集关于翻译的通信//鲁迅. 鲁迅全集：第 4 卷. 北京：人民文学出版社，1957.
③ 袁荻涌. 西方侦探小说在近代中国. 云南师范大学学报（对外汉语教学与研究版），1991（4）.

英美价值观则会培养出一批西化的、无视本土文化的精英读者。①"于是，在肯定了政治小说、教育小说及科幻小说在当时所产生的一定程度上的文学曲线救国的作用后，侦探小说被列入了文化霸权的后殖民罪证中："侦探小说所带来的只是情感上的愉悦和思想上的麻痹、退化，并迷失自己的本土文化色彩，从感情上认同西方殖民文化，进而默认或期待殖民化所带来的现代化"②。

这也是对后殖民理论的误用。王东风对霸权文化向弱势文化所提供的文学题材的分析，如果放在当代的文化语境中有合理之处，但用来指涉晚清的文学翻译题材的输入就不太通情达理了。晚清的译者翻译侦探小说的初衷也是为了社会启蒙教化服务的。这并不是西方霸权为中国文学提供的具有麻痹性质的橄榄枝，而是晚清译者的又一主动之选。诚然外国侦探小说在西方大部分只算二三流文学，本身也很少含有政治性因素。在进入中国之时，译者们还是要竭尽全力把它和社会政治相联系。周桂笙在《歇洛克复生侦探案弁言》中说："至于内地谳案，动之以刑求，暗无天日者，更不必论，如是，复安用侦探之劳其心血哉！至若泰西各国，最尊人权，涉讼者例得请人为辩护，故苟非证据确凿，不能妄入人罪。此侦探学之作用所由广也。③"。康有为认为应该借用外国侦探小说来治"本国律治"。当然，当时的译者也很快通过小说的传播实践和读者的接受反映明白了这种苦心并不一定能结出想要的果实。徐念慈于 1908 年在《小说林》第 9 期上发表《余之观小说》，点明了这种动机会落空的原因："夫侦探诸书，恒与法律有密切关系。我国公民之资格未完备，法律之思想未普及，其乐于观侦探各书也，巧诈机械浸淫心目间，余知其欲得善果，是必不能。"可晚清的译者们翻译的侦探小说达不到"改良群治"的目的却但仍乐此不疲，其原因依然不能归结于文化霸权起的作用。侦探小说自身有着不可抗拒的文学艺术魅力，而这种魅力在中国传统文学中几乎没有。中国此类题材的小说注重"报

---

① 王东风. 翻译研究的后殖民视角. 中国翻译, 2003（4）.

② 蒋天平，段静. 文化霸权下的近代中国翻译. 中国矿业大学学报（社会科学版），2004（3）.

③ 周桂笙. 歇洛克复生侦探案弁言.//陈平原，夏晓虹. 20 世纪中国小说理论资料：第一卷（1897—1916）. 北京：北京大学出版社，1989：135.

应分明，昭彰不爽"。而我国的传统侠义公案小说与西方侦探小说中揭露社会黑暗、弘扬正义、同情弱者、惩办罪犯的主旨心照不宣。而且侦探小说所讲究的谋篇布局、悬念的设置、科学的侦探方法和严谨的逻辑推理，也是侦探小说被广泛接受的主要原因。

晚清侦探题材的兴盛是其自身的文学魅力所致。这也是译者的主动选择，和文化霸权没有太多的关联。为什么要翻译侦探小说，因为我们没有。同样为什么我们会在晚清时期从西方文学那里得到那么多东西，也是因为我们没有。这就好似在中国文学的沃土上移植来异彩纷呈的他国文学之花，丰富了我们的文学花园，这有什么不好呢？晚清霸权文化想要给我们的宗教文学不是最后寥寥无人问津了吗？自己的选择却让中国文学真的开始具有了转型的活力，这是晚清翻译文学所表现出的真正的民族崇拜和文学自信。倒是在当今中国文化和文学理论在紧跟西方的亦步亦趋中频繁表现出深深的文化自卑。西方文学理论的盲目套用居然可以成为学术前沿的时尚，用后殖民理论来批驳晚清和民初的翻译文学本身就是在对该理论不全面了解的情况下的草率乱用。其实，这才是西方霸权文化压迫下的文化"失语"。

用理论研究晚清的翻译文学，是为了更好地把握它的本质。在对其本质没有进行很好的把握时，更不能直接用它去进行理论印证。本节所讨论的问题就是希望对后殖民理论对晚清翻译研究的失误做一个纠正，同时在研究中也能更好地揭示晚清翻译文学的本质。同时，在纠正这种理论的误用时，我们可以明确感受到，晚清时期中国文学的现代转型是借力发生的、是自身体系内部有转变诉求的具有历史发展意义的转型，而非很多论者眼中的的"借尸还魂"式的、或为外力所胁迫式的转变。

结　语

从研究意义上讲，对晚清文学翻译的研究不仅能让我们更好把握中国文学发展所可能面对的走向，对于文学翻译如何在时代精神的启蒙、作家写作能力的提升、读者审美趣味的扩大、文学表现能力的增强、文体范式的丰富和示范、汉语言文学的表现力的增加和中国文学在今后的历史发展中自我更新、融合能力的拓展等诸多方面发挥更大作用有所裨益。同时，借助对晚清文学翻译的研究，可以来探讨翻译文学到底是中国文学发展的原动力还是助动力问题。本书通过对1898—1908年间翻译文学实践中种种相关的文学现象和变化轨迹的追溯和研究，认为翻译文学不仅仅是中国文学发展进程中的背景，而且也是她在解构和建构过程中的动力因素。晚清的各种翻译实践和翻译现象是迄今为止翻译在历史舞台上表现最为丰富、最为极端、最为复杂和最为全面的。从翻译文本的选择，到翻译的技术行为，再到译本的发表，从巨大的文学市场占有量和对社会生活广而深的影响，从思想领域的前台角色到社会普罗大众面前消闲工具，晚清的文学翻译均是作为重要角色来参与中国文学历史的革新和民族审美心理风尚重构的。

在"1898—1908年翻译文学的"变相研究""这一命题下，本书将晚清的翻译文学置于中国社会文化转型期间文学嬗变的历史视域中，在时间和空间的经纬交织中立体地展现了该时段翻译文学的种种变化痕迹。同时运用当代翻译理论和批评模式对晚清时期翻译实践、译者、读者、审美心态和译语等五个方面的衍变轨迹进行了追溯和研究，并通过痕迹的串联投射出整个清末民初文学翻译的影像。同时在钩沉探微的探寻中，发现虽然"后殖民"理论的相关论述是以晚清为例的，但例证的使用方面却存在着误解和偏差。本书也专门对这种现象进行了研究。

在对该时段翻译实践的归类整理中，愈发感到晚清"翻译文学"开拓了中国文学的视野，让国人发现了西方文学所具有的别样魅力，使中国文学从思想内容到美感体验再到艺术形式都受到了震动。自此，中国文学通过域外文学的引进、借鉴，也在自我更新中加入到了世界文学的总体格局中，启动了中国文学的"现代化"进程。这主要体现在以下四个方面：

第一，翻译文学带来的是国人对文学观念的转变。通过"翻译文学"这个极富吸引力的渠道，中国读者可以了解到异域的自然风光、风俗民情，进而改变了对外国文学的看法。同时在爱国、救国思想的主导下，西方资产阶级民主、科学、自由思想和一些现代观念，如"个性解放""男女平等""婚姻自由"等以翻译小说为载体传播到中国，促进了中国的思想解放和社会的现代转型。

第二，翻译文学丰富了近现代文学主题。明清以来，尽管我国的小说创作发展较快，但题材仍以"世情"为主，不离义侠豪杰、儿女情长和悲欢离合。但翻译文学的兴盛将传统题材大大拓展，反对强国霸权、争取民族独立、救亡图存的爱国主义思想，追求个性解放、人格独立和爱情自由的进步思潮，反对种族歧视、恃强凌弱的人道主义精神，讲求理性、推理严密、追求真相的科学、侦探题材等纷纷出现。为"五四"以后的文学表现做了一定程度的思想准备。

第三，翻译小说不但提升了小说体裁在中国文学中的地位，而且拓展了中国文学创作的表现手法，将传统的章回体小说结构和叙事形式进一步丰富。标点符号、双字词语、新词和白话译语的使用，均为中国现代小说的发展起了奠基作用。

第四，翻译文学对很多近现代作家的文学倾向的形成和文学道路的选择产生过间接或直接的影响。同时培养了大量的域外文学的读者群体。通过翻译文学的介绍，中国本土文人可以接触到众多外国作家及作品，开阔了他们的眼界和艺术视野。晚清时期的翻译文学译本也成为很多"五四"以后新文学作家最早借鉴的范本，从而对促进中国文学的革新产生了重要的作用和意义。

　　对晚清特点最为突出、案例最为丰富的翻译文学的细致研究有着以史为鉴的重要意义。今天继续和发展着昨天。1898—1908 年间翻译实践中的现象和问题在今天也屡屡现身。今人有责任对历史上的类似问题做一番清理、分析和评价，为当代的文学翻译提供一些值得借鉴的历史事实和研究结论①。这样的研究会具有很大的参照意义。

　　当然，该研究是一个可持续性研究。为了将研究论述能深入进行并将追溯研究开展的比较系统，所以仅从五个方面进行晚清文学翻译的研究，这使得研究的领域过于集中。更由于时间和空间容量的限制，以及受论者学术能力的拘囿，使该书缺乏更为细致缜密的论证和更为翔实的例证，使研究没有更进一步深入，但这也给本研究留下了足够的升华空间和研究动力。而本书至此只能存憾了。

---

　　① 　叶青．"文革"时期福建群众组织研究．北京：当代中国出版社，2004：299．

主要参考文献

专 著

A

1. 阿英. 翻译史话//阿英. 小说四谈. 上海：上海古籍出版社, 1981.

B

1. 包天笑. 钏影楼回忆录. 太原：山西教育、山西古籍出版社, 1999.

2. 包天笑. 钏影楼回忆录·在小说林. 香港：香港大华出版社, 1971.

3. 包天笑. 钏影楼回忆录·译小说的开始.

4. 包天笑. 钏影楼回忆录. 香港：香港大华出版社, 1971.

5. 本杰明·史华兹. 寻求富强：严复与西方. 南京：江苏文艺出版社, 1995.

6. 包天笑. 钏影楼回忆录·木刻杂志. 香港：香港大华出版社, 1971.

C

1. 陈玉刚. 中国翻译文学史稿. 北京：中国对外翻译出版公司, 1989.

2. 陈福康. 中国译学理论史稿. 上海：上海外语教育出版社, 2000.

3. 陈子展. 中国近代文学之变迁. 上海：上海古籍出版社, 1999.

4. 陈子展. 中国近代文学之变迁. 上海：上海中华书局, 1929.

5. 陈平原. 二十世纪中国小说史·第一卷. 北京：北京大学出版社, 1989.

6. 陈平原，夏晓红. 二十世纪中国小说理论资料. 北京：北京大学出版社，1989.

7. 陈大康. 中国近代小说编年. 上海：华东师范大学出版社，2002.

8. 蔡尚思，方行编. 谭嗣同全集（增订本上册）. 北京：中华书局，1998.

9. 陈伯海，袁进. 上海近代文学发展史. 上海：上海人民出版社，1993.

10. 陈思和. 21 世纪中国文学大系·2001 年中国最佳翻译文学. 沈阳：春风文艺出版社，2002.

11. 陈思和. 2003 年翻译文学·序. 济南：山东画报出版社，2004.

12. 陈平原. 文化思维中的"落后情结". 广州：广东旅游出版社，1992.

13. 曹顺庆. 比较文学论. 成都：四川教育出版社，2002.

D

1. 稻叶君山. 清代全史：卷下. 北京：中华书局.

2. 丹尼斯·K·姆贝. 组织中的传播和权力：话语、意识形态和统治. 北京：中国社会科学出版社，2000.

F

1. 樊增祥. 九叠前韵书感//樊山续集：卷二十四.

2. 福建通志·列传：卷 39——清列传八.

3. 范文澜，等编. 中国近代史资料丛刊·戊戌变法（第 1 册）. 上海：上海人民出版社，2000.

G

1. 顾卫民. 基督教与近代中国社会. 上海：上海人民出版社，1996.

2. 郭延礼. 中国近代翻译文学概论. 武汉：湖北教育出版社，1998.

3. 顾燮光. 译书经眼录. 民国十六年刊本.

4. 郭嵩焘. 伦敦与巴黎日记. 长沙：岳麓书社，1984.

5. 顾炎武. 日知录：卷十九.

6. 顾长声. 从马礼逊到司徒雷登. 上海: 上海书店, 2005.

7. 管达如. 说小说//陈平原, 夏晓虹. 二十世纪中国小说理论资料: 第一卷. 北京: 北京大学出版社, 1997.

H

1. 黄修己. 中国新文学史编撰史. 北京: 北京大学出版社, 1995.

2. 贺麟. 严复的翻译. 东方杂志, 1925.

3. 贺跃夫. 晚清士绅与近代社会变迁. 广州: 广东人民出版社, 1994.

4. 胡适. 中国新文学运动小史//胡适: 胡适文集: 第 1 卷. 北京: 北京大学出版社, 1998.

5. 黄人. 小说林. 发刊词//阿英. 晚清文学丛钞: 小说戏曲研究卷. 北京: 中华书局, 1960.

6. 胡翠娥. 文学翻译与文化参与——晚清小说翻译的文化研究. 上海: 上海外语教育出版社, 2007.

7. 黄果炘. 从柔巴依到坎特伯雷——英语诗汉译研究. 武汉: 湖北教育出版社, 1999.

J

1. 贾立言, 冯雪冰. 汉文圣经译本小史. 广学会, 1934.

2. 简·爱切生. 语言的变化: 进步还是退步. 北京: 语文出版社, 1997.

3. 伽达默尔. 真理与方法. 沈阳: 辽宁出版社, 1987.

4. J. C. 卡特福德. 翻译的语言学理论. 北京: 旅游教育出版社, 1991.

K

1. Kroeber, A. L, 《The Nature of Culture》, University of Chicago Press, 1952.

2. 康有为. 上清帝六书//康有为: 中国历史学会 戊戌变法: 第二册. 上海: 上海人民出版社, 1961.

3. 科恩. 1900 年前的基督教活动及其影响//费正清. 剑桥中国晚清史

（1800—1911）：上卷．中国社会科学院历史研究所编译室，译．北京：中国社会科学出版社，1993．

4. 康有为．康有为全集（第二册）．上海：上海古籍出版社，1990．

L

1. 梁启超．西学书目表．光绪二十三年刻本．

2. 梁启超．清代学术概论．北京：中华书局，1954．

3. 刘建军．中国现代政治的成长——一项对政治知识基础的研究．天津：天津人民出版社，2003．

4. 梁启超．论学术之势力左右世界//梁启超：梁启超文集．北京：北京燕山出版社，1997．

5. 梁启超．大同译书局叙例//张静庐．中国近代出版史料补编．北京：中华书局，1957．

6. 鲁迅．热风．随感录二十五．

7. 梁启超．清代学术概论．严复研究资料．

8. 罗新璋．翻译论集．北京：商务印书馆，1984．

9. 李健青（定夷）．民初上海文坛．上海地方史资料：第四辑．

10. 鲁迅．鲁迅全集第 13 卷．北京：人民文学出版社，1981．

11. 林纾．黑奴吁天录·例言，黑奴吁天录．林纾，魏易，译．北京：商务印书馆，1981．

12. 鲁迅．鲁迅全集·第 10 卷．北京：人民文学出版社，1981．

13. 梁柏力．被误解的中国．中信出版社，2011．

14. 梁启超．西学书目表后序//饮冰室合集：文集之一．北京：中华书局，1989．

15. 梁启超．论湖南应办之事//饮冰室合集：文集之一．北京：中华书局，1989．

16. 梁启超．西学书目表序例//饮冰室合集：文集之一．北京：中华书局，1989．

17. 梁启超．译印政治小说序．资料．

18. 老棣．文风之变迁与小说将来之位置．资料．

19. 黎难秋编．中国科学翻译史料．北京：中国科学技术出版社，1996．

20. 鲁迅．致胡适//鲁迅全集：第7卷．北京：人民文学出版社，1981．

21. 梁启超．饮冰室合集·文集（卷一）．北京：中华书局，1994．

22. 李扬帆．走出晚清：涉外人物及中国的世界观念之研究．北京：北京大学出版社，2005．

23. 鲁迅．摩罗诗力说//鲁迅全集：第一卷．北京：人民文学出版社，1981．

24. 李欧梵．文学潮流（一）现代性的追求（1895—1927）》．北京：生活·读书·新知三联书店，2000．

25. 梁启超．新民说 饮冰室文集点校：第一集．昆明：云南教育出版社，2001．

26. 李泽厚．中国近代思想史论．北京：人民出版社，1979．

27. 梁启超．十五小豪杰 饮冰室合集：专集九十四．北京：中华书局，1989．

28. 梁启超．新中国未来记 饮冰室合集：专集八十九．北京：中华书局，1989．

29. 鲁迅．非有复译不可//翻译通讯编辑部．翻译研究论文集：1894—1948．北京：外语教学与研究出版社，1984．

30. 鲁迅．绛花洞主小引//鲁迅全集：第8卷．北京：人民文学出版社，2005．

31. 梁启超．自由书·惟心//梁启超全集：第3卷．北京：北京出版社，1999．

32. 拉曼·塞尔登，彼得·威德森，彼得·布鲁克．当代文学理论导读．刘象愚，译．北京：北京大学出版社，2006．

33. 灵石．读黑奴吁天录//阿英．晚清文学丛钞．小说戏曲研究卷．中华书局，1960．

34. 林玉鹏译. 汤姆叔叔的小屋序言. 南京: 译林出版社.

35. 鲁迅. 非有复译不可//翻译通讯编辑部. 翻译研究论文集: 1894—1948. 北京: 外语教学与研究出版社, 1984.

36. 雷·韦勒克, 奥·沃伦. 文学理论. 刘象愚, 译. 南京: 江苏教育出版社, 2005.

37. 梁启超. 十五小豪杰译后语//陈平原, 夏晓虹. 二十世纪中国小说理论资料: 第一卷, (1957—1916). 北京: 北京大学出版社, 1997.

38. 罗钢, 刘象愚. 后殖民主义文化理论. 北京: 中国社会科学出版社, 1999.

39. 吕俊. 翻译研究: 从文本理论到权力话语//顾嘉祖. 新世纪外国语言文学与文化论集. 南京: 东南大学出版社, 2001.

40. 刘禾. 语际书写: 现代思想史写作批判纲要. 上海: 上海三联书店, 1999.

41. 鲁迅. 二心集关于翻译的通信//鲁迅全集: 第4卷. 北京: 人民文学出版社, 1957.

M

1. 马克斯·韦伯. 经济与社会: 上卷. 北京: 商务印书馆, 1997.

2. 马祖毅. 中国翻译简史—五四以前部分. 北京: 中国对外翻译出版公司, 1998.

3. 马建中. 适可斋记言·拟设翻译书院议//中国历史学会 戊戌变法: 第一册. 上海: 上海人民出版社, 1961.

4. 马晓东. 似曾相识的姑娘—晚清译者笔下"茶花女"形象//孟华. 中国文学中西方人形象. 合肥: 安徽教育出版社, 2006.

5. 茅盾. 为发展文学翻译事业和提高翻译质量而奋斗//翻译通讯编辑部. 翻译研究论文集: 1949—1983. 北京: 外语教学与研究出版社, 1984.

6. 马晓东. 似曾相识的姑娘——晚清译者笔下"茶花女"形象//孟华. 中国文学中西方人形象. 合肥: 安徽教育出版社, 2006.

7. 马祖毅. 中国翻译史. 武汉：湖北教育出版社，1998.

8. 米歇尔·福柯. 必须保卫社会. 上海：上海人民出版社，1999.

N

1. 内黄人. 小说林发刊词. 资料.

2. 宁宗一. 中国小说学通论. 合肥：安徽教育出版社，1995.

P

1. 皮埃尔·布迪厄. 文化资本与社会炼金术. 包亚明，译. 上海：上海人民出版社，1997.

2. 浦嘉珉. 中国与达尔文. 韩永强，译. 南京：江苏人民出版社.

3. 普实克现代文学论文集. 武汉：湖北教育出版社，1987.

Q

1. 钱钟书. 七缀集. 北京：生活、读书、新知三联书店，2002.

2. 钱钟书. 林纾的翻译//比较文学研究资料. 北京：北京师范大学出版社，1986.

3. 钱谷融. 文学心理学教程. 上海：华东师范大学出版社，1987.

4. 钱钟书. 林纾的翻译//七缀集（修订本）. 上海：上海古籍出版社，1995.

5. 钱理群. 中国现代文学三十年. 上海：上海文艺出版社，1987.

R

1. R. A. 勃沙特. 神灵之手——一个西方传教士随红军长征亲历记. 济南：黄河出版社，2006.

S

1. 史革新. 中国社会通史·晚清卷. 太原：山西教育出版社，1996.

2. 史和等. 中国近代报刊名录. 福州：福建人民出版社，1991.

3. 陈平原，夏晓红. 20世纪中国小说理论资料：第一卷. 北京：北京大学出版社，1997.

4. 单正平. 晚清民族主义与文学转型. 北京：人民出版社，2006.

5. 斯土活. 黑奴吁天录. 林纾，魏易，译. 北京：商务印书馆，1981.

6. 斯托夫人. 黑奴吁天录序. 张培均，译. 桂林：漓江出版社，1981.

7. 斯托夫人. 汤姆大伯的小屋. 黄继忠，译. 上海：上海译文出版社，1982.

8. 萨义德. 东方学. 北京：生活·读书·新知三联书店，1999.

T

1. 田海林. 中国近代政治思想史. 济南：山东大学出版社，1999.

2. 天虚我生. 欧美名家短篇小说丛刻序. 周瘦鹃，译//美名家短篇小说丛刻. 北京：中华书局，1917年版，岳麓书社，1987年重印本.

3. 天笑. 铁世界译余赘言//铁世界. 上海：上海文明书局，1903.

4. 苏曼殊. 拜轮诗选自序//柳亚子编. 苏曼殊全集（第一卷）. 北京：中国书店，1985.

W

1. 王哲甫. 中国新文学运动史. 杰成印书局，1933.

2. 王克非. 翻译文化史. 上海：上海外语教育出版社，1997.

3. 王国维. 文学小言·晚清文选·世界文库本.

4. 王宏志. "专欲发表区区政见"：梁启超和晚清政治小说的翻译及创作. 香港中文大学.

5. 王尔敏. 近代中国与基督教论文集序言. 台北：宇宙光出版社，1981.

6. 王韬. 弢园文录外编·变法上、弢园文录外编·变法中、弢园文录外编·变法中.

7. 王韬. 漫游随录·扶桑游记. 长沙：湖南人民出版社，1982.

8. 王宏志. 翻译与创作. 北京：北京大学出版社, 2000.

9. 王宏志. 重释"信达雅"：二十世纪中国翻译研究. 北京：东方出版社, 1999.

10. 吴双热. 枕亚浪墨序//枕亚浪墨. 北京：清华书局, 1915.

11. 王佐良. 翻译：思考与试笔. 北京：外语教学与研究出版社, 1989.

12. 吴趼人. 月月小说·序//月月小说. 1906 年 11 月创刊号.

13. 王治心. 中国基督教史纲. 上海：上海古籍出版社, 2004.

14. 王韬. 原道. 弢园文录外编. 郑州：中州古籍出版社, 1998.

15. 王国维. 论新学语之输入//王国维选集：第 3 卷. 北京：中国文史出版社, 1997.

16. 吴其昌. 梁启超传. 天津：百花文艺出版社, 2004.

17. 王德威. 想象中国的方法. 北京：生活·读书·新知三联书店, 1998.

18. 汪林茂. 晚清文化史. 北京：人民出版社, 2005.

19. 王国维. 王国维遗书：第五册. 上海：上海古籍书店, 1983.

20. 王宏印. 英诗经典名译评析. 济南：山东大学出版社, 2004.

21. 吴奔星. 胡适诗话. 成都：四川文艺出版社, 1991.

22. 王岳川. 现象学与解释学文论. 济南：山东教育出版社, 1999.

23. 王向远. 翻译文学导论. 北京：北京师范大学出版社, 2004.

24. 汪民安. 文化研究关键词. 南京：江苏人民出版社, 2007.

X

1. 谢天振. 译介学. 上海：上海外语教育出版社, 1999.

2. 谢天振, 查明建. 中国现代翻译文学史. 上海：上海外语教育出版社, 2004.

3. 熊月之. 晚清社会对西学认知程度//王宏志. 翻译与创作——中国近代翻译小说论. 北京：北京大学出版社, 2000.

4. 谢天振, 查明建. 中国现代翻译文学史——1898—1949. 上海：上海外语教育出版社, 2004.

5. 夏晓虹. 觉世与传世——梁启超的文学道路. 北京: 中华书局, 2006.

6. 徐培汀, 裘正义. 中国新闻传播学说史. 重庆: 重庆出版社, 1998.

7. 陈平原, 夏晓红. 20 世纪中国小说理论资料: 第一卷. 北京: 北京大学出版社, 1997.

8. 徐雪筠, 等译. 上海近代社会经济发展概况—海关十年报告译编. 上海: 上海社会科学院出版社, 1985.

9. 夏晓虹. 误译误读与正解正果——批茶女士与斯托夫人//孟华. 中国文学中西方人形象. 合肥: 安徽教育出版社, 2006.

10. 夏晓虹. 觉世与传世——梁启超的文学道路. 上海: 上海人民出版社, 1991.

11. 徐志啸. 近代中外文学关系. 上海: 华东师范大学出版社, 2000.

12. 徐贲. 走向后现代与后殖民. 北京: 中国社会科学出版社, 1996.

Y

1. 杨国强. 百年嬗蜕——中国近代的士与社会. 上海: 上海三联书店, 1997.

2. 严复. 救亡决论//王栻. 严复集: 第五册. 北京: 中华书局, 1986.

3. 袁进. 近代文学的突围. 上海: 上海人民出版社, 2000.

4. 杨简. 象山先生行状//陆九渊集卷 33. 北京: 中华书局, 1980.

5. 严复. 天演论自序.

6. 杨世骥. 文苑谈往. 北京: 中华书局, 1945.

Z

1. 樽本照雄. 清末民初的翻译小说——经日本传到中国的翻译小说//王宏志. 翻译与创作. 北京: 北京大学出版社, 2000.

2. 邹振环. 影响中国近代社会的一百种译作. 北京: 中国对外翻译出版公司, 1996.

3. 张之洞. 劝学篇. 三月西湖书院刊本, 1898.

4. 张仲礼. 中国绅士——关于其在十九世纪中国社会中作用的研究（导言）. 上海：上海社会科学出版社，1991.

5. 张继煦. 湖北学生界叙论. 辛亥革命前十年间时论选集（一）上册. 北京：生活·读书·新知三联书店，1977.

6. 曾朴. 曾先生答书//胡适文集：第 3 集. 上海：上海亚东图书馆，1930.

7. 曾朴. 曾先生答书. 胡适文集（第 4 集）.

8. 《中国大百科全书》CD3《心理学》卷"动机"词条，中国大百科全书出版社，1999.

9. 张静庐. 中国小说史大纲.

10. 赵翼. 陔金丛考·润笔.

11. 《知堂回想录》中"翻译小说"节，香港三育图书有限公司，1980.

12. 邹振环. 20 世纪上海出版与文化变迁. 南京：广西教育出版社，2000.

13. 郑振铎，陈福康. 中国译学理论史稿. 上海：上海外语教育出版社，2006.

14. 张东荪. 从中国言语构造上看中国哲学//宋继杰. 与西方哲学传统：上卷. 天津：河北大学出版社，2002.

15. 周作人. 圣书与中国文学. 长沙：岳麓书社，1989.

16. 郑振铎. 林琴南先生//罗新章. 中国翻译论集. 香港：三联书店，1984.

17. 周桂笙. 毒蛇圈. 长沙：岳麓书社，1991.

18. 章太炎. 国故论衡. 上海：上海古籍出版社，2003.

19. 周作人. 论文章之意义暨其使命因及中国近时论文之失//邬国平，黄霖. 中国文论选#近代卷：下册. 南京：江苏文艺出版社，1996.

20. 张灏. 思想的变化与维新运动：1890—1898 年. 中国社会科学院历史研究所编译室，译. 费正清，刘广京. 剑桥中国晚清史1800—1911 年：下卷. 北京：中国社会科学出版社，1993.

21. 朱有，王献，等编. 中国近代教育史资料汇编1：教育行政机构及教育团体. 上海：上海教育出版社，1993.

22. 张颐武．在边缘处追索．北京：时代文艺出版社，1993．从现代性到后现代性．南京：广西教育出版社，1997．

23. 郑敏．我们的诗遇到了什么问题．诗探索，1994（1）．

24. 张京媛．后殖民主义理论与文化批判．北京：北京大学出版社，1999．

25. 朱汉民，肖永明．文明的冲突与对话．长沙：湖南大学出版社，2001．

论文

B

1. 包天笑．小说画报发刊词：短引．

2. 包天笑．结核菌物语．小说时报，第16期，民国元年七月二十六日．

3. 包天笑．结核菌物语．小说时报．

C

1. 陈燕．从《黑人吁天录》看林纾翻译的文化改写．海南师范学院学报：人文版，2002（1）．

F

1. 费孝通．英伦杂感．文史资料选辑，第87辑．

2. 风子．殖民主义者自取灭亡的火山——欧阳予倩同志的新作《黑奴恨》读后感．剧本，1959（12）．

3. 冯骥才．鲁迅的功与"过"．收获，2000（2）．

G

1. 郭延礼．中国近代翻译述略——兼论文学翻译迟到的原因．岱宗学刊，1997（2）．

2. 贯公．振兴女学说．开智录，1901-3-5．

3. 郭浩帆．新小说特色意义新探．明清小说研究，2000（1）．

4. 葛中俊．翻译文学：目的语文学的次范畴．中国比较文学，1997（3）．

H

1. 胡翠娥. 不是边缘的边缘 & 论晚清小说和小说翻译中的伪译和伪著. 中国比较文学, 2003 (3).

2. 黄新征. 后殖民语境下的中国翻译史和翻译策略. 辽宁工程技术大学学报 (社会科学版) 第 8 卷第 1 期, 2006.

J

1. 蒋天平, 段静. 文化霸权下的近代中国翻译. 中国矿业大学学报 (社会科学版), 2004 (3).

L

1. 罗新璋. "似" 与 "等". 世界文学, 1990 (2).

2. 梁启超. 告小说家. 中华小说界, 1915 (2).

3. 梁启超. 译印政治小说序. 清议报, 1898 (1).

4. 梁启超. 绍介新著: 原富. 新民丛报, 1902 (1).

5. 刘树森. 李提摩太与《回头看略记》——中译美国小说的起源. 美国研究, 1999 (1).

6. 梁启超. 介绍新著. 新民丛报: 第 1 号, 光绪二十八年正月初一.

7. 刘耘华. 翻译文学体系化: 一种可能的趋向. 湘潭大学学报 (社科版), 1996 (2).

8. 刘耘华. 文化视域中的翻译文学研究. 外国语 (上海外国语大学学报), 1997 (2).

9. 吕俊. 哲学的语言论转向对翻译研究的启示. 外国语, 2000 (5).

M

1. 摩西. 小说林发刊词. 小说林第一期, 光绪三十三年正月, 1907.

N

1. 南木. 大胆的尝试可贵的创举. 中国翻译, 1991 (2).

O

1. 欧阳予倩, 谈《黑奴恨》——在中央实验话剧院《黑奴恨》剧组的两次谈话. 戏剧艺术论丛, 1979 (1).

2. 欧阳予倩. 黑奴恨后记. 剧本, 1959 (11).

P

1. 潘建国. 明清时期通俗小说的读者与传播方式. 复旦学报社会科学版, 2001 (1).

S

1. 桑兵. 陈季同述论的相关论述. 近代史研究, 1999 (4).

2. 宋莉华. 明清时期说部书价述略. 复旦学报（社会科学版）, 2002 (3).

3. 申报·本馆告白. 申报, 1872 – 4 – 30.

4. 施咸荣. 岂独伤心在黑奴!——《汤姆叔叔》早期在中国的影响. 外国史知识, 1983 (8).

5. 沈林. 我们为什么要演外国戏?. 中国戏剧, 1999 (2).

W

1. 王东风. 翻译研究的后殖民视角. 中国翻译, 2003 (4).

2. 王桃. 早期学报与中国现代学术的兴起. 编辑学刊, 2004 (3).

3. 魏望东. 清末民初时代背景下的周桂笙翻译研究. 语文学刊, 2008 (3).

4. 吴趼人. 月月小说序. 月月小说: 一年一号, 1906 – 11 – 1.

5. 吴门天笑生. 动物之同盟罢工（小说时报: 第12号, 宣统元年七月初十日.

X

1. 夏曾佑.小说原理.绣像小说,1903（3）.

2. 徐念慈.小说林缘起.小说林.上海：创刊号.1907.

3. 谢天振.为"弃儿"找归宿——翻译在文学史中的地位.上海文论,1989（6）.

4. 谢天振.翻译文学——争取承认的文学.中国翻译,1992（1）.

Y

1. 姚鹏图.论白话小说.广益丛报,1905（65）.

2. 严复.与梁任公论所译原富书.新民丛报,1902（7）.

3. 袁荻涌.清末译界前锋周桂笙.中国翻译,1996（2）.

4. 小说管窥录//颜廷亮.晚清小说理论.北京：中华书局,1996.

5. 佘协斌.澄清文学翻译和翻译文学中的几个概念.外语与外语教学,2001（2）.

6. 易林,田雨.逐渐走向成熟的中国翻译研究——2005年中国译学研究述评.中国翻译,2006（2）.

7. 叶青.文革时期福建群众组织研究.北京：当代中国出版社,2004.

Z

1. 张全之.从虚无党小说的译介与创作看无政府主义对晚清小说的影响.

2. 中国唯一之文学报《新小说》.新民丛报：第十四号（1902年）.

3. 王增宝.《狂人日记》——实为拙作！福建师范大学学报（哲学社会科学版）,2010（5）.

4. 张南峰.从多元系统论的观点看翻译文学的国籍.外国语,2005（5）.

5. 中村忠行.春柳社逸史稿（一）——献给欧阳予倩先生.陈凌虹,译.戏剧,2004（3）.

6. 赵健.汤姆的觉醒略谈田成仁在话剧？黑奴恨中的表演.戏剧报,1961（24）.

7. 张旭曙. 英伽登的文学作品存在论与现象学之关系新探. 中国现象学网.

8. 张德明. 翻译文学与中国现代文学现代性. 中国现代、当代文学研究（中国人民大学报刊复印资料），2004（5）.